U0646963

现代性
五面孔

某年 某月 某先生

东君 —— 著

南方出版传媒
花城出版社
中国·广州

图书在版编目（CIP）数据

某年某月某先生 / 东君著. -- 广州 ：花城出版社，
2016.5
（现代性五面孔）
ISBN 978-7-5360-7851-2

Ⅰ．①某… Ⅱ．①东… Ⅲ. ①短篇小说－小说集－中
国－当代 Ⅳ. ①I247.7

中国版本图书馆CIP数据核字(2016)第013268号

出 版 人：詹秀敏
特约编辑：张　鸿
责任编辑：黎　萍
技术编辑：薛伟民　凌春梅
封面设计：棱角视觉
　　　　　ANGULAR VISION
封面插画：Dola Sun

书　　名　某年某月某先生
　　　　　MOU NIAN MOU YUE MOU XIAN SHENG
出版发行　花城出版社
　　　　　（广州市环市东路水荫路 11 号）
经　　销　全国新华书店
印　　刷　广东新华印刷有限公司
　　　　　（广东省佛山市南海区盐步河东中心路 23 号）
开　　本　880 毫米 × 1230 毫米　32 开
印　　张　8.75　1 插页
字　　数　189,000 字
版　　次　2016 年 5 月第 1 版　2016 年 5 月第 1 次印刷
定　　价　29.80 元

如发现印装质量问题，请直接与印刷厂联系调换。
购书热线：020－37604658　37602954
花城出版社网站：http://www.fcph.com.cn

目　录

短篇小说的能量

—— 东君

（自序）

一

　　就我所知，写过长篇小说之前没写过几个短篇小说的作家，几乎很少。但写过短篇小说之后再也没有写过长篇小说的作家却为数不少。在他们看来，短篇小说也许能更充分地表明自己的诗学立场。契诃夫、芥川龙之介、鲁迅、博尔赫斯、卡佛、汪曾祺等作家，一辈子都没有写过长篇小说，却以短篇小说名世。也有一些大作家，尽管花了大力气写了长篇，但留下的，还是几个短篇。于是我们就有理由带着顶礼膜拜的口吻说，在短篇小说领域，短即是长，少即是多，留白即文字。

　　鲁迅为什么不写作长篇小说，颇费猜测。有人认为他惜字如金，无法大手大脚地挥洒文字；有人认为他没有大的思想体系（鲁迅本人也曾十分谦逊地表示自己没有写长篇的"伟大的才能"）；还有人认为他老人家"长期作战在与反动文人斗争的第一线"，什么事看不惯就以文章为投枪匕首，以至徒夺文力，无暇他顾。而我一度认为，写作长篇小说不只是脑力活，还是一桩体力活——正如那些优秀的足球运动员所言，踢一场九十多分钟的足球不只是体力活，还是一桩脑力活——鲁迅先生块头小，晚年又多病，自然无法承受长篇小说写作所带来的体能消耗。这意味着，写长篇不仅需要一种内在的能量，还需要一种外在的能量。所谓外的能量，就涉及到作家的体质问题了。芥川龙之介在三十五岁时，就因为不堪忍受神经衰弱所引发的幻觉症和身心疲乏，最终服药自尽，卡佛五十岁时就死于肺癌，鲁迅五十六岁时就死于肺结核，而博尔赫斯五十六岁后双目渐渐失明……从这一点来看，作家的体质在某种程度上可以决定作品的体量。

卡佛终其一生，只写短篇小说与诗。他喜欢的作家，也多属短篇圣手，譬如契诃夫、奥康纳、海明威等。卡佛只写短篇，不写长篇的创作企图就十分明确：因为他要写那种坐下来就可以一气呵成的东西，他一直担心有人随时会抽走自己屁股底下的凳子。当然，这只是一个略带心酸的幽默说法。卡佛找到一张安稳的椅子之后又怎样？他照样没有产生那种写作长篇的野心，而是一如既往地醉心于短篇，把这门手艺活干得无可挑剔。卡佛一辈子写了五十六个短篇，在村上春树看来，至少有六个会被后人奉为经典。这六个小说加起来，也达不到一个长篇小说的长度。但它的美学质量，岂是以文本体量来计？

相比之下，博尔赫斯算是收入稳定、生活优裕的，但他也给自己只写短篇小说找到了一个不能称其为理由的理由：他声称自己是一个极其懒散的人。另一方面，他对长篇小说写作也抱有偏见，认为"长篇小说往往是纯粹的堆积"。事实上，博尔赫斯很早就发现自己更适合写短篇，其原因是能从中更好地找到一种"美学的统一"。的确，通过短篇小说，博尔赫斯找到了一种独特的叙述形态。我们若是细细寻绎，就会发现他的小说里面盘着一条蛇，首尾衔接，构成了一个把有限时空推向无限时空的小宇宙。那个小宇宙，才是博尔赫斯独有的。作为一名出色的文体家，博氏既没有逸出固有的范式，也无意于写出鸿篇巨制。

二

长篇小说与短篇小说作为一种文体，没有孰优孰劣之别，作家不过是通过各自擅长的文体完成一次自我确认。一个作家倾向于短篇小说创作，并非出于犯懒，正如写长篇并不意味着一个作家有多勤奋。长和短，拿捏得好，都是一门技艺。有此一说：写长篇小说之前必须经过短篇小说的训练。事实上，从短篇到长篇，没有一个文体意义上的循序渐进的过程。你让一名打三个回合的拳击手打满十二个回合，他一时间会无法适应。因为十二个回合的拳击比赛对节奏的控制、呼吸的调整、速度与力量的要求，都是不一样的。因此，擅长打三个回合的优秀拳手完全有理由不参加十二个回合的比赛；进一步说，他即便具备打十二个回合的能力，也会因为个人倾向，拒绝从自己独擅胜场的拳台转移到另一个规则不同的拳台。"扬长避短"，或"避长就短"是否真的就是一个作家在写作过程中的权宜之计，这里姑且存而不论。

尽管有些长篇小说是由一系列风格一致的短篇小说连缀而成，但长篇小说绝不是短篇小说的延伸，反过来说，后者亦非前者的浓缩。我常常听一些作家朋友说，他们写长篇小说的时候，有些素材用不上，变成竹头木屑，弃之可惜，因此就写进短篇小说里面。但写作短篇小说的过程中也会出现这样一种状况：写着，写着，思绪便如抽丝般越抽越长，于是就有了以此为框架延展成长篇小说的可能性。

优秀的作家，能把自己最夺目的那一部分才华放进短篇小说里面，而短篇小说的能量也由此得到最大程度的释放。把短篇小说玩熟了之后，也有的小说家试图从中找到一个切口，更进一步拓展自己的经验领域。受契诃夫的启发，卡佛在晚期作品里就曾尝试着，让自己的小说可以突破原有的写作经验的约束，尽可能把小说的篇幅抻长一点。小说篇幅的长短往往与作家内心的尺度有关。很多作家在写作之前就隐约知道，这部作品的篇幅到底抻拉多长才会让自己最舒服。在既定的篇幅里面，文字所营造的氛围可以罩住全篇。长了，有时难免会罩不住。

就我阅读所及，芥川龙之介写过的最长的一篇小说是《水虎》，鲁迅最长的一篇小说是《阿Q正传》，汪曾祺的是《大淖纪事》，而博尔赫斯最长的一篇小说恐怕没超过一万字。短篇小说作家把小说写长，把气息拉长，很有可能是为写作长篇小说热身吧。但遗憾的是，他们往往在热身之后并没有打算投身长跑运动。

在长篇小说与短篇小说之间，还有一种我们称之为"中篇小说"的文体。中篇抻长一点，就是"小长篇"，短篇抻长一点就是"小中篇"。这种称法尽管在业内早已叫开了，但我至今对中篇与短篇的中间地带仍然存有模糊的认识。早些年，我所写的短篇小说的篇幅在一万五千字左右。我甚至怀疑自己是否存在某种程度强迫症。事实上，我在写作过程中无须刻意深求，写完了，一个短篇通常能掌控在自己认定的某个尺度之内，不多也不少。我与几位小说界的同道有过交流，他们尽管对小说篇幅没有一定之规，但总体来看，有些人的短篇小说以五千至一万字居多，有些人则以一万至一万五千字居多，短篇小说在两万字左右的，似乎不多见。如果说，毕达哥拉斯的观点"数在物之先"是不刊之论，那么大至天体，小至一个短篇小说，都无一例外地受到数的支配。后来，我曾试着改变一下路数，写了几个两万字左右的小说，如《风月谈》《苏静安教授晚年谈话录》《苏教授的腰》等，原本是准备当作中篇小说来发表，但编辑还是将它们归入短篇小说名下。《在肉上》的字数统计是二万五千余字，算得上中篇了，但翻译成韩文之后，韩国一家出版社把它当作短篇选进《中韩杰作短篇选》。这些年，我写了一些貌似短篇的中篇小说或貌似中篇的短篇小说。相对而言，我创作短篇小说的数量要多于中篇，有意无意间就形成了一种自律，哪些是可以写的，哪些是不可以写的，怎样的长度是可以把握的，怎样的长度是不可把握的，似乎也能了然于胸。也就是说，一种潜意识里就有的形式尺度在无形中影响了我的写作。近两年，我的短篇小说越写越短，篇幅从一万五千字左右减至万字以内，带来的结果是，布局的疏密、句式的长短、造境的虚实、节奏的快慢等，都有了些微变化。由此我意识到，改变写作路数，不妨从篇幅的长短上着手。

清人郑板桥画论中一段关于画竹的经验之谈，也许可以帮助我们阐明小说创作中"多"与"少"的辩证关系。他说，他刚开始画竹时，能少而不能多。渐渐地，手熟了，竹竿、竹叶可以在顷刻间画成密密一片。但问题来了，画多了，又不能少。少，是为了获取更多，操作起来不是一件容易的事。及至后来，他下了很多笨功夫，才慢慢悟得减枝减叶的笔法。短篇小说由丰而俭的写作过程也是如此。至少我个人感觉是如此。尽管我们说，文体本身的艺术难度与文本长度没有成正比，但有时候，把短篇小说往"短"里写，并且从"短"里求"长"，其艺术难度一点都不亚于写一个中篇。

　　我去年所写的短篇小说《谈谈这些年我们都干了些什么》《在一条河流般孤寂的大街上》都在万字以内，《夜宴杂谈》《长生》也就万余字。但我发现，我写一篇万字小说跟写一篇二万字以上的小说所耗费的精力与时间并没有相差太多。同样地，如果有一天，我把小说写进五千字以内，大约不比写一个万字小说更省时省力。

三

　　从契诃夫、鲁迅、博尔赫斯等短篇名手的文风来看，他们都有一个特点，那就是：简洁。读他们的小说，我们能够感觉出他们是一个好木匠。他们知道哪些木头可用，哪些不可用；有些木头再好，如不适用，宁可舍弃；有些木头此时用不上，也不着急，放上一阵子或许还可以派上用场。他们还知道怎样节省木料，用最少的木料干最漂亮的活，该雕花的地方，就精雕细琢，该因陋就简的地方，就不事雕琢。在用词上，他们总是做到恰到好处。除了简洁，他们能保持一贯的准确。准确，是主体意识明晰的一种表现。因为有了这种准确性，我们在情节与情节之间、句子与句子之间、词语与词语之间，仿佛能听到榫头与卯眼之间发出的咔的一声。卡佛曾多次引用庞德的一个观点，认为"准确"是小说家唯一的道德标准。如果说，奥康纳能准确地抓住一种给小说带来某种决定性变化的"天惠时刻"，那么，卡佛也总能在"眼角瞥见"的那一瞬间，故作轻松地抓住某种稍纵即逝的东西。眼明手快，这是卡佛的厉害之处。

上述一些作家，之所以把短篇小说写得那么简洁、准确，很大程度上跟他们在本质上是一位诗人有关。他们当中有些人尽管不以诗名，但至少也写过诗。我倾向于认为，写过诗的作家与未曾写过诗的作家有着明显的不同。进言之，写过诗的作家，更注重意蕴空间的拓展、语言的锤炼。至少，他们可以借助诗歌清除小说语言中芜杂的成分。说短篇小说写得像一首诗，是就其文本内部的精神性而言。一部隽永的短篇小说与一首美妙的短诗，尽管有着不同的表述方式，但二者给我们所带来的享受却是一样的。中国作家中，像鲁迅、师陀、废名、汪曾祺的小说，仰承旧诗或新诗的美学荫护，一出手就呈现出不同凡响的文学质地。鲁迅研究过西方现代派诗歌，诗人张枣解读《野草》时认为鲁迅是第一个在新诗中确立现代主体的诗人，因此，他的小说里就有一种诗意现代性；废名也算得上现代派诗人中的代表人物，读他的短篇小说能读出唐人绝句的气味来。国外擅长写短篇的作家中，卡佛在未出小说集之前出过好几部诗集，博尔赫斯本身就是一个了不起的诗人，芥川龙之介写过俳句（之后出道的小说家川端康成甚至认为松尾芭蕉的俳句在某种意义上代表了"日本的心灵")。

短篇小说与诗更接近。这是我一贯的看法。也许是写作习惯使然,我每每动笔写小说之前都要读几首诗,直到我读到一首诗恰好与我小说中某种需要表达的东西对应上了,我就会感觉自己像在黑暗的房间里突然摸索到开关,啪的一下,眼前被照亮了。写作《谈谈这些年我们都干了些什么》这个短篇期间,我一直在阅读两本书,一本是南海出版公司于二〇〇一年出版的《特朗斯特罗姆诗歌全集》,另一本是四川人民出版社于二〇一二年出版的《特朗斯特罗姆诗歌全集》。译者是同一个人,但相隔十多年,他把自己早期的译作做了精细的修改,而我为了体味其中的妙处,整整花了一个多月时间根据新版把旧版逐字逐句地改过来。从比较阅读中,我意外地找到了一条离那个小说的主题最为接近的路径。为此我还特地在小说的题记中抄录了特朗斯特罗姆的一句诗,借以表达自己的一种想法。之前,我在另一个短篇《苏静安教授晚年谈话录》的题记中抄录叶芝的一首诗作,也是出于同样的理由。那阵子,我阅读了好几个版本的叶芝诗集,而且尤其倾向于他晚年的诗作,我不清楚自己要从中寻找什么,但叶芝的诗的确给我的小说提供了一个隐喻、一种气息。写完之后,我原本想移用叶芝的《为什么老人就不能发疯》作为小说的题目,但后来觉得这太"卡佛"了,也就一仍其旧。有意思的是,我的短篇小说《夜宴杂谈》,不曾提到李商隐,也不曾化用李商隐的诗句,但两位作家朋友读完它之后,竟然都不约而同地念出了李商隐《无题》中的一句诗:隔座送钩春酒暖,分曹射覆蜡灯红。与上述这种创作方式恰成对照的是,我也常常在诗歌创作中掺入小说的叙事成分。这意味着，文学创作本身就是一个互相递受的过程：我们既可以把抒情文学的元素糅入小说里面，也可以把叙事文学的元素糅入诗歌里面，从而构成一个由外在空间与内在空间层层相叠的堡垒。打开小说这个堡垒的累积层，我们或许就会发现，诗歌正是深藏其中的内核。

四

写作长篇小说，从谋篇布局来看，当然需要一种结构能力，但这种能力更有赖于一股既能向内收缩又能往外舒展的长气，章节之间，一吐一纳，一切均以合于自然为度。文字长了，那口气若是没跟得上，终究给人一种英雄气短的感觉。而短篇小说，是小说中的小说，外在结构固然要简单得多，但内在的经营却更讲究。长篇小说中所碰到的因为着力于局部而导致整体感丧失的技术性难题，在短篇小说中大概不会碰到。通常情况下，短篇小说是根据一个或两个视点人物展开叙述，尽量舍弃一些复杂因素。因此，短篇小说总是在有限的时间与空间里，尽量采用精微、内敛的叙述方式。有些短篇小说读完之后，从外在结构上看，让人感觉它有一个封闭的文本空间；但从深层结构上看，它已经从某个微小的切口打开了另一个可能性空间。

写作短篇《夜宴杂谈》之初，我就提醒自己：杂谈不能游离主题，必须找到一条情节主线贯穿始终。因此，写下第一段时，我就决定把人与事全部锁定在特定的时间与空间里。小说中的赴宴者——落座之后，我的叙述意图就顺着某个向度牢牢地控制着他们，不让任何一个擅自离开筵席。一桌人里面，没有谁是主角，真正的主角一直没有出场，他是由每个人近乎散碎的谈话一点点拼凑而成的，这时候，叙事者就是一个有闻必录的记录者。因为要保持客观视角，叙事者露脸的机会并不多，但他每次露脸都意味着故事的主线会从可能失序的格局中浮现，而那个不在现场却被席间一众屡屡提及的人随着叙述的推进，其形象变得越来越清晰。于是，叙事者可以退居其次，让主角以另一种方式"登场"，围绕他的谈话构成了小说中的核心部分，使之前作为铺垫的种种杂谈汇入其中，与整体的叙述指向有了吻合。当他们的谈话接近尾声之际，我就在小说中安排了一场大雨，让每个人在一种略带忧伤的氛围中离开，至此，小说戛然而止，即通常所谓的开放结尾。开端凝于一点，是张，结尾释于一点，是弛。在一张一弛之间，我始终小心翼翼地维护着小说的自足性空间。在短篇小说中设置一个封闭的空间，可能会进入叙述的死胡同，但有时，突然会有一道灵光从缝隙间照进来，打开另一个天地。

由此我想到之前读过的一些西方现代小说。初时我觉得这些作品在写法上极为自由，可以无视结构和章法。后来读多了才发现，我看到的只是表象。真正的小说，叙述方式越自由，越需要一种严谨的结构加以控制。一个明显的例子是，意识流小说大行其道的时候，不乏一些作家引入古典戏剧"三一律"的结构原则，普鲁斯特、乔伊斯、伍尔芙等作家就是在与传统的对接中瓦解传统的叙述方式，把情节限定于一时一地，在相对恒定的空间完成对时间递嬗的技术性处理：于是，时空腾挪，起止自在，人随机而变，事随境而迁，但我们再回过头来看，它始终保持着一种"流动与恒定"的状态。乔伊斯的《尤利西斯》写的是广告推销员布鲁姆一昼夜之内（客观时间）在都柏林的一段漫长而隐晦的心路历程（心理时间）；普鲁斯特的《追忆逝水年华》则以近二百页的篇幅描述一场三小时的聚会：从他们的小说里面多多少少可以让人感受到"三一律"的流风余韵。从外在结构来看，《尤利西斯》被一个来自《荷马史诗》的框架支撑着，而《追忆逝水年华》的结构就仿佛一座大教堂的圆拱（我甚至以为这与普鲁斯特喜欢罗斯金的建筑学散文、无意间受其影响有关）。这种大开大合不离法度的结构运用于长篇小说，显然需要非同寻常的才智。相对来说，采用封闭的结构更适用于短篇小说，其叙事空间与时间愈受限制，表现力也就愈强。

拉美作家科塔萨尔在谈论短篇小说时把一种封闭形式称为"球体状"。当故事情节本身在球体内衍生时，一种球体感就出来了。科塔萨尔接着说："球体感应该在写作短篇小说之始即以某种形式存在，仿佛讲述者受其形式的牵引而在球体内活动，并使球体的张力达到极端，从而使球体的形式臻于完美。"我不知道"球体感"这个名词起源于何时，它起初可能来源于科学领域，后来被各个领域广泛引用，并且赋予另外一种隐喻色彩。说实话，我初读科塔萨尔的文章对这种附体于小说的所谓"球体感"理论还是不甚了然，"球"是传过来了，"感"却没有入心。问题就在于如何"体"之。西方的文学理论，有时候需要一种本土的对应物转接一下。那么，另一个延伸出来的问题就是，我要找的对应物是什么？直到我看到太极拳领域有人提出"球体感"的说法，也就由此及彼引发了深入探究的兴趣。有一阵子，我专注于太极拳这种弧线运动时，似乎也能够隐约感受到"球体感"是怎么一回事了（太极拳的转动轨迹是非圆弧的，它无形、多变，但有一种滚动的力量从暗中膨胀开来。书上说，这就是充溢周身的"球体感"）。就小说而言，我所理解的"球体感"就是这样的：它是一种外在形式的闭合（能量聚集）与内在精神的敞开（能量释放）。

五

有一种短篇小说可以让人站着一口气读完；有一种短篇小说非要我们坐下来慢慢读（必要的话，可以斜躺着，采取卧读的姿势，以便让身心进入一种放松的状态）；还有一种短篇小说，当我们坐着阅读时，突然会产生一种站起来的冲动——很多年前，我阅读海明威的几部重要短篇小说时就有过这样一种阅读体验。

我至今仍然记得，当我读罢海明威的《杀人者》，突然感觉这篇小说仿佛释放出一种巨大的能量。我一下子像是被这股能量激荡起来。整整一天，我就没有再读别的小说了。第二天，我想读一点别的什么，但我还是情不自禁地读起那篇《杀人者》，因为我觉得这篇小说中有一种悄然释放的能量正在吸引我。

那个拳击手究竟跑到哪里去了？跑到博尔赫斯的《等待》里去了。我把《杀人者》读了一遍之后又去读《等待》。《杀人者》里面一种类似于量子信息的东西就源源不断地出现了。《杀人者》中的重量级拳击手奥利·安德烈森和《等待》中的维拉里为什么要静静地等待着一颗子弹的来临？海明威和博尔赫斯都没有直接说明，但在一些细节中却透露了一些信息：从《杀人者》

两个伙计的对话中我们可以大略知道那个安德烈森很可能"在芝加哥搅上了什么事",而且据说是"出卖了什么人";而在《等待》中,作者什么都没有说明,只是提到了一本书——但丁的《神曲》,还提到了书中的一个并不光彩的人物乌戈利诺,如果不读《神曲·地狱篇》我们也许并不知道这个中世纪意大利比萨伯爵曾经在一场战争中出卖过自己人。也就是说,这两篇小说讲述的都是一个人因为出卖了别人而遭到追杀的故事。我原本以为,只有我发现了《杀人者》与《等待》之间那种似乎源于经验同化所呈现的相似特点。后来我才注意到,马原在一次文学课中谈论奥康纳的短篇小说时,也顺带提到过这两篇小说。遗憾的是他只是一句带过,没有再做深谈。

在《杀人者》的结尾部分,尼克找到了那个正和衣躺在床上的重量级拳击手安德烈森,向他报告,有两个人要致他于死地。但安德烈森的反应出乎他的意料。作者在多处描述了一个相同的细节:

"奥利·安德烈森望着墙壁,什么也不说。"

"'我不想知道他们是啥个样子,'奥利·安德烈森说,他望着墙壁,'谢谢你来告诉我这番情况。'"

"奥利·安德烈森翻过身去,面对着墙壁。"

"他望着墙壁。'现在没有什么法子了。'"

"尼克出动去了。他关门时,看到奥利·安德烈森和衣躺在床上,面对着墙壁。"

在博尔赫斯的《等待》里面,我们也可以看到类似的细节——当仇人终于找上门来,博尔赫斯这样写道:"他做了个手势,让他们稍候,然后朝墙壁翻过身,仿佛想重新入睡。"

博尔赫斯对这个翻身的动作发出了一连串疑问，而海明威却没有片言只语解释安德烈森为何总是面对墙壁。

我父亲曾给我讲述过一个真实的故事：多年前，他去看望一位卧病在床的老拳师，很奇怪，老人家听到外头有人来了，也不管是谁，就转过身去，面朝墙壁。我父亲与他家人聊天时，那位老拳师一直背对大家，偶或应答一声。出来后，病人家属向我父亲解释说，老人家这一阵子情绪波动很大，懒言少气，谁都不愿意见。只要有人来看望，他就采取背对的睡姿。我父亲后来对同行者说，老人家恐怕时日不多了。事实证明，我父亲的判断是没错的，没过几天，老拳师就撒手西归了。父亲说，老拳师面对的，不是墙壁，而是死亡。

因此，在我看来，那位重量级拳击手奥利·安德烈森和维拉里所面对的，不也正是死亡？

是的，死亡的阴影一直潜伏在冰冷的文字间。《杀人者》里面收起的那支"锯掉了枪筒的霰弹枪"，终于在《等待》中发出了声音。但博尔赫斯没有动用血腥的词汇描述这个场景，他只是淡然地写道：枪声抹掉了他。

尽管两部小说看起来就像一枚硬币的两个面，但我们不能就此妄下论断认为：《杀人者》可以归入博尔赫斯名下，而《等待》也可以视为海明威的作品。不是这样的。它们之间除了叙述风格不一样，结构也截然不同。就像《一篇有关死者的博物学论著》从开头部分看更像是出自博尔赫斯的手笔，但我们只要耐着性子读上一部分，海明威的浓烈气息就出来了。而《玫瑰色街角的汉子》虽然有着海明威式的硬汉风格，但它仍然是以博尔赫斯的方式呈现。把《杀人者》与《等待》放在一起，我们也会有这样的感觉。《杀人者》的结构是开放型的，里面隐藏着各种不确定的因素，读完结局，我们不知道它的尽头在哪里。而《等待》就像一个封闭的圆，这个"圆"是完整而自足的，但里面同样有着可供想象的"隐匿的材料"。与海明威不同的是，博尔赫斯喜欢在捉摸不定的叙述中一步步逼近一个完整而又耐人寻味的结局：如果不能用匕首来解决问题，他就毫不手软地动用枪。他有不少短篇小说的结局跟《等待》类似——《釜底游鱼》："苏亚雷斯带着几近轻蔑的神情开了枪"；《死亡与罗盘》："他倒退几步。接着，非常小心地瞄准，扣下扳机"；《秘密奇迹》则是以一个不确定的数字和一连串确定无疑的数字构成了结局："……他发出一声疯狂的呐喊，转动着脸；行刑队用四倍的子弹，将他击倒。哈罗米尔·拉迪死于三月二十九日九点零三分"。我这样不厌其烦地对博尔赫斯与海明威的作品进行比较阅读，说到底不是为了"求同"，而是从"大同"中发现"小异"。如果以我们所熟知的中国书法作喻，那么《杀人者》与《等待》的不同之处就在于：前者就像那种锐角造型、张力外倾的字，而后者就像那种钝角造型、张力内倾的字。这只是我在对读过程中所获致的一种大体的感受。

很显然，海明威与博尔赫斯都不属于那种"物质主义"作家，他们不会在文本空间里放进太多已知的东西，因为他们知道如何有效地把"物质"转换成"能量"。一部好的短篇小说所产生的能量，也许连作者本人都无法预料——事实上，作者与读者之间的关系就是创作与再创作之间的关系——这种能量会在不同的时间与空间里持续地释放，一部分来自作品的内部，一部分来自读者的内心。读者会把自身储备的能量放进作品里面，而作品的能量也可以进入读者的内心。

海明威的《杀人者》和博尔赫斯的《等待》后来就这样构成了我写作《群蝇乱舞》的灵感源头。那一年是一九九九年，我完成了几个中篇之后，想操练一下短篇，因为没有文体自觉意识，我写作《群蝇乱舞》时依旧带着一种近乎盲目的惯性，想怎么写就怎么写，想写到哪里就写到哪里。写到三分之二处，我就开始犯难，接下来我不知道该以怎样一种有悖常理的方式打破逻辑发展的情节。因此，我就把《杀人者》和《等待》重读一遍，但我还是没能把那一套从海明威或博尔赫斯身上学来的手法直接塞进自己的作品——"物质"与"能量"的转换并没有如我所想的那样简单。结果，这篇小说就像是带着自身的意志脱离了我的掌控，自行抻长了。成稿后一看，篇幅已接近于一个中篇。之后，我写了几个大致可以称之为"短篇小说"的东西，渐渐地，也就被一部分人承认了。话说回来，把短篇小说写得越来越像短篇小说，未必是一件好事。这活儿难弄，我一开始就明白，但我也明白一点：短篇小说之美，不在于把一个故事完整地讲出来，而是如何恰如其分地呈现它的"不完整"。

夜宴杂谈

　　顾先生请我吃饭，这还是头一遭。不过，我收到请柬之后，仍然不清楚自己为什么会在受邀之列。我跟顾先生素未谋面，也没通过电话或信函。看到请柬上赫然写着我的名字，我除了有一种"受宠若惊"的感觉，心头仍然挂有一丝疑虑。但我想，赴宴之后，主人来了，彼此打个照面，这事自然就见分晓。这一番，即便是叨陪末座，我也深感荣幸。一顿饭后尽管不会把"顾老爷子请我吃饭"的话挂在嘴边，但也足以在自己的日记里浓墨重彩地记上一笔。毕竟，是顾与之先生请我吃饭，而不是别的什么人。

　　晚宴时间是六时正。而我不早不晚，提前八分钟来到"瓯风堂"会所。在时间上，我认真琢磨过，来得太早，怕见到陌生人无话可说；来得太晚，就显得自己太轻慢。我进来的时候，倒是见到了几张熟悉的面孔。落座后，环顾四周，没见着一个貌似主人的人，也不敢贸然打听。好在手头有一块服务员递上来的热毛巾，可以反复搓着，不至于无事可做。只要有谁进门，在座每个人都会照例抬头打量一眼，熟识的寒暄几句，陌生的点头致意。

"瓯风堂"会所的贵宾厅与别处的包厢果真是大不一样：茶叙与宴饮的区域以绘有梅兰竹菊的屏风间隔开来，茶酒流连，足以把一个人性情中的清淡与浓烈都化在那里面。会所前身据说是民国初期一位绸缎商的私宅，几度易主，但格局一直没变，依旧是三间三退（我们这儿通常把一进房子称作一退，大约是取"以退为进"的意思吧）。从台门到里屋，灯或明或暗地照着，仿佛是替老宅还魂的。除了第一退两侧四间厢房辟为瓷器博物馆供闲人参观之外，第二退大厅和第三退花厅均作宴饮场所，我们所处的地方就在花厅楼上。与门相对的粉壁上悬有一块匾额，朱漆云头描金木框，黑底上隐约露出三个已然褪色、显得有些漫漶不清的颜体字，仿佛默示着一种对永不再来的年代的存怀。四周环列古色古香的椅凳（在座一位古玩收藏家能说得出鸡翅木坐墩与楠木圆凳的工艺特点和用途）；靠墙处有一张紫檀木长案，摆放着古雅的茶具和文人清玩；一张清代髹漆香几上置一六角玻璃果盘，里面盛放着新鲜水果；墙壁上挂着斗方水墨画与琴条书法。另一厢，也就是一屏之隔的地方，是一张可坐廿人的梨花木嵌牙大圆桌。有人正在指点服务员如何调整座次，语速缓慢，显得极有耐性。完事之后，他绕到这一厢，是一个长着圆胖脸、眉眼间堆着盈盈笑意的年轻人，他循例向一圈人致意之后就一一递上名片，告诉大家，他就是顾先生的秘书。

顾先生怎么还没来？

很抱歉，顾先生有要事耽搁了，他吩咐我们先入座。

不急，不急，听说还有几位没到，我们还是先在这儿等等吧。

也好，也好，不周之处请诸位多多包涵。

本应早到的主人迟迟没来，那些初来乍到的客人就在会客室喝茶聊天，等着客人到齐。从对面的镜子可以看到我背后悬挂的一幅斗方水墨画：画中除了一抹远山、一株枯树、一间茅屋，还有三个人，一人扫叶，一人煮茶，还有一个白眼看天，什么事都没做，好像是得道了。留白处有一行长款，抄录的是宋人的一首饮茶诗。坐在我左边的人问对面的人，这幅画怎么样？那人只是"嗯"了一声。对面一个长发披肩的人说，这种画，京城茶馆里到处可见，多了，就俗。大意思没有，玩点笔墨情趣而已。

哈哈，而已。另一人应声。

坐在我右边的庹先生就是我所说的"熟悉的面孔"中的一位。其实我们也不是很熟，只是在一些艺术沙龙中偶尔会碰个面，也说不上几句。他正跷着二郎腿坐在一张宽大的沙发上，手里端着一杯咖啡。庹先生喝咖啡时不谈点文艺，或者谈文艺时不谈点西洋歌剧，或者谈歌剧时不夹杂几句英文，似乎会憋死的。因此，他的话题无非就是歌剧。

有人问庹先生，还在大学里教书否。庹先生说，我这四脚书橱，除了大学里教书，还能做什么？又问，教的是什么课？庹先生在裤管上做了个弹掉灰尘的动作说，逻辑学。那人说，我念大学的时候顶不喜欢逻辑学这门课。庹先生说，我也是。你不喜欢？那人带着吃惊的表情问，你不喜欢，怎么还教这门课？庹先生说，一个女人，你跟她结婚生子之后发现自己已经不喜欢她了，可你还得跟她过日子。

　　说话间，一名穿旗袍的女士走了进来，有几个相熟的人立马围了上去。从他们的口中我才得知，她就是昆剧界有数的名角之一杨芳妍女士。灯光下她那一身旗袍凸显出来的风韵，让人有点不敢直视。她从我身边款款走过，正要拣一张圆凳坐下时，庹先生立马从一张明式椅子上欠身站起来说，杨女士应该坐这椅子才对。众人问，这又有什么说法？庹先生说，这椅子样式古雅，与杨女士的一身打扮吻合，再说，这椅子坐面上有两个臀瓣形的半圆，非杨女士来坐不足以显示椅子的造型之美。大家听了，都说有理。杨女士也就当仁不让地坐下了。

　　有人问杨女士，最近忙否，杨女士说她很忙。忙什么？忙吃饭。世界各地都有人请她吃饭。有时她在名古屋的榻榻米刚刚醒来，西半球就有人打来电话，等着她赶赴鸡尾酒会。可是，她说，她不喜欢那种闹热的地方。有时她会拒绝参加巴黎的某个鸡尾酒会，宁愿独自一人去香舍丽榭大街边上的一条小巷吃一点法式小甜饼。

　　庹先生是喜欢听西洋歌剧的，而杨女士是唱昆剧的。因此，庹先生便把西洋歌剧与昆剧放在一起谈。他说自己没有听过杨女士的清唱，但听她说话，就感觉她的声音圆熟甜润得像秋天的葡萄。杨女士听了，笑得鱼尾纹与法令纹都一齐跑了出来。

　　杨女士究竟是见过场面的人，作为一种礼貌性回应，她便模仿小生的腔调说了句隐含挑逗的话，然后又清了清嗓门，改用小姐羞答答、脆生生的声音回了一句。一个人，一问一答，居然都是调情的段子。尤其是神态，不用化妆也活灵活现：眉眼一挑就有点飞扬的意思，双唇一抿又仿佛跟谁赌气，附丽于台词和手势的一笑一颦，在瞬息间变化无端。还没开宴，气氛就先自调动起来了，大家都说，有杨女士在，每人的酒量至少会增一倍，不愁冷场了。

清唱甫毕，杨女士就解释说，这些野调子都是从一位草台班子的老伶工那里学来的，虽然上不得台面，但有一种活泼、生辣的民间气息。庹先生说，他有好多年没进戏院看戏了，不看的原因，大概就是戏院里的戏没有一股真气。今晚听杨女士清唱一曲，倒是觉着昆曲的一脉遗风还没完全消失。隔了半晌，庹先生问，那位草台班子的老师傅还能找得到？杨女士说，走了，去年秋天走的。又问，老师傅叫什么名字。杨女士锁着眉头想了半天说，只知姓周，也不晓得是哪儿人。又问，那个草台班子还能找得到？杨女士答，解散了，那些饰演帝王将相的和士兵奴仆的，要么是跑到城里面打工，要么是回乡下种地去了。庹先生叹息一声：可惜。

另一人也应声：可惜。

请问，这里是顾先生设宴的包厢？一位西装革履、头戴一顶咖啡色礼帽的老先生站在门口，把手杖举在空中，像是一个问号。在座的人跟我一样，即刻认出是苏教授。顾先生的秘书忙不迭地上来搀扶着他的手臂说，苏教授，这里有道门槛，当心点。苏教授轻轻推开他说，我的腿脚还算灵便，不用扶的。

庹先生说，苏教授拿手杖进来那一刻，简直就像是从民国老照片中走出来的。

杨女士说，没错，我在一本书里面见过苏教授年轻时的模样，那时您刚从英国留学回来，好像也是拿着根手杖吧。

那是西洋人的stick，俗称文明棍，苏教授举起手杖说，有一回，我经过一家古董店，看到了这根别致的手杖，立马觉得，它需要我，而不是我需要它。我买了下来，握在手中，掂了掂，感觉它已经变成我这只手的一部分，不，身体的一部分。

我在大学校园的一条林荫道上时常能碰到苏教授，他不认识我，但只要我向他打招呼，他都会像老派英国绅士那样，向我微微点个头。那晚见他拄着手杖，向林荫道深处走去，我心里掠过一丝异样的感觉。在缓慢的移动中他的身影一点点变小，仿佛一团火渐渐萎缩。这情景，谁见了，都会感叹，夕阳无限好。

看起来，在座的人跟苏教授都很熟。杨女士为了讨老人家开心，就问一句"苏教授，您今年六十出头了吧"。苏教授立马欠身，做了个戏里头白面书生施礼的动作说，小生年纪不大，才八十开外。杨女士笑得像随风摆荡的柳枝，我们也都相率大笑起来。幽默能让人变得年轻，杨女士说，我晓得苏教授健康长寿的秘诀了。苏教授微微一笑说，还有一个秘诀，我都没有告诉你们呢。大家追问，什么秘诀？苏教授正色说，常做提肛肌收缩运动。至于怎么做法，他没有详细讲述。仿佛眼前得有一个讲台，让他讲四十五分钟，才能把话讲明白。

已经过了六点半，顾先生还是没来。顾先生的秘书说，顾先生临时有急事，可能要迟些时候过来，他刚才打来电话，让我代替他招呼诸位。

入席时，六名穿旗袍的服务员已环侍左右。在座每个人的位置上都有一份册页式的"民国菜谱"，上第一道菜时，服务员就指着菜谱报上菜名。苏教授摘下眼镜，拿起菜谱打量了一眼说，果然是一派民国风，我们坐在这里就好比是吃"前朝饭"了。苏教授这么一说,我们都有了一种实实在在的"躬逢其盛"的感觉。前面说过,这里是"瓯风堂"会所最豪华的包厢,从桌布到象牙箸的封套,从水晶吊灯到玻璃酒杯,每样东西似乎都经过精心拣选,好像一张经过妙手描画的脸。无怪画家许墨农涎着脸说,就连那些服务员的手,都是好看的。

顾先生没来,大家就谈起顾先生来。顾先生一直寓居哥本哈根,晚年回到故乡似乎是一件自然而然的事,但一些报纸与杂志把这件事渲染得极有诗意。说是两年前一个冬天的傍晚,顾先生看到异国的雪花落满庭院,忽然想起故乡的雪里蕻,就打算回来终老了。而事实上,北欧这地方,哪年冬天不飘雪?顾先生何时又断过对故乡的念想?

顾先生的秘书说,早些时候,顾先生给自己算了一卦,说是年过八十就得回老家,找一块安身福地。就这样子他说回来就回来了。

苏教授摇着头说,这老顾太不像话了,回来这么久也不跟我吱一声,见了面我非得打他三拳。

顾先生的秘书说,实不相瞒,顾先生的身体一直不太好,因此他老人家索性就过上闭门谢客、吃斋读书的清淡日子。有句话叫在家翻似出家人,说的大概就是这意思吧。

在座一位姓庄的古玩收藏家说,他曾有幸拜访过顾宅。据他描述,顾宅像一座地主屋,光是书房,就堪比这个贵宾厅。书房中间有一株树,树不大,但坐在树下读书、闲聊,会是一件非常惬意的事。古玩收藏家说,顾先生的书房里有幅字,上面写着:长做树下闲人。大家都说,这年头,做闲人难。

嗯,做闲人难。有人应声。

主人还没有到，大家不敢敞开怀喝。有酒量的，宁下毋高。席间，大家讲了些有趣的废话，以免酒局干冷。

苏教授，您是顾先生的老同学，趁他还没来，您就讲几个有关他的掌故吧。酒席上，一位文史专家提议。众人也都附和。这么一说，教书匠那种爱说话的老癖气就立马被勾了出来。苏教授咳嗽几声后，大家也便静了下来，期待他能讲些与顾先生有关的鲜为人知的事。

苏教授说，他与顾先生在上海读书时，顾先生就喜欢逛戏院与书店，有时也去百乐门跳跳舞。不过，他早年就显露出对古旧东西的偏好。他爱收藏北朝佛像碑铭的拓片，爱听昆曲和西洋古典音乐，爱喝有些年头的葡萄酒，爱八大山人笔下的残山剩水……有一回，我跟他借了一本金边印度纸印的《约翰·多恩诗选》，不慎弄丢了，他后来很长一段时间都没搭理我……

一个面目模糊的人，经苏教授一描述，一时间就鲜活起来了，仿佛就在眼前。

其实我们想听的，是顾先生年轻时的风流韵事。杨女士这么说着，又给苏教授斟上一浅杯红酒。杨女士就坐在苏教授边上，眉目间透出的明艳把苏教授的一头白发映照得益发苍古。大概是有大美人在侧，苏教授的酒量比平日里又高出了许多，被酒水浸润过的舌头也灵活了许多，以至我们都忘了眼前这位意态昂扬、谈兴方浓的老人已年逾八旬。

苏教授讲了一则又一则有关顾先生的趣闻（当然也包括情事）之后，忽然放低声音说，我们虽然都是民国过来的人，但我感觉民国离现在很遥远，离古代很近。有时我翻看自己年轻时的日记，看到我与老顾交往的一些旧事，就像是读另一个与我毫不相干的古人的日记。

顾先生的秘书说，苏教授提起故人，果然有说不完的旧事。不过，顾先生还有一事在这里很值得一说，估计大家都不晓得。众人都拿询问的目光看着他，等他快点说出来，不料他又故作神秘地说，诸位可晓得顾先生今天为什么要请大家？众人摇头。有人问，是不是又在海外淘到什么宝贝啦？值得庆贺。顾先生的秘书说，顾先生手头的确有几件宝贝。不过，新近拿出的一件宝贝可能会震惊世界。

众人听了这话，也都露出一副震惊的表情。顾先生的秘书说，顾先生有言在先，如果他今晚迟到了，我可以临时扮演新闻发言人的角色，代他发布这个消息。我也不打算卖什么关子了，顾先生今晚请大家来，无非是要分享他的一项最新研究成果。

是什么？

是一部奇书。

什么奇书？

唐人写的长篇小说《崔莺莺别传》。

坐在我对面的文史专家说，如果我记得没错的话，唐人元稹写过一个《莺莺传》的传奇。

苏教授接过话说，元稹那篇《莺莺传》也叫作《会真记》，不一样的。我早年在顾先生家里读过的《崔莺莺别传》倒是一部了不起的长篇小说。不过，依我之见，它无非就是一部明清之际的孤本小说。

文史专家问，这是一部怎样的长篇小说？苏教授不妨给我们做一个大致描述。

苏教授说，刚才说《崔莺莺别传》是唐人写的，其实不然，严格地说，这部书是效仿唐传奇的笔法写的。如果我猜测没错的话，此人应该是晚明时期的人物。

文史专家又问，除了篇幅，这部小说跟元稹的《崔莺莺别传》还有什么区别？

比元稹写得要有趣得多，苏教授举例说，比如里面写到崔莺莺与张生私会时总是带上自家的枕头，否则就睡不安生；又比如，张生是个近视眼，常常把红娘当作崔莺莺来搂抱。最精彩的是写张生翻墙那一节。张生翻墙时，起初觉得墙很高，要费很大的劲才能翻越。后来，翻墙次数多了，手脚更麻利了，忽然觉得墙似乎矮了许多。再后来，墙之于张生，如若无物。值得一提的是，手抄本《崔莺莺别传》虽然是一部伪托唐人的作品，但伪书中也是有好东西的。正因如此，它才流传下去。手抄本的字是唐人写经体，出自顾先生的老师、文字学家陈宿白的手笔。

哦，陈宿白，文史专家说，此人我知道，他是章太炎先生的弟子。曾于民国初年留学日本早稻田大学，读的是测绘专业，后来做的却是唐史研究。

苏教授说，你说的没错。陈宿白先生当年留学日本时，在一家专门收藏汉籍的文库（也就是我们所说的图书馆）里发现一部手抄本《崔莺莺别传》，他借到手后，原本只是当作闲书来读，看着看着，越发觉得此书对他研究唐史有极大帮助。因此，他又动手把整本书抄写了一遍。在抄写过程中，他曾写信向日本汉学家和中国国内的藏书家打听此书的作者和来龙去脉，结果他们都回复说不曾听过，更未读过。陈先生从此对《崔莺莺别传》以及与此有关的古籍多留了一个心眼。几个月后，陈先生带着省吃俭用积攒下来的钱再度去那家收藏汉籍的文库时，发现它已经被一位日本汉学家以高价买走了，陈先生后来有没有去寻找这本书的下落我就不得而知了。

文史专家说，我没读过这部传说中的《崔莺莺别传》，不过，我在陈宿白先生的日记中发现，他每年都要把一部秘不示人的"狭邪之书"重读一遍。现在想来，这部书莫非就是《崔莺莺别传》了。不可理解的是，他居然说自己每每看到会意之处，就会出现异常的生理反应。

画家许墨农说，从前有位红学家，我忘了名字，八十多岁还发生过读《红楼》夜遗的怪事。

好色嘛，也是疾。我身边那位长发披肩的诗人竖起一根手指说，人即便横躺着，还有竖立起来的欲望。

苏教授说，用现在的眼光来看《崔莺莺别传》里那一点性描写真的不算什么，尽管它充满了唐人所特有的浪漫情怀。独独让我不解的是，陈先生一直对此书青睐有加，身后由遗属整理出版的全集里面却没有一句话提到《崔莺莺别传》。等老顾来了，我倒是要请他揭开这个谜底。

文史专家说，陈宿白先生最后几年是在"文革"中度过的，我是见证者之一，可以做一下补充。陈先生是在"文革"爆发那年的秋末离开北京的，隐居我老家那座偏远的小镇。但他无书可读就没法活，平日里有事没事总要捧着一本别人都看不懂的书。邻居们都说，他是这个镇上最爱读书的人。于是就有人过来，把他手中的书扔掉，把他打翻在地。这期间听说还烧毁了他的一部分手稿，有关《崔莺莺别传》的考证文章是否也在其中我就不得而知了。

苏教授说，陈先生的晚年生活如何我不大清楚，我只是听说他在临终前几天不吃不喝也不说话。老顾跑过去看望他时，他忽然支撑着坐起来，想说什么突然又忍住了。待家人走开，他就附在老顾耳边说了几句，然后就闭上了眼睛。老顾后来在写给我老同学的一封信中提起过这事。

陈宿白究竟对顾先生说了句什么话？席间大家猜测了一番。有人说，陈宿白定然是要把那本《崔莺莺别传》的手抄本传给顾先生，让他妥善保存。

不，苏教授说，你们猜错了。陈宿白先生只是道出了自己的一则写作秘诀。

什么样的秘诀？

苏教授说，我们现在正在进餐，所以我就不说出口了。还是说说那本《崔莺莺别传》吧。

古玩收藏家问身边一位长得如同一只野鹤的瘦先生，听说你跟顾先生有交往，不知是否见过此书？

野鹤般的瘦先生说，我见过的那个手抄本，应该是更古旧一些，大概有好几百年光景了。

苏教授听了这话，忽然露出了满含深意的微笑。

经人介绍，我才知道，眼前这位野鹤般的瘦先生就是津派的古籍修复专家，从天津一位陆先生那里学得一手"千波刀"绝技。

野鹤般的瘦先生又接着说，顾先生家里有几部堪称海内孤本的病书，之前曾派人找我修复过。两个月前，他还亲自登门找我，请我修复那本叫《崔莺莺别传》什么的手抄本书，我一闻到书衣的明矾味，就晓得之前有人修复过了。不过，那本书在之前的修复过程中用白芨过多，纸张都变得脆黄了。大概是因为不能修复的缘故，我就记住了书名。

苏教授问，你可读过？

野鹤般的瘦先生说，不曾。我只是个手艺人，论学问哪里及得上你们的万分之一？

文史专家笑道，如果此书真是唐人所著，你将它偷偷翻印出来，恐怕就是一件功德无量的事了。

野鹤般的瘦先生说，我师傅当初传我这门"千波刀"的手艺时就说，心术不正的人学了它，真是贻害无穷啊。因此，他倒是希望自己的手艺及身而绝。

苏教授说，你师傅所掌握的想必也是一门古董级的学问了。这好比一盏灯，有人守护着，不让风吹灭，就能做到灯灯相续了。老顾这人有时虽然有点迂，但他传承了陈宿白先生的衣钵，潜心做冷门的学问，迂也变得可爱可敬了。

庹先生似乎对这些混合着老宅的陈旧空气的话题不太感兴趣，打了个哈欠，低声对我身边的诗人说，很奇怪，为什么人们总是喜欢在酒桌上谈论自己的专业？前阵子我的一位亲戚喜得贵子，请我吃满月酒，酒桌上有位妇产科医生从头到尾就聊生孩子那些事儿，好像这门专业是世界上顶顶重要的。我是教逻辑学的，但我从来不会在喝酒时跟人谈论逻辑学。如果喝得多一点，我连那种有逻辑性的话都不会说了。

是的，诗人说，我喝酒之后说的每一句话都是不可解的诗。

他们就这样嘀咕着。

顾先生的秘书依然沉浸在前面那个话题带来的氛围里，不停地夸赞顾先生在治学方面如何勤奋和严谨。顾先生积数十年之功研究《崔莺莺别传》，在外人看来好像不值得，可他相信，顾先生这么做自有他的道理。说到这里，他举了一个例子：几年前，刚刚病愈的顾先生几乎要放弃继续研究《崔莺莺别传》这部书时，在法国一家私人收藏馆里居然翻看到了一页敦煌残卷，这张残卷上面有一段谈经说法的文字出自《崔莺莺别传》，末尾还写明该书作者与抄录者有一面之缘。

他提到的作者是谁？

白居易，还有元稹。顾先生的秘书说，顾先生通过很多线索，最终证明《崔莺莺别传》其实是白居易与元稹合著的一部长篇小说。

理由呢？

在座诸位可能都知道，元白二人同年中进士，一起倡导新乐府运动。他们相交三十年写了大量赠寄酬酢之类的诗和互通消息的信札。白居易和元稹无疑都是赫赫有名的诗人，但很少有人知道他们还是小说家。

苏教授说，元稹好歹还留下一部短篇小说，白居易好像一篇都没留下。现在很难说他有没有写过小说。白居易的诗里面有不少叙事成分，可见他是块写小说的料。现在我们不妨用创作发生学的方法来分析这样一种现象：白居易当年听了白头宫女讲述的唐玄宗与杨贵妃的故事，很想写一篇小说，结果还是弄成了一首叙事诗，也就是我们现在读到的《长恨歌》；而元稹呢？原本只是打算写一首崔莺莺的诗，结果是意犹未尽，写下了一部与崔莺莺有关的短篇小说。

没错，顾先生的秘书说，《崔莺莺别传》的蓝本是元稹提供的。据顾先生考证，元稹写完了这个短篇，心里颇不平静，就交给白居易过目，白居易还没读完就流泪了。

苏教授说，白居易这人是动不动就流泪的，他坐在船上读元稹的诗要流泪，坐在家里面接到元稹的信也要流泪。这足以证明他是一个神经脆弱、情感丰富的诗人。

白居易读《莺莺传》流泪还有另外一层寓意。顾先生的秘书突然压低声音说，顾先生细读元白诗集和信札之后发现了这样一个秘密：贞元十七年秋，白居易与元稹一道狎游胡人开设的酒馆，他们同时爱上了一名胡旋歌舞伎，至于她叫什么名字，是中亚哪个种族的移民，顾先生还能说出个子丑寅卯来。

文史专家问，这个女子跟《崔莺莺别传》有关？

顾先生的秘书说，她就是《崔莺莺别传》里那个崔莺莺的原型。

苏教授说，元白二人狎游时写过同题诗。因此，同时爱上一个歌舞伎也不奇怪。把她跟崔莺莺扯到一起，似乎有点牵强。早些年，陈寅恪先生也考证过这事。我是不以为然的。

顾先生的秘书说，起初我也不相信顾先生说的一番话，后来我翻了翻书，还真发现有这样一个"酒家胡"女子呢。不同的是，元稹爱上了她的肉体，白居易却爱上她的灵魂。因此，元白二人不仅相安无事，而且还以各自的方式证明男人之间牢不可破的友谊。

文史专家接过话茬说，如果套用《围城》里面赵辛楣的话来形容，他们简直就是"同情兄"了。

不过，野鹤般的瘦先生说，他们比"同情兄"的关系似乎更进了一步，大概算是很难得的一对基友吧。

好像是这样的吧，顾先生的秘书说，白居易晚年回到洛阳居住之后，有一天，偶尔翻到元稹的旧稿，突然有了冲动，想写点什么。他写了个开头，就把纸片抛进陶罐里。第二天醒来，他又续写了一段。就这样，他花了不到半月的时间写了《崔莺莺别传》的第一部分，嘱人重抄一份寄给元稹看。元稹看了，惊喜莫名，又添枝加叶补充了一些细节。一来二往之间，故事的线索越拉越长，竟然衍生成一部长篇小说。大家都知道唐人重诗不重小说，他们写小说权当是玩一种文字游戏，自得其乐，压根没想到要公之于世。一年后，这部题为《崔莺莺别传》的长篇小说杀青。同一年，白居易生子阿崔，元稹生子道保。

文史专家带着好奇问，阿崔这个名字是否就是因崔莺莺而起的？

顾先生的秘书说，这个嘛，我也不晓得，顾先生来了，你问他本人就知道了。

苏教授说，有时候学者为了自圆其说，常常会一本正经地胡扯，我看过一些研究文献说什么崔莺莺的原型是元稹的远房表妹，叫什么双文；还有的文献说崔莺莺的读音在唐代与曹九九相同，而曹九九就是中亚粟特族人。姑妄言之，姑妄听之好了。

顾先生的秘书说，我没有研究过《崔莺莺别传》这部书。只是听顾先生说，这本书里面夹杂了不少古伊朗语。他去年去了一趟阿富汗和伊朗，在两个国家先后逗留了三个月，就是为了研究那里的古伊朗语。

苏教授说，古伊朗语在唐朝的时候就叫波斯语。那时候，有些波斯人入住中国，因此，唐人也能懂一些波斯语。这不奇怪。

顾先生的秘书说，不晓得诸位有没有留意，顾先生前阵子发表过一篇重要的论文，明确提出白居易不是纯粹的汉人，而是汉人和波斯人的混血儿。

白居易有波斯人的血统？

是的，白居易的母亲是一名波斯商人的女儿。白居易自小就以波斯语作为母子之间的会话用语，平日里主修汉语，再后来就一直用汉语写作。起初我读了顾先生的文章也觉得很吃惊，但顾先生说，事实就是这样的，白居易当年给母亲写的信里面就夹杂着很多波斯语。由此他推论，白居易喜欢那名胡旋歌舞伎，不排除恋母情结……

苏教授一径地摇着头说，这老顾看来有点走火入魔了。

顾先生的秘书笑着说，等一会儿顾先生来了，你倒是可以跟他做一番辩论了。

顾先生的秘书正想说什么时，突然接到了顾师母打来的电话，他站了起来，一边用手拢着嘴悄声细语地说话，一边走出包厢。

苏教授又接着跟大家说，我至今仍然怀疑那本长篇小说《崔莺莺别传》是明清时期文人的伪托之作。陈宿白当年认定这部书是唐人所作，但作者不详，现在老顾又做了进一步的研究，说它是唐人白居易与元稹合著，我就觉得荒唐得很。陈先生当年曾对老顾说，日本第一部现代小说《浮云》要比中国的《狂人日记》早三十年，这是毫无疑问的。但要说日本的长篇小说《源氏物语》要比中国早，就不见得了。老顾问他何以这么断定。陈先生说，以他手头的一部手抄本《崔莺莺别传》为证。恕我直言，他们两位一口咬定这部长篇小说是唐人所作，无非是证明中国的长篇小说要比日本出得早。显然，这与他们的仇日情结有关。

文史专家说，苏教授说的没错，陈先生的胞妹，也就是顾先生的母亲是被日本人杀害的。

苏教授说，据我所知，老顾后来刮胡子一直不用电动剃须刀，因为他的童年时代是在战乱中度过的，跑警报的经历使他一听到电动剃须刀的嗡嗡声，就会不由自主地想起轰炸机在头顶盘旋的场景。

说话间，庹先生晃悠悠地从洗手间里出来，拍着画家许墨农的肩膀说，许兄让我大开眼界了。

大家都问，是什么东西让你大开眼界？

庹先生说，你们去一趟洗手间就晓得了。

洗手间里有一幅美人如厕图，据说出自画家许墨农之手。许先生此前在这间堪称豪华的洗手间如厕时，看到里面那个考究、别致的新式马桶，灵感忽至，出来后，慌不择纸，立马就画了出来。会所老板识货，立马出了高价买下这幅画，挂在洗手间里面，以示风雅。

因为喝酒的人多了起来，如厕的人也便多了起来。

我多喝了几杯酒，也未能免俗地进了一回洗手间，坐在马桶上，看着对面那幅美人如厕图，便有了一种慢慢到来的醉意。

出来的时候，没有人再谈陈宿白、顾先生，以及那本我们从未见过的《崔莺莺别传》。

晚风吹过夜风吹，这一桌热菜都变成冷菜了。服务员，把这几个菜再热一下。黄酒再温一壶。

潘诗人好像来兴致了。

老管，你这回有没有带琴来？

勿跟我说起弹琴，我已经三个月不曾摸过琴弦了。自打每家茶馆里都玩起闻香听琴的雅事后，我听到"琴"字就厌憎。不弹了，不弹了。

一桌人都被浓烈的酒气簇拥着。通常，这个时候总会有一两个人扮演思想家的角色，说一些深奥难解的话。他们说话时脑袋摇来晃去的，好像突然变轻，要飘浮起来。我也是。我感觉自己的脚一直没着地。

有人开始剔牙，也有人掏出笔来互留电话号码与地址。今晚的酒宴是可以记下一笔的。同饮者：学者苏永年、画家许墨农、书法家柳喻之、诗人潘濯尘、琴师管天华、昆曲界名伶杨芳妍、文史专家（姓彭，其名不详）、古玩收藏家庄慕周、音乐评论家庹宗玉、"千波刀"传人虞问樵，还有几人不曾请教大名，想必也是本城的名流吧。

我们在这里闲坐说玄宗，玄宗还来不来？苏教授忽然又提起了顾先生。此时，他已进入微醺的状态，灯光醒在脸上，几颗老年斑便如同经年的干红枣。

顾先生究竟还来不来？杨女士接着问。

顾先生的秘书迟疑半晌说，顾先生近来身体不太好。刚才打电话过去询问，师母回话说他有点头晕。

古玩收藏家说，顾老先生的身体时好时坏，很让顾老太太担心。听说他近来吃了饭后就一直坐在书房里的树下，像是老僧入定。有一回他身子刚离座，就栽在地上了。送到医院，说是脑血管阻塞。顾老太太说，伊拉脑血管被墨字塞住了。

顾先生的秘书说，这事的确发生过。不过他很快就奇迹般地苏醒过来，看上去好像也没有大碍。

一桌子的人都沉默着，仿佛是安然流逝的时间和不断见少的酒让人有些伤感了。

顾先生的秘书说，顾先生这些年几乎是将所有的心血都倾注在《崔莺莺别传》上，他一直把这部书放在枕边，批校了一遍又一遍。他说，如果这部书的真伪问题尚无定论，他宁愿将它带到棺材里去。

啊，带到棺材里去。另一人发出回声似的感叹。

顾先生到底还是没有来。

饭局结束了。文史专家剔着牙问苏教授，之前你说陈宿白先生当年留下了一则写作秘诀，现在可以说说了吧？

苏教授说，我原本是当闲话来讲的，没承想你却还挂在心上。

不妨说说。

陈宿白先生临终前传下的一则写作秘诀是：大便可拉可不拉的，拉掉，宿便留着，对身体大是不益；文章可写可不写的，不写，写了也是徒耗心力。

众人点头。文史专家补充了一句：陈宿白先生当年就是死于便秘的。文史专家神情严肃，此事好像是经过严密考证的。不过，我一直没有告诉他，我就是陈宿白先生的曾外孙。

就将散宴时，外面忽然下起了瓢泼大雨。大家一时间打不到出租车，就姑且在一楼一块足供盘旋的地方一边等候，一边聊天。雨落在瓦背上、布篷上、后院的竹林里，远远近近一片繁响，更有喇叭声没头没脑响着，仿佛在催喊着雨下得快一些，更快一些。雨声包围了这座孤舟般的民国式建筑，我有一种微微晃漾的感觉。毕竟是深秋了，下了雨，寒气又添了一层。顾先生是不会来了。雨下得一阵比一阵急。顾先生是真的不会来了。大门口的服务员截下一辆出租车便嘱人传话：车子不够，顺路的请搭同一辆车吧。于是，在一阵谦让间有人搭上了车，另一些人留下来，继续等车。庾先生对杨女士说，我跟你应该是同路的吧。杨女士说，我先生已经开车过来接我了，我们还要绕道送苏教授。你不怕麻烦的话可以同行的。说话间，又一辆出租车已泊在门外。我们照例推让了一番，庾先生没有打算搭杨女士的顺风车，跟随另外几个人匆匆离开了。此刻，我们的苏教授正蹲在屏风的另一厢，默默地做着提肛肌收缩运动。

二〇一四年秋　写于觉簃

长生

有一阵子，我喜欢去河边走走、坐坐。河流的悠长与时间的闲散，在悄然散落的阳光里，仿佛有着对应的关系。散着手走路，看着自己的影子缓缓移动的样子，这一天也就在不知不觉中拉长了。无聊的时候，我会随手拍几株树或一些野花野草什么的，发到微信群里。于是，就有人说我是个闲人。闲人，没有大事可干，通常会把时间消磨在手机游戏上、女人身上或是几件可有可无的物事上。可我就是喜欢闲逛。

我在一家不大不小的公司上班，曾经给几位不大不小的部门经理开过车，两年后我换了岗位，不必再驾车四处奔波了。我买了一辆电动摩托车，每天打卡上班，过着两点一线的单调生活。年初体检时，我发现自己的脂肪肝超标了，卵磷脂小体也在逐步减少，诸如此类的小毛病一点点出来了，医生说，这都是久坐的缘故。于是我弃车徒步，每天沿着河堤走半个多小时的路到公司，虽然多绕了点路，但也值得，这样既有助于锻炼身体，又可以调整生活状态（有时候我还可以在散步途中发现一些鲜为人知的乐趣）。我的生活节奏就这样慢下来了。

这阵子，我常常看到一个老人划着一艘小船（当地人称之为"河鳗溜"）往返于河面。他不钓鱼，不摆渡，也不做航运赚水脚钱，就是在河里划过来划过去。我一度以为他是这里的河长，后来发现不是。这年头，河面舟楫早已零落，我所能见到的船也大都是马达轰鸣的机动船，手划船是极为罕见的。因此，当它出现在铺散着大片阳光的河面，不免显得有几分突兀。有时一只白鹭飞下，落在船头，跟他对视着，没有一点惊惧的样子。船在动，那是一种静止的移动。我没有比它走得快一些，也没有更慢一些。只不过，我是用双腿散步，船是用双桨散步。那一刻，我感觉自己的双腿跟船桨之间似乎真的有了某种呼应。

阳光温暖如手，漫不经心地抚摸着流水和两岸的石头。我的目光被那艘小木船牵引着，有了一种连自己也说不清楚的寂寞之感。不多久，小木船竟缓缓向我这边偏斜过来。水鸟腾地一下从船头飞起，一带远山在云下浮动着。听得竹篙触石的声音，我便下了一级踏埠，用探询的口吻问道，老人家，能借你的船坐一程？

你要坐我的船去哪里？

我犹豫了一下，听到自己漫不经心地答道，去南边。我所说的"南边"是在小镇的另一边，我回答那句话的时候，正好有一阵南风朝我吹过来。

我上了船，左右摇晃了一下，迅即稳住。船上光洁无垢，中舱铺着一张龙须草席，因此我便脱了鞋子，放在一块垫布上，那里还摆有一双布鞋，沾染了泥迹和苔藓的颜色。我把一张钞票递给老人，他却把票子对折一下，放回我口袋。老人说，我是闲来无事，划船玩玩的，你也不必付钱的。这不，我也碰到过像你这样的年轻人，觉着好奇，就过来坐我的船。我想到哪里，他们就跟着我到哪里。他们坐车是有目的地的，坐船就不同了，可以随我东飘西荡的，说话也一样，天南地北，胡说一通。随即，老人弯下腰来，打开船上一个樟木箱的盖子，掏出一包蚕豆和一瓶酒，问我，自家烧的米酒，能喝上一点？我说，我已经戒酒了。他又从樟木箱里掏出保温瓶和茶叶罐子说，如果你没什么要紧事，就坐我的慢船，陪我聊聊天、喝喝茶吧。他给我倒了一杯茶，然后回到船尾，一边划船，一边跟我闲聊，好像我们已经认识好多年了。这大概就像人们所说的，初见有如重逢吧。

老人说，前阵子他常常看见我在岸边低头赶路，这阵子却不晓得我为何散起步来了。我告诉他，我原来上班都是从这边路过，现在对手头这份工作已经腻烦，不想上班了。老人听了也没深问，只是说今天天气如何如何好，那些闷在屋子里的人不出来走走是很可惜的。我跟老人尚不熟悉，当然没有必要告诉他我想辞职的原因。事实上，我也谈不上有什么苦衷，只是不想老待在一个小地方。生活越来越单调乏味，跑出去的愿望也就日甚一日。至于去哪儿，我还没打定主意。

沉默有顷，老人突然像想起什么似的，跟我做了自我介绍：我叫长生，是这个镇上土生土长的，土得不能再土了，不会坐车，至今还没出过远门呢。

不知道为何，我与长生聊天时，语速也慢了下来。我想我的语速已接近于流水的速度、船行驶的速度。从河中央看两岸风景，跟站在岸的这一边看那一边，毕竟是不一样的。那一刻，水在流动，船在流动，目光在流动，思绪也在流动。在流动中忘掉了水程的远近。船过十间桥，长生指着岸上的一排高楼说，这镇上五百年以上的物什还剩三样，你可晓得？我摇摇头说，我从来没听长辈说过。长生说，这三样物什现在可以看到两样，喏，就是那座桥边的大榕树和树下的一块石刻照屏。还有一样？我问。长生指着岸边的服装贸易市场说，从那里过去，有一座胡宅大屋，正屋头门台外有一个道坦，现在已经变成市民活动中心，那里有一棵大榕树，树下有一口五百年古井，那口古井原本是地主伯胡醒石祖上留下的。胡醒石是谁？没等我发问，他已经说开了。提起老古早的事，他的目光就跟流水间的落叶似的，一下子就飘远了。

长生的父亲是一个残疾人，双脚不能走路，就以桨代脚，在水上做起家来。那艘船是一种叫作"河鳗溜"的内河货客船改造而成的，炊膳设在后舱，父子俩平常就睡中舱，中舱立棚，可以推拉。家是不系之舟，但他们飘来荡去，不出塘河一带。塘河以北是一条横亘着的大江，江水无常，他们不敢过江去讨饭吃；内陆河不免恶风浪，却是可以测知、躲避的，父子俩托命于水，倒也无妄无灾。长生的父亲每经过一座村庄，就开始敲梆；见岸边有人拿东西出来，便伸出一根挂着布袋的竹竿。施舍的东西要么是一捧米，要么是一些剩菜冷饭。长生的父亲收回布袋之后，都要双膝跪地，唱几句利市歌。有时候，长生的父亲还会向岸上的人家要一点米糠或麸皮，往后看见鸭子游近了，就给它们撒一把。塘河一带的人大都认得长生父子，说起来，也常常会为他们的身世感叹几句。尽管如此，岸上的人也没有进过敲梆船，而船上的人也没有上得岸来。唯一坐过敲梆船的人，大概只有地主伯胡醒石了。

那年夏天的午后，胡老爷穿一件无袖的绸衫，摇着一柄带坠子的折扇，慢悠悠地走过来，猫着腰钻进船篷，坐定，抛下一枚银元，说，走。长生的父亲问，去哪里？胡老爷说，风从哪个方向吹过来，你就往哪边走。长生的父亲明白，胡老爷要他划"倒风船"。长生的父亲划动木桨时，胡老爷便迎风坐着。未几，胡老爷从布袋里掏出一包蒜香豌豆、半壶黄酒、一壶茶，摆在桌子上。胡老爷从摊开压平的纸蓬包里撮了几颗花生米，递给长生。长生瞥了一眼父亲，见父亲摇摇头，他也跟着摇摇头。胡老爷问，你多大了？长生说，九岁。又问，没上过学堂吧？长生点了点头。船划到柳荫间，一阵河风吹来，胡老爷连连赞叹：好风，好风。长生笑了一下，赶紧捂住嘴。长生一直在船上住着，从来不觉着风有多好。胡老爷饮下一浅杯，深深地吸了一口气，颇有些借风下酒的意思，喝得兴起时，便捻着胡子，嘴里念念有词。长生不明白他在念什么，但觉着好听。本城的人都知道，胡老爷早年在日本留过学，回国后跟几位乡绅合办了一座学堂，还捐了一百亩地做学田。胡老爷常做一些怜贫恤孤的善事，跟下等人也没摆过什么架子。那年头，富人家坐花船"荡湖"是常有的事，但胡老爷偏偏喜欢坐长生父亲的敲梆船，也不拘远近，在河上度过一个美好的下午，就照例抛下一枚银元。

斗地主、分田地那年，胡老爷首当其冲，人被抓去，书被烧掉，书房前的两株白玉兰和金桂被伐倒做了柴火。胡老爷在批斗会上虽然把所有的罪行都归到自己名下，但四个儿子还是脱不掉干系，幸得镇上贤人二三替胡家说了几句公道话，他们才免于陪斗。镇上的人把胡老爷批斗了一阵子后，实在玩不出花样了，就拉到野外枪毙。长生说，胡老爷是他这一辈子见过的最有风度的一位大先生。临刑那天，他跟父亲一起划着船去西郊外的河滩边观看。胡老爷被人押送着缓步过来，他穿一身羽纱长衫，把头梳理得一丝不乱，一副要出远门的样子。行刑的时候，胡老爷向行刑者和那些踮着脚看热闹的人鞠了一躬，然后转身，向天地鞠了一躬。一声枪响，几只野鸭子便扑棱棱飞了起来。胡老爷死后，没人给他收尸，让寒雨浇淋。长生的父亲说，胡老爷是个好人，但好人没好报。长生的父亲把船划到河心时，又掉过头来。长生说，他父亲这辈子从没上过岸，但为了胡老爷，他破了一次例。长生的父亲在岸边挖了一个坑，把胡老爷草草掩埋了。

长生说，他爹替胡老爷殓尸，从来没有告诉任何人，但胡老爷的后人终究还是知道了。

胡老爷有四个儿子。长子伯远曾留学日本，学的是造船技术，回国后曾在上海一家造船厂当技师。土改后，胡伯远受牵连，到乡下放鸭；之后又进了一家乡镇造船厂当技师。他会拉大提琴，也会拉大锯。但长生从来没听他拉过什么大提琴，只是听他说过：会拉大提琴的人，拉起大锯来，声音要比别人悠扬。

胡老爷的次子仲远是个好玩之人，平素喜欢种花、养狗、熬鹰、遛鸟，土改后莫名其妙地做起了兽医，之后又因为莫名其妙地治好了镇长老爹的疑难杂症，就变成了可以挂牌接诊的名医。

胡老爷的三子叔远是个乏善可陈的败家子（富人家通常都会出这类败家子），早年混迹市井染上了赌瘾，一发不可收。赢了钱，他便穿上破衣裳，为什么？怕人家借钱。输了钱，他便穿上早年的一身西装，又为什么？好去借钱。

胡老爷的喜子（本地话里"四"与"死"谐音，"四"字也就念成"喜"了）胡季远是个名气不薄的书画家，自号柿叶山房主人，在山里买了一块地，可居可游，屋后种了几株柿树，柿子熟了，分赠邻里或朋友，自己不怎么爱吃，但玩经霜的柿叶。怎么个玩法？就是在残叶上写写画画，然后随风抛撒到山谷里去。后来也不知为何，他竟连画笔也扔掉了，甘愿去做油漆匠。

这四人，后来跟长生都结下了不解之缘。

长生在十二岁之前一直跟随父亲，过着浮家泛宅的生活。十二岁那年，父亲突然病倒了。长生把船划到十二间桥，朝桥埠喊了几声"胡医师"。一个白脸长身的人就从一家药铺走出来。胡医师就是胡老爷的二公子仲远。

胡医师带来了一个大柑，递给长生的父亲说，吃一个吧，是"重五柑"，润润喉。长生的父亲说自己什么都吃不下，也不想吃。他把大柑递到长生手中说，"重五柑"胜羚羊呢，你到一边吃去吧。长生收下了柑，舍不得吃，捧在手里，被阳光照着，呈金黄色，仿佛带有一丝暖意。胡医师给长生的父亲检查身体时，脸色有些凝重。他写了一张纸条，嘱长生去卫生院取一种药物。

长生回来后，胡医师没跟他说起父亲的病情，却问道，长生，往后你想学门谋生的手艺？没等长生回答，他又接着说，我哥哥进了一家造船厂，手下正缺人，你如果愿意，我可以介绍你做他学徒，好歹也可以混碗饭吃，总比现在跟着你父亲过乞讨的日子强吧。

长生看了看胡医师，又看了看父亲。父亲点了点头。

胡医师说，长生你收拾一下行李，现在我就带你去造船厂。

长生说，阿爹病倒了，没人照顾，我怎么可以在这个时候出走呢？

胡医师说，没事的，你爹这几天就把船泊在这里的小河湾，我有空过来照顾一下他。

长生的父亲也接过话说，我只是得了风寒，将息几天就好了，不碍事的。

长生上岸时，双脚竟有些发飘。胡医师笑着说，长生，你的双腿直不起来吗？长生敲了敲自己的膝盖，腿就直了些，可他一走动，腿就松垮了，双膝向外，形成了罗圈腿，这样一高一低地走着，足底便像是装了弹簧。他明白，长生的双腿原本可以伸直的，但因为长时间曲膝坐在船上，双腿就走样了。长生穿过一条布满凹痕的青石板路时，有几个小孩子跟在他后面，模仿他外八字脚走路的样子。胡医师回过头来，张开双手，像赶鸭子似的驱散了这群孩子。

到了造船厂，长生见到一个面目与胡医师酷似的人，他就是胡医师的长兄胡伯远，人称胡大先生。胡大先生听完胡医师的介绍，轻轻地"哦"了一声，摘下鼻梁上的玳瑁眼镜，把长生上下打量了一番。

胡医师走后，胡大先生把他带到作坊，劈头就问，造船很苦，你吃得了苦？

我不怕苦，长生说，我有的是一身力气。

胡大先生说，你说自己力气大，好吧，你可以去挑粪壅田了。

这么一说，长生就蒙住了。

胡大先生说，造一艘船，固然是体力活，但也要用脑子。胡大先生这样说着，便用手在长生的脑袋上轻轻地拍了一下。

我可以收你做学徒，但有个规矩，得先给你说清楚了。

什么规矩？

你得给我准备好两样礼物。

胡师傅，你也晓得，我们家实在是没什么值钱的物什拿得出手。

虽然你两手空空，但你身上兴许有的。

长生把口袋朝外翻过来说，如果有，我一定会双手奉上的。

我说的两样礼物是摸不着的。

那是什么？

是谦卑和勤快。

师傅说的是这个呀，我有的，我有的。

胡大先生没有再说什么，当晚就让长生留下来，还给他添置了一些简单的生活用品。

长生在造船厂做学徒，每月食宿免费，逢年过节还能拿一点酬劳。若逢初二、十六，造船厂的老大照例要请大家吃一顿红烧肉。长生长这么大还没吃过红烧肉，先咬一小口，便有油汁从舌间溢出，满嘴生香；他把嘴角舔干净后，才下第二口、第三口……胡大先生说，他近来患了胆囊炎，不吃油腻，因此就把自己那块红烧肉搛到长生碗里，但长生只是闻着肉香，舍不得吃。匆匆扒完了一大碗饭，他就偷偷用油纸包好红烧肉，打算带回船给父亲享用。

没承想，他刚踏上船板，船舱里面就响起了剧烈的咳嗽声，然后他就听到父亲声嘶力竭地喊着，不要靠近，不要靠近。长生跪在外面，一动不动。这时候，河面陡生凉风，船上的炉灶扬起一小束黄尘，布幔抖动了一下，父亲伸出一只枯枝般的手臂说，他的病已经没有好转的迹象，现在什么东西都吃不下了，只求一死。但他也有一个愿望，死后如果没有棺材殓尸，就把这艘破船当作他的棺材，放到海里去，让风浪吞没。

长生旋即登岸，三拐两拐找到了胡医师。从胡医师口中得知，他父亲得的是肺结核，会传染的。胡医师和父亲事先商量好了，让长生去学手艺，就是为了免于传染。父亲的病情传开后，周边那些公婆船上的船户就恶声恶气地驱逐他离开，大概也是怕被传染。

不到一周，父亲就断气了。长生依照他的遗愿，把他的尸体跟那艘小木船捆绑在一起，送出风急浪高的海口，然后就坐上了胡大先生的舢板船。转眼间，他就看见父亲的小木船一点点小下去，直至被一个浪头抹平。

站在一边的胡大先生双手合十，拜了三拜，接着又抬头望天，长叹一声道，其生也若浮，其死也若休，这样的归宿也未尝不好。

长生不懂这话的意思，但似乎又明白了点什么。

在长生眼里，胡大先生跟胡老爷一样，也是个有学问、有情味的人。

有一天，胡大先生要坐船去龙泉看树。同行者有造船厂的几个老师傅和学徒，长生也在其中。龙泉在西北方向，地势偏高，若是沿瓯江走，就得赶早潮时分，顺流而上。他们坐的是一种瓯江上常见的舴艋舟，船艏与船艉呈月牙形，人坐在船篷里面，也不感觉江流湍急。胡大先生坐在船尾，跟大伙讲述自己当年坐瓯江交通船去龙泉做洋布生意的经历。到了温溪，正是中午时分。大伙肚子饿了，开始生火烧饭。船锚定之后，胡大先生从溪流里捕了几条鱼，从岸边摘了一些野菜，就在船上的江灶舱上做起了菜。饭饱，继续行船。

一路上山环水绕，每每遇见怡人景色，胡大先生就让船工停棹，饱览一番。一位老师傅说，我们这哪儿是去看树？分明是游山玩水嘛。另一个师傅也说，一堆石头，一摊子水，有什么看头的？胡大先生说，走山路不看水，走水路不看山，怎么说得过去？你们看树不看山水，又怎么能了解木头的妙用？胡大先生说起话来，总是藏着什么叫人半懂不懂的深意。途中有市墟，也要停船，大伙上岸闲逛一圈。因为身上没带几个钱，他们也只是走马观花而已。胡大先生不然，他看什么东西似乎都能看出门道来。他从市头走到市梢，心静步缓，仿佛游山。同行者都没心思陪他逛街，跑到一座祠堂后面看草台班戏子去了。唯独长生背着一个布袋，同书童似的跟在胡大先生身后。东转西转，胡大先生转到了附近的林场，见到了一位跟他合伙做过洋布生意的老友。聊到太阳西斜时分，主人置酒留饭，胡大先生却借口有事，匆匆走掉了。经过半山腰的一户村庄，只见家家户户都种着瓜果。胡大先生没有伸手去摘树上的果子，但看到地上的果子会弯腰去捡，用手擦拭一下，放进长生背后的布袋里。这一路过来，胡大先生还认得许多野菜，叫得出名目。看到没有篱笆环护的野菜，他便弯下腰来摘了几株，还跟长生讲解如何用油盐调食。他们到了船上，太阳正好落山了。那一顿晚餐有菜有鱼有瓜果，二荤三素，居然不费一毛钱。

大伙把肚角撑饱，牙缝塞满，就散坐在滩头聊女人。长生年纪最小，锅碗瓢盆就归他清洗。胡大先生回到船上，从布袋里掏出一根烟杆，拍拍船舷，一边装上烟叶，一边带着惋惜的口吻说，今天我瞄中了几块上等的龙泉杉，只可惜手头没钱。这样说着，他又点燃烟，望着不远处寂寥的灯火说，我有钱的话，就买两立方的龙泉杉，造一只舴艋舟，空闲的时候就划着船去没有人的地方吹吹风。

长生听了，心里默想，自己往后若是有了一艘船，也会跟胡大先生一样的。

船划到龙泉境内，他们就沿着深僻的山路，走进了一片杂木林，胡大先生又向大伙讲解每一种树的特征与用途。有时候，胡大先生还讲几个有趣的地方掌故。这一路上，胡大先生每经过一处树林都要驻足片刻。看到桐树结籽，他就让大家采集一些散落地上的桐籽。桐籽做什么？捣成桐油。看到几根楠木，他也随手捡来，说这楠木做刮板最合适不过了。经过一户编织草席的人家，胡大先生又停了下来，向主人讨要了一麻袋草席的下脚料。

龙泉之行，大伙都说玩得很尽兴。归途中，长生在心里合计了一下，这一趟坐水路去龙泉看树，除了租船费用，其他吃住的费用一概省掉了。带回来的楠木、桐籽、草席的下脚料，也都是不花一分钱的。胡大先生对什么事看似不着意，实则处处留心。

闲时，胡大先生近乎散漫地做起两件事来。

一是搜集一些别人弃而不用的木头。这些木头解好之后，就放自家瓦背，教风吹日晒，这叫"漂木板"。夏季台风过后，暴雨连旬，他看见有一块木板从上流冲下来，就用长竹篙挢了过来，一看，水杉棺材板，木质极其好，舍不得丢，就用锯子解了，放在瓦背，也不讲究什么忌讳。有一回，长生在胡大先生家蹭饭，无意间看到了从龙泉带回来的几根梗木做成的刮板，它们像腊肉似的挂在镶灶间里离灶孔最近的地方，作甚？就是让烟火熏。好的刮板，要熏个两年左右。胡大先生手上用的刮板都是熏过两年后呈暗黑色的。

除此之外，有空的时候胡大先生就带长生等四名学徒去罱河泥。胡大先生打桨，四人持竹竿挖河泥。装了半船河泥，胡大先生就歇手，从不多取。河泥一时间也没有派上什么用场，就倒进造船厂边上的一个河泥坑里。长生对胡大先生说，这些河泥要是卖给柑农，还可以换来几升米呢。胡大先生摇摇头说，不卖。那么，长生问，你让我罱河泥究竟有什么用意？胡大先生说，我想让你们每人都感受一下自己造的河泥船是不是受用。

隔了一阵子，长生才明白，胡大先生罱河泥是另有一番用意的。

胡大先生造的木船，要比寻常人讲究一点，不但讲究造型，还讲究外观装饰——除了船帮两侧髹漆，在船舷还要画上一组戏曲人物什么的。造船厂没有人会干这活儿，请的是外面的师傅，也就是胡大先生的四弟胡季远。如前所述，他原本是个画家，经过一番思想改造，竟当起了油漆匠。不过，一般的油漆匠在当地只能称为"油匠老司"，而胡季远与别人不一样，他除了油漆，还会画各种物事，人们称他油匠先生。塘河一带，职业后面凡是带"先生"二字的，都格外受人敬重，比如：道士先生、唱词先生、教书先生等等。胡季远给造船厂画画，不收一分钱。每回画毕，胡大先生都会送他一船河泥（胡季远家有一片柑园，八九月间藏好的河泥晒干了，肥性好，可以赶在冬季撒到柑园里更新旧土）。河泥的用处就在这里了。油匠先生胡季远得了空闲，就来造船厂画船舷，而长生总是蹲在一旁默默看着。胡季远问，要学这门手艺吗？长生点了点头。胡季远说，那好，以后给我斟酒的活儿就交给你了。胡季远这人饭前没有酒润润舌头，就连提画笔的力气都没有了；有了酒呢，容易贪杯，而且多饮必醉，醉了同样是连画笔都提不起来，通常是躺在船舱里呼呼大睡，仿佛去了一回醉乡。长生见过此状，以后就学聪明了，给胡季远打来的黄酒仅半壶，不够，再打半壶。胡季远喝了一斤黄酒，止于微醺，这时节画画的兴头最高，教长生画画也最用心。长生学了一年多，居然也能画上几笔了。胡季远看了，有时点头，有时则摇头。点头，是夸他有了长进；摇头，是说他没念过书，再怎么用功，将来充其量也只是个画匠。长生也自觉在画画方面天分不高，以后也就老老实实造他的船了。

头几年，胡大先生造好船之后，长生都要上来坐一下；尔后几年，长生造好了船之后，胡大先生也都上来坐一下。胡大先生说，树离开土就死了，变成木头，可木头变成船，遇上了水，又会活过来。你造的木船好不好，就看它放在水里活不活。

有一天清早，新船上水，胡大先生抱膝坐在船头，望着清寂的河面，突然跟长生重提旧事。胡大先生说，很早很早以前，我还住在一座临河的大宅院里，一大早听到敲梆声，心头就有一种异样的被清水洗过的感觉。我晓得是敲梆船出来讨饭吃了，其中想必也有你父亲的船，可我从来没有施舍过一碗饭，也没拿正眼瞧过。直到有一天，家父提起了你父亲——

长生点点头说，胡老爷坐过我们的船，我这一辈子都记得。

胡大先生问，你可晓得我爹为什么愿意坐你爹的船？

长生不语，胡大先生便接着说，因为你爹的船跟别的船不一样，它虽然陈旧，但船板干干净净的，用我爹当年的话来说，就像切豆腐的那块板。

长生说，我爹说过，人可以很穷，但不能因为穷就把自己弄得脏兮兮的。

胡大先生说，你爹的心地也是干净的啊。

那时候，长生觉得，胡大先生也是干净的，天空与河流也都是干净的。

然而，"文革"来了，人心也变得不干不净了。因为外边每天闹革命，造船厂被迫停产。油匠先生胡季远自此以后没再来造船厂，再后来听说出了事——据说是有一回，他读完一部佛经，忽来兴致，按照从右至左的书写习惯写了"放下"二字，贴在墙上，结果被人误读成"下放"。革委会的人说，既然他要"下放"，就把他下放到黑龙江绥芬河那边的农场去。从此渺无音讯。胡大先生也大感不妙，对妻子说，这阵子风声吃紧，我得外出避一避。其时正是九月，庭院里开满了菊花。妻子问，要多久？胡大先生说，看形势，少说也得一年。妻子指着菊花说，明年菊花再盛开的时候你要记着回来看看我们。胡大先生点点头说，好。次年秋，菊花开了，又败了，胡大先生仍未见回来。再过一年，油菜花开了，正在收油菜花籽的长生看到胡大先生回来了，那时候才晓得，胡大先生已经疯掉了。

胡大先生晚年就住在自己造的一艘舴艋舟上。船泊在离村子有点远的小岛附近，那里潴水颇宽，没有人烟。他到底靠什么生活，没有人知道。长生驾着小船去找他时，他不想见。后来一听到什么打桨的声音，他的木桨便同鸟翅似的，张开来，向清冷的地方划去。有一天，人们发现这艘船连同胡大先生突然消失了。村上的人说，胡大先生造的船变成了宇宙飞船，飞到外星球去了。

"文革"结束后，镇上的造船厂开始恢复生产，但收到的订单以铁壳河轮与农用水泥船居多。但凡有木船生意，就由长生接过来做。此后十几年来，长生造木船的数量越来越少。无论怎么说，有船可做，手艺也就不会荒疏掉。长生的儿子转眼间也长大了，进了造船厂，不过，年轻人毕竟脑子活泛，也舍得出力气，什么种类的船生意好他就跟师傅学什么。

有一天，长生正在侍弄菜园时，儿子跑过来说，家里来了一位上海老板。长生有些疑怪，赶紧拾掇农具，回到家里，一看才知道这位"上海老板"不是别人，正是胡老爷的三公子、胡大先生的三弟胡叔远。见他西装革履、一身光鲜，长生就估摸着这老赌棍准是又输了钱，如果他开口借钱，长生就不知道怎么应对了。胡叔远跟长生绕圈子说了一大通怀念故旧的客套话之后，就把此行的意图挑明了：这些年，他跟几个上海人合伙在浦东办起了一座造船厂，目下正在搜罗各种人才，他早前听长兄介绍过长生，因此就慕名而来，聘请他担任技师。长生问，你造的是什么船？胡叔远说，什么船都造，木船、水泥船、铁壳船，十吨的、五十吨的、上百吨的，只要有订单，我们都造。长生说，我年纪也不小了，人又老拙，不想再跑出去折腾了。胡叔远说，我知道你心里想说什么，现在的胡叔远已经不是从前的浪荡子了。这样说着，他举起一根残缺的食指说，多年前，我戒了赌，断指明志。长生"啊"了一声，久久没说话。胡叔远瞥了一眼门外道坦上反扣着的一艘木船说，刚才我见你儿子给船缝填灰时手脚麻利得很，如果你们愿意，就跟我一道去上海闯荡一番吧。长生沉默有顷说，这阵子造船厂生意清淡了，我儿子就老老实实待在家里，随我学做木船了。不过，我知道这小子野心大得很，一心要干大事，不如随你去外边打拼一番吧。

长生不晓得自己为什么会那么爽快地答应胡叔远的要求。待胡叔远走上村口一条大马路，长生依旧驻足树下遥遥目送，那一刻，他越发觉得这胡叔远的背影跟胡大先生极像。当晚，他还梦见了胡大先生，穿宽衣大袖，着布鞋，月亮走，他也走……

儿子走出去了，长生明白，年轻人注定是属于外面那个世界的。儿子在信中告诉长生，他在上海见识了大船之后，才知道家乡的"河鳗溜"有多小。短短几年间，儿子就从一名普通技工变成了部门经理；再过十多年，他就接替胡叔远的位置，做起了造船厂的老板。儿子是越来越有出息了，但父子俩见面晤谈的时间却越来越少了。二十年后，儿子的造船厂变成了一家大型集团公司，长生跟他一年间也难得见上一两次面。

长生问儿子，人忙一辈子为的是什么？

儿子说，为的是有一天去美国的夏威夷买一栋大房子，每天可以躺在海滩边晒晒太阳。

长生又问，夏威夷的阳光跟这里的阳光有什么区别？

儿子说，太阳只有一个，但不是每个人都可以享受夏威夷的阳光。

果然，儿子不仅在京广沪买了别墅，还在夏威夷买了房子。有一回，儿子订好了机票，准备接他去夏威夷住上一阵子（那里的房子空着也是空着）。长生说，不去，不去。

终究是没有成行。

长生是个闲不住的人，晚年虽然家境富足，但他每天不做点什么心里头就不踏实。除了在老家后院里种点菜，他还在三里外的一亩小岛屿上辟了一座柑园，雇人一起打理。长生说，小时候，胡医师曾馈赠他一个"重五柑"，他一直视若恩物。现如今，他每年都要提一篮柑去看望瘫痪在床的胡医师。

依旧划船，去柑园，或是访友。他这辈子什么地方也没去，就是喜欢在这条河流上划过来划过去。人与船，分享着流水的寂寞。

阳光照在长生身上，也照在我身上。那时我居然觉得，一个人待在一个熟悉的地方晒晒太阳也是一件挺好的事。偶尔也能看见有人摇船过来，但都是水泥船。我问长生，你造过水泥船？长生说，我这辈子造过各种各样的木船，却没造过水泥船。水泥这东西造船，尽管经久耐用，看上去却很粗陋。长生停顿片刻，把桨打出一个漂亮的水花说，木船跟鱼一样，只有放在水里才是活的。

这条长河是南北走向，船穿过小镇，屋舍渐疏，间杂几座廊亭庙宇。越往南走，水域越发宽阔，星罗棋布的小岛上是一片又一片绿橘黄柑。长生说，这片土地如果不种柑橘的话，也许有一天会生出钢筋和水泥。

再往南走，就是另一座县城了。这一路过来，共有二十多座桥，不过，现在已经没有几座像样的石桥了，多的是混凝土桥。长生说，那边过去半里许，有好几条巷子都是以桥命名的，这是因为它的前身都是水巷，后来河流变成马路，桥也就废了，只留个桥名作巷名了。

长生没有再荡桨前行，而是把船划进了一条小河湾，那里有一座榕荫覆蔽的小岛。喏，这就是我家的柑园了，长生指着前方说，这些老树结出的柑特别甜，再过两个月就可以把船划过来摘柑了。长生这样说着就坐下来，点燃一支烟，默默地吸着。吸完了之后，他又开始划船，两把石林木做的木桨发出"吱呀吱呀"的声音。

我平躺下来，隔着船板，能听到汩汩水声，仿佛在诉说着这条长河的身世。太阳慢慢西斜，船在阳光和阴影间缓缓穿行，我消受着整个下午的散漫。忽然想起，前阵子有位叫八爪的网友曾约我坐船去前头那座小镇的杨府庙看地方戏，吃地道的鱼丸面，我应承下来了，却一直抽不出时间。这些日得了空，却找不着八爪了。如果这回坐船过去，戏是看不到了，或许还能在杨府庙旁的老字号店里热热地吃上一碗鱼丸面吧。

二〇一四年冬月

如果下雨天你骑马去拜客

　　有海归学子仨，远离尘表，把工作室搬进了一座深山。这在本县已属奇谈。他们是谁？人们开始带着好奇心四处打听。三位海归学子，都只有二十出头，其中一位是本地人，另外两位是外省人。县里面的电视新闻称他们为"海归三剑客"，但也有人给他们起了个绰号叫"三海龟"。"海龟甲"自美国硅谷来。"海龟乙"自英伦来。"海龟丙"自日本名古屋来。"三海龟"蛰居山中，潜心研发软件，过的是一种很世俗的朝九晚五的生活；不过，偶尔从工作室里探出头来，呷着咖啡，望一眼窗外的白云绿树，大概也会有一种出世之感吧。

　　"海龟甲"曾在上海一家外企打过工，但他觉得自己的位置不在上海金融大厦某间封闭的工作室，而是这座海拔高于金融大厦，登顶可以远眺大海的高山。他选择这地方，也不是一时心血来潮的。前些年，他父亲，也就是渡口村村长，跟房地产商联手，把一大片盐碱地和甘蔗地填埋了，变成连片开发的工业园区。儿子毕业后，村长就打算把他从海外招来办厂，以此拴住他的脚，不致东飘西荡。但"海龟"毕竟是"海龟"，志不在小，他对父亲说，他已经找到两位志同道合的朋友，决心干一番大事业。村长虽然不知道儿子描述的那些专业领域的东西，但他听了也觉得这事可成。于是拍板。"海龟甲"一个电话，"海龟乙"和"海龟丙"就跨洋越海跑过来了。然而，这一年春天，阴霾也随后跟着来了。

布满工业厂房的渡口村到处飘荡着浊气。谁都知道，浊气是会下沉的。沉到哪里去？一部分沉到水土里去，一部分沉到人的血液里去。这渡口村他们是无论如何都待不下去了。

怎么办？机器设备都买齐了，总不能半途而废。"海龟甲"跟父亲思谋再三，找到了一个法子，决定把工作室搬到老家的山上去。这山，是渡口村村长早年住过的地方，在本县东南一隅。村长觉得迁移一事虽然颇费周章，但只要儿子拿定主意，也无不可。老家的三间旧房子还在，经过重新清扫、粉刷、归置，还是可以住人的。

对"三海龟"来说，这座已经荒废的山村与渡口村相比，简直就是一个桃源世界。有山，有水，有草木，有一个温润的环境，还有什么不让人满足？"海龟甲"站在阳台上，仰面感叹说，上海的风吹在脸上总是那么粗硬，但这里的风是柔和的。

开发软件便如同闭关修炼了。当然，即便过着神仙日子，饭是照样要吃的。"三海龟"吃惯了西餐，很多食材非得雇人从山下挑上来。"海龟甲"买了一台蛋糕烘焙机，自己亲手做法式蛋糕；"海龟乙"买了一台意式咖啡机，能玩各种花式咖啡，还能打出细腻或醇厚的奶沫；"海龟丙"会做日本料理，秋刀鱼烤得尤其地道，倘若佐以清酒，风味更佳。除此之外，他们还养了一条伯恩山犬，一日三餐也配备了专门的狗食。

在这里，山龄比树龄大，树龄比屋龄大，屋龄比人龄大，人龄又比狗龄大。万物有序地生长，相育而不相害。他们跟山民一样，热爱清洁的空气，过着简单而安静的日子。

春末的午后，他们在屋顶的平台上支起一把白色太阳伞，坐在那里，一边喝下午茶，一边观赏着山景。山上原本住着几十户人家，三十多年前，村民集体搬迁，有的住到城里去了，有的分流到乡村。因为没有人看管，这里就日甚一日地荒落下去了。那些木石结构的老房子空荡荡的，仿佛有什么东西在里面静静地腐烂，散发出一股古怪的气息。低矮的屋顶上到处长满了杂草，远远看去如同一片草坡，偶或有几只野雉从短篱矮墙间忽地一下飞掠到屋顶的草丛间，惊起几只不知名的鸟。

傍晚时分，"海龟甲"从山背后过来，告诉二人，他在那里看到一户人家的屋顶上升起了一缕炊烟。

"海龟乙"说，我们在这个寂寞的星球上终于找到了同类。

"海龟丙"说，真奇怪，我们在这边的动静弄得那么大，他们居然会不知道。

"海龟甲"说，也许是因为那里的人把我们看作是外星人入侵，不愿意跟我们打交道。

"海龟乙"说，无论怎么说，我们应该主动去拜访这位离我们最近的邻居。

"海龟甲"说，是的，我们还应该请他们过来喝喝下午茶的。

于是，在"海龟甲"的带领下，他们绕过山中一条小道，循着炊烟升起的方向，走访了那户人家。为了表示诚意，他们手里还带上了一小袋面粉和水果罐头。"海龟乙"用揶揄的口吻说，我们这样子是不是有点像《圣经》里面那三位提着黄金、乳香、没药前往伯利恒朝圣的博士？"海龟丙"说，我们要么是见到了世外高人，要么是见到了一个被遗弃的可怜兮兮的山民。"海龟甲"说，三十多年前，我父亲和全村的人都搬迁到山下去住，如果还有人在这儿留守，准是一副野人模样。喜欢读点克里斯蒂的"海龟乙"开始发挥想象说，也许住在这里的人是一个流窜到山头避难的杀人犯呢。他们这样胡乱猜想着就到了那户人家的大门口。"海龟甲"敲了几声门，没人应声，又隔着低矮的土墙喊了几声。不一会儿，就有人趿着拖鞋踢踢踏踏跑出来。门吱呀一声拉开，露出一个小男孩的半边脸，他用异样的目光看了看三人说，太公说了，他不想见外边来的人。"海龟甲"说，我们不是外人，我父亲早年也是这个村的，告诉你家太公，我们只是来看望一下，没有别的意思。话没说完，小男孩已经把门关过来。"三海龟"只好把礼物放在门口，悄悄离开了。

　　第二天，"海龟甲"开门时，发现门口堆放着昨天送出去的礼物。他下意识地扫视一眼树林，"哧溜"一下，树篱后钻出一条细瘦的人影，斜斜地向竹林那边跑去；一条黄狗跟着一颠一颠地跑着，身后是轻浅的日光和淡薄的树影。转眼间，黄狗已跑到前头，没入草丛；而人影已渐渐融入竹林，好像光线再暗淡点儿他的身影就会消失。随后出来的"海龟丙"像是在外星球发现人形动物那样，兴奋地挥动着手臂，向小男孩远去的身影打了一声唿哨。小男孩也不知怎么回事，回头望了一眼，继续往前跑，没跑几步，又回头望了一眼，然后就跟那条黄狗一道钻进竹林深处，霎时不见了。

为什么他总是不跟我们说话？"海龟丙"望着远去的背影叹息了一声。

鸡犬相闻，老死不相往来，这有什么不好？"海龟甲"说，至少我们知道，这座山上还有一个邻居。

"海龟丙"说，至少我们知道他们是无害的，他们也知道我们是无害的。

"海龟甲"望着远山说，在山里面住着，有时候你会觉得自己回到了古代，如果下雨天你骑马去拜访一位老朋友，会是怎样一件美好的事。

顶好是主人不在家，你又带着一丝遗憾回来。"海龟乙"倚在门口微笑着说。

小男孩和老人在山的另一头，他们在山的这一头，日子就这么过着。有一天，"三海龟"惊讶地发现，他们的伯恩山犬跟那条黄狗走到了一起；再过些日，他们发现那个小男孩带着两条狗一起在溪边嬉戏。大约过了半个多月，他们又发现小男孩常常带着黄狗来这边找伯恩山犬玩。他没有跟"三海龟"说话，但跟伯恩山犬似乎很能玩得来。直到有一天，"海龟甲"兴奋地宣布：小男孩终于跟我开口说话了。那天，"海龟甲"把狗食分给那条黄狗的同时，也把一片牛肉干递给小男孩。小男孩问，这是什么？"海龟甲"说，是牛肉干。小男孩说，我不吃这个。过了一会儿，小男孩注视着他脚上的皮鞋说，你们的鞋子跟我们的不一样。"海龟甲"说，你们穿的是布鞋，而我们穿的是牛皮鞋，当然不一样。小男孩瞪大了眼睛问，什么是牛皮鞋？"海龟甲"说，就是牛皮做的鞋。小男孩又问，牛可以吃？"海龟甲"答，当然可以。再问，牛身上的皮也可以吃？再答，可以，如果有人愿意吃的话。小男孩点了点头，还是不依不饶地问，既然牛皮可以吃，那么，你们脚下的牛皮鞋也可以煮了吃？"海龟甲"一愣，说，牛皮是牛皮，鞋子是鞋子，不一样的。

"海龟甲"说，这小男孩的脑子里装着许多跟我们不一样的想法。

"海龟乙"说，应该反过来说，是我们的脑子里装着许多跟他不一样的想法。我们的脑子是那么复杂，而他是那么单纯，小小年纪，在山里面住着，还不知道这世界上有那么多新奇的玩意儿。

"海龟甲"说，照这么看，我们把电脑带到山里来，对他们也是一种冒犯。

是的，"海龟乙"说，跟他们保持一点距离是必要的。

一个雨夜，有人来敲门，笃笃笃，很急。"三海龟"同时起床，一个手执电筒，一个手执猎枪，还有一个空着手去开门。门一开，雨水就随风溜进来，一个老人跌跌撞撞地进来，头发和胡子被风吹作一团，只能看见半边脸。老人把黏搭在嘴角的一绺须发撩了一下，劈头就问，你们这儿可有救急的药物？我那曾孙发高烧了，额头跟火炉一样烫，身上直发汗。

"三海龟"怔怔地看着他，老人立马做了自我介绍：我叫阿义，住北山的。三人听了也就明白，眼前这位老人就是那个小男孩所说的"太公"了。"海龟甲"简单地问了一下病况，立马去楼上找来降烧的西药。老人接过药说，之前给孩子喝了一服中草药，顶不住，越发厉害了，听说西药见效快，就指望这个了。

外面风雨大作，"三海龟"就撑着伞打着手电筒把老人护送到家。这里的山村是通电的，但老人家中实在没什么可用得上电的家用电器。夜晚照明的，还是油灯。屋子里的陈设很简陋、古旧，只有一张桌子两条凳子几件农具，照例是一些手作物什。进了卧室，扑面就是一股浓烈的草药气息，跟屋子里的黑暗混成一团，懒洋洋地涌动着。小男孩蜷缩在一张老式的圆额床里，喊着冷啊冷啊。"海龟甲"伸手一摸他的额头，手指颤抖了一下，立马收回。

阿义太公说，这孩子从来没有这样子发过高烧，怕是昨晚被几只慌蚊虫叮咬的缘故。

"海龟丙"问"海龟甲"，慌蚊虫是什么虫？"海龟甲"说，这里的方言，指那些饥不择食的蚊子。

阿义太公说，看样子他得的是六月客。这一回，连"海龟甲"都不明白"六月客"是什么意思了，就问，什么叫"六月客"？阿义太公说，是一种六月间生的病。这山里以前有人发过这病的，很厉害，如果没有及时救治，会死人的。

"海龟甲"觉得，山里人到底是淳朴的，居然把病也当作了客人。他早年就听说父辈们是把麻疹称作"小客"，把天花称作"大客"的。不过，这"六月客"他还是头一回听说，也是头一回见到。看样子，这孩子即便服了药，一时半刻也难退烧，因此就对阿义太公说，既然病是客人，来了要善待，去了要慢慢送。我这药就是送客用的，你放心。

吃了退烧药，小男孩的高烧就跟潮水似的慢慢退了下去。然而，到了凌晨时分，高烧又来了。就这样，退了又升高，升高了又退，反复无常，但每回都能降下一点点。

"三海龟"吃过早餐后就放下手头工作，过来看望。他们都注意到，阿义太公手里有一本厚厚的旧书，上面写着：Holy Bible。"海龟甲"问，你是信基督教的？阿义太公瞪大了眼睛问，你说的是番人教？呃，我不信这个。"海龟甲"又接着问，你可晓得自己手里拿的是什么？阿义太公说，不晓得，我只记得小时候生了病，阿多就把这本书拿在手上，后来我的病好了，阿爹就把这本书锁进柜子里。"海龟甲"把书拿过来，翻了翻说，这是一本英文版的《圣经》，你爹看得懂？阿义太公摇摇头说，也不晓得他看得懂看不懂。翻到《新约》时，"海龟甲"看到了一张外币，说，这里面居然还有钱呢。阿义太公说，这是鹰洋。"海龟甲"仔细辨认了一番，说，这是墨西哥币，你们家怎么会有这种钱币？阿义太公说，我们家有很多事连我也说不清了。"三海龟"听了这话，也没有追问下去。

阿义太公坐在那里，一直没合过眼。"海龟甲"安慰他说，没事的，烧要慢慢退。这"六月客"也不是好侍候的。阿义太公说，这孩子身上的病真是难缠的客，想赶也赶不掉呢。如果药物不行，我就去请山那边的师公来一趟。"海龟甲"见他忧心忡忡，又用温度计测量了一遍小男孩的体温，指着水银柱说，高烧还在，但比昨晚低了一摄氏度。师公嘛，不必请了。阿义太公听了，用手摸摸胸口，好像有什么东西刚刚落下了。他问"海龟甲"，你会说本地话，祖上叫什么来着？"海龟甲"报上了祖父的名字。阿义太公点点头说，是我族弟。自从族人搬到十几里外的山下居住之后，我就跟他们极少来往了。阿义太公又问另外两位，你们是上海人吗？"海龟丙"耸了耸肩反问，为什么说我们是上海人？阿义太公说，瞧你们那派头，就像是上海人。三十多年前，我们这儿倒是来过一位上海老板，穿一双牛皮鞋，鞋跟那儿有一块小铁片，走起路"嘀扣嘀扣"的。全村的人一听到这声音，就晓得上海老板来了。

阿义太公说，这位上海老板在渡口村那一带办了一个矿灯厂，把村上的男女老少都带下山去了，这里面也包括阿义太公一家七口。之后许多年，他们到底去了哪里，为什么一去不回，他都无从知晓。有传言说，他的儿子得病（什么病不详）死了，两个孙子也在意外事故（什么事故不详）中丧生，但没有人证实这些事是否属实。忽然有一天，有人把一个陌生的小男孩带上山来，交给他，说是他的曾孙。阿义太公说，他都是个土埋半截的人了，往后怎么把这孩子拉扯大？那人二话不说，就走掉了。从此，这孩子就跟阿义太公相依为命。那一年，阿义太公已年逾八十。

三人听了阿义太公的一番话后，都有点儿替他担心：如果有一天，他突然撒手走了，扔下这孩子孤单一人怎么办？但阿义太公好像没想过"死"这个字。阿义太公说，有位"先生"曾给他算过命，说他如果能跨过八十八岁这个坎儿，还能再活十二年。他接着伸出十根手指，一字一顿地说，我今年已经八十九岁啦。

三人从阿义太公家出来，又开始同往常一样辩论起来。他们关注的是，阿义太公是否能活到一百岁，那一天，他的曾孙是否还留在山里面。

也许有一天，阿义太公会把整座山当作王位那样传给他的曾孙……

也许有一天，他的曾孙会放弃这里的一切跑到城里去谋生……

也许有一天，他的曾孙在城里赚了足够的钱又想回到山里面居住……

那一刻，他们的猜想似乎延伸到了一条弯曲的山路的尽头，突然变成白云、飞鸟在阳光点染的天空任意飘荡……

隔日傍午，阿义太公给"三海龟"送来了一篮土豆。他说，这孩子的命也真是懒贱，吃了两天药高烧就不再复发了，这世上还果真有救命的灵丹妙药呢。

自此，阿义太公跟"三海龟"之间有了来往。不过，"三海龟"整天都忙于工作，阿义太公也不好意思叨扰。即便来了，也很少说话，只是像影子一样，在阳光里悄无声息地坐着。狗也是，懒懒的，不出声。阿义太公也不许小男孩打扰他们，但小男孩总是以带狗粮给伯恩山犬的名义偷偷过来。他只是跟狗玩。用"三海龟"的话来说，小的跟小的最能玩得来。

山南山北，两户人家，各有各的过法。

阿义太公一早起来，照例要巡山。这么多年来他把整座山当成了自己的家，无论山底下的地有多深，山顶上的天空有多高，仿佛也都有赖他的看顾。每天有事没事四下里游走一圈在他已成习惯，跟他同行的，有时是那个小男孩，有时是那条黄狗。无一例外。

至于"三海龟"，几乎足不出户。他们为了掘到眼前的第一桶金，可以忍受孤独，以及孤独带来的种种煎熬。几个月后，他们的软件产品得以成功开发之后，原本可以开香槟庆贺一番的，但跟他们合作的公司竟在金融海啸的冲击之下宣布破产了。由于这些软件是为那家公司量身定做的，因此也就无法再转卖给别的公司。"三海龟"自然没想到金融海啸会从美国的华尔街一直波及到中国的山旮旯里。"海龟甲"给父亲发短信说明自己目下的窘迫境况时，少不了诅咒、抱怨，并且很专业地用"非理性癫狂"这个词来描述这场危机的根源。

除了无聊，他们不知道怎样应对以后的日子。于是，他们想到了阿义太公。因为天气不错，他们决定去看看阿义太公和他的曾孙。

半道上，"海龟丙"突然提出了这样一个似乎经过深思熟虑的问题：世界金融危机会影响阿义太公的生活吗？

我想会的，"海龟乙"说，在全球化的时代，我们把手放在这里的任何一块岩石上都能感受到金融海啸的冲击。

我想不会，"海龟甲"说，无论世界怎么变化，阿义太公还是阿义太公，仍然可以吃他自己种的菜，过着神仙一般的日子。

进了阿义太公的院子，他们才停止辩论。

阿义太公撂下手头的竹编，迎上来问，今天怎么得闲来我们这儿坐坐？

"海龟甲"说，那阵子，我们每天早晚工作，忙得不可开交，连礼拜天都变成了礼拜八。

阿义太公说，在我们这儿，每天都是礼拜天。

"海龟甲"说，对我们来说，礼拜天是不存在的。

阿义太公呵呵笑道，你们是忙人，我是闲人，你想想，礼拜一跟礼拜天，虽然相隔只一天，但说到底还是不一样的啊。

"海龟甲"苦笑了一声说，看样子我们以后也要天天过礼拜天了。

阿义太公不知道这话里面的意思，转身掇来了两条长凳，让他们坐了下来。接着又端上了一坛酒，摆上了四副碗筷。桌子上只有两盘菜，一盘田鱼干，一盘咸菜根。阿义太公说，今天难得请你们吃顿便饭，你们就不必推辞了。"海龟甲"抽了抽鼻子说，小时候吃过这咸菜，气道不好闻，味道却好得很。说着，揶了一片，放嘴里，细嚼一番，随即用本地话赞道，咸兼淡，正好呢。阿义太公很高兴，说，我家还有一缸咸菜根，你到时候可以带点儿回去。其他两人也不客气，也都吃起了咸菜。天在片刻间黑了下来，外面的风也大了起来，院子里的木门忽地一下被风吹开，发出吱嘎吱嘎声。小男孩正要跑出去关门时，阿义太公说，别关门，把风放进来。

一阵山风卷走了屋子里的热气，呜咽数声，就蹿进山谷里去了。这时候，山背后升起了一枚硕大的月亮，仿如一朵白梅在墙角绽放。在这样一个平静的夜晚，他们听着山谷里搅动的风声，咬起菜根来似乎也格外带劲了。

渡口村村长得知儿子第一回在生意场上遭遇了挫败，次日就上山来看望。与他同行的，是一位"先生"。这位"先生"会起课，会拔牌，还会看风水，手指掐掐，点点，就能说出一大套叫人不得不信服的话来。这位"先生"还会一种早已失传了的"调人"的法术。什么叫调人？就是放蛊，但跟外间的放蛊在心眼手法上又不一样。

"先生"瘦长，背微驼，不戴墨镜，没留胡子，面目也算白净，有一个发亮的前额和一双仿佛能洞穿一切的眼睛。他从房屋的青龙头（东南角）绕到白虎尾（西北角），站定，指着远处说，对面山上有一座信号发射塔，跟这边的屋子正好是对冲的，于你们不利。"海龟甲"说，发射塔离我们那么远，从科学角度来看，应该不会有电磁辐射吧。

"先生"说，发射塔是电磁煞，在五行中属火，火与心血管恰好是对应的。长此下去，迟早会对身体不利。"先生"走到屋前一块道坦里，画了个圈说，这儿，对，以后就在这儿挖口池塘，水可以克火。

走到山的另一面，"海龟甲"指着一座老房子对父亲和"先生"说，这就是阿义太公的家。阿义太公不在家，院门敞开，几只家禽踩着满地翻晒的干草进进出出，一副怡然自得的模样。

"海龟乙"举头望着屋顶说，我怎么感觉东山上那座发射塔对冲的是阿义太公家的烟囱？

是的，"海龟丙"点点头说，不然他家的屋顶为什么会寸草不生？

他们模仿着"先生"的口吻说话。

但阿义太公的屋前有一堵墙，"先生"说，这堵墙挡住了煞气。

这堵墙是家庙的墙，庙毁了，只剩这一堵墙，斑驳的墙面至今还残留着老宋体的"主义"两个字。那是半个世纪以前有人用毛刷子写的。据村长回忆说，那个年代，人们天天读报，大谈"主义"。唯有阿义太公一心种地，不谈"主义"。阿义太公有句名言：胡萝卜没有胡萝卜主义，西红柿也没有西红柿主义，茄子没有，空心菜也没有。因此，村上的人就称他是"没有主义的阿义"。谈"主义"的人后来都跑到山下去了，阿义太公抱持"没有主义"，留在山里面，独来独往，无牵无挂，跟山上的古树一并活着。

"先生"看完了阿义太公那座屋子的朝向后又带着"三海龟"走到东山山麓，回头观望山形。正说话间，他们远远就看见阿义太公跟小男孩从另一边过来。阿义太公走得很慢，那样子，不像是走，而是移动，一寸寸地移动。"先生"唤了一声"阿义公"，阿义太公就停住了脚步，仔细辨认。

是李山人？阿义太公问。

"先生"说，我是李山人的儿子，家父五年前就归道山了。

阿义太公"哦"了一声，就跟他攀谈起来。曾孙怕见生人，就在前面不远的地方催喊：走归，走归，快点唉……阿义太公苦笑着说，这话好像是在诅咒我早死呢。"先生"说，这叫童言无忌，你不必放在心上的。阿义太公叹息一声说，到底是老了，老年人最怕有人催他"走归"了。我这老寒腿，现在是一年不如一年了。"先生"也顺着阿义太公的话说，老年人，走路慢一点总是好的，跌倒了，很难将息，不像年轻人，在床上躺几天就能活络过来了。阿义太公说，你说得对，走得慢一点，是为了走得更长久一点。阿义太公回过头来看看那个曾孙，料想他已等得不耐烦了，便模仿他的口吻吆喝了一句"走归，走归，快点唉"。

走慢点才好啊，"先生"望着阿义太公的背影，对"三海龟"说，你们瞧瞧阿义太公走路的姿势，这是一种庄重的缓慢。我从这慢里面看到了现代人一直向往的慢生活。

风当然是从南边吹过来的。村长说，山里的风好得很，可小时候待在这里居然不曾觉着它的好。吃罢早餐，村长和"先生"拟定了一份以十二年为期的房屋租赁合同，交"海龟甲"打印成几十份，准备带到山下，找那些迁至山外的村民一一签订。下山之前，村长把儿子叫到跟前说，从今天开始，"先生"就是你们仨的导师。他会传授你们生财之道，你们一定要言听计从。别以为自己念了几年洋文，就有多了不得。人家"先生"的道行远远在你我之上，我这些年之所以能把盘子做大，全仗"先生"的点拨。现在他愿意帮你忙，是你修来的福气。

儿子做软件开发虽然没亏多少钱，但把一段大好时光都搭了进去，心中正暗自懊悔，这时节父亲不仅愿意出手相帮，还给他指明一条生财之道，他还有什么不愿意接受？对眼前这位"先生"他原本也不怎么恭敬，但这两天相处之下，感觉他有点像电影里的魔法师，掌握了一门神秘学问，能在某个不易察觉的时刻释放出某种超自然力量。

一天清早，小男孩急匆匆跑过来说，太公生病了。

"三海龟"过去看望时，阿义太公正坐在墙根下，神情古怪，眼珠子只是瞪着前方，一动不动。"三海龟"试着在他眼前挥了挥手，他的眼珠子却依旧跟木刻似的。阿义太公说，今早起来，他就感觉眼睛里像是揉进了蛛丝，把两颗眼珠子都缚住了。问，能看见东西？说，能。但眼珠子就是动不了，既不能向左转，也不能向右转，只是在中间定着。左边的人跟他说话，他就只能把头转向左边；右边的人跟他说话，他就只能把头转向右边。

"海龟甲"问，为什么会这样？

阿义太公干笑一声，说，你们去问问那天过来看风水的李先生就晓得了。

你的眼珠子动不了，跟"先生"有关？

三十年前，我们这村上有个寡妇也是跟我一样，平白无故地眼睛就定住不动了。她看了不少郎中，就是治不好。后来有一天，李山人，也就是"先生"的父亲经过我们这个村，说自己能治好妇人的眼病。妇人信了，就跟随他来到山下，坐船去了他那座冷清殿。李山人倒也没骗人，从药箱里取出一颗纽扣般大小的物什，交给了妇人。说也神奇，那物什平日里就放在茶米里养着，拿出来看也很平常，但一放进眼皮底下，它就会跟活物似的骨碌碌滚动，把眼睛里的蛛丝一下子就舔干净了，然后就从眼皮底下自行滚了出来。三天后，妇人回到山上，跟我们说起了这件神奇的事，独独不提李山人在这三天里都干了些什么。当然，这种事，我们村的人差不多都猜想得到的。

你的意思是说，你的眼睛出现这毛病，"先生"也能治？

我老了，不中用了，神衰鬼弄人的事也不是没有可能。你们回头转告李先生，什么时候带着那件家传宝物专程来一趟，我一定感激不尽。

"海龟甲"回来后就把阿义太公的原话转告"先生"（转述中，他有意略去了寡妇随同李山人下山那一段隐私）。"先生"先是一怔，继而一笑，说，他晓得感激就好，三天后，我自然会过去一趟。

为什么非要等到三天之后？"三海龟"还是不明白。

如果下雨天你骑马去拜客

三天后，"先生"果然带着"三海龟"去见阿义太公。阿义太公的眼皮耷拉下来，眼圈发红。"先生"来了，他好像视而不见，依旧坐在墙根下，不发一言。"先生"把阿义太公拉到一角，不知道嘀咕些什么。他们过来的时候，阿义太公就对小男孩说，过了夏天，"先生"把你送到城里的学堂念书，你去不去？小男孩把头摇得跟拨浪鼓似的。阿义太公面露难色说，孩子这些年跟我在一起生活，舍不得离开呢。再说，小庙神没见过大香火，突然跑出去见世面有些怕怕的。"先生"说，孩子的事我会安排，你就照我的意思去办。"先生"接着从口袋里取出一颗纽扣状的物什，说，之前听说你的眼乌珠子无缘无故地定住了，我也没少费心，这两天我下了一趟山，借了这颗珠子，你只需要把它放在眼皮底下滚几下，眼珠子自然就能动了。阿义太公照他说的这么做，不过须臾，眼珠子果真就能滚动了。

我不明白的是，"海龟乙"自言自语地说，上帝造人为什么非要让眼珠子滚动？

也许这跟地球自转偏向力有关吧。"海龟甲"做了貌似科学的回答。

他们闲聊的时候，"先生"又把阿义太公拉到一边嘀咕了些什么。阿义太公先是摇头，然后点头，之后就独自一人进了屋子。没过多久，他就拄着一根手杖从屋子里出来。一屋子的人都瞪大了眼。阿义太公穿的竟是一件旧兮兮的西装，里面的衬衫上还系了一条绳子般的领带。阿义太公说，我从箱子里面翻找了好久，才找出这身旧衣裳来。"先生"说，你没有下过山，怎么会有这一身洋装？阿义太公说，是我爹留下的，他早年在城里的一家布店当过阿大先生。"海龟甲"问，什么是阿大先生？"先生"跷起一根拇指说，这你就不懂了吧，阿大先生就是商铺里的总管。"海龟甲"轻轻地哦了一声，说，老人家原来也是富二代呢。阿义太公说，你还别说，我爹当年从上海出差回来，还带回了几句洋文，满口培林、司底克。小后生，你是留过洋的，应该知道的。"海龟甲"做了一个擦额头的动作说，似乎能听懂一点。"先生"解释说，我们这里的人以前买了洋货，常常是跟着洋文来念，轴承念作培林，手杖念作司底克，是这意思吧阿义太公？阿义太公说，留洋学生学问大着呢，我怎么敢在人家面前显摆？"先生"扯了扯阿义太公的衣角说，再去翻翻箱底，还有没有更旧的出客衣裳。阿义太公应了几声"好，好，好"就转头进了里屋。过了许久，他就穿着一身冻绿布做的长衫慢腾腾地出来了。银白色的胡须垂及前胸，随风飘动，仙气一下子就出来了。"先生"见了，立马上前一步，恭恭敬敬地喊了一声：师父。阿义太公吓了一跳，说，你怎么称我师父？"先生"说，从今天开始，你就是我师父了。阿义太公说，师父这称号怎么可以随便叫的？"先生"说，这不，就差这一拜了。说着就跪了下来。阿义太公一时愕然，不知道该说什么好。"先生"说，我叫你师父，你就是师父，从今天开始，你就是我师父，我就是你徒弟了。"海龟甲"垂着双手，站在一边看，仍然是一头雾水。

"先生"出了门，看见院子里一只长脚鸡走着鹤步，便说，鸡有鹤相，就是鸡里面的鹤了。

这鸡像是听得懂人话，迈着阔步走出院门外，一副很有风度的样子。

过了半晌，"先生"转头跟阿义太公说，我之前在山上转过一圈，发现这里有不少古树。阿义太公说，千年以上的古树有一棵，五百年以上的古树有四棵，两三百年的古树就说不清了。"先生"说，好，你就带我去看那棵千年古树。

树是古的，路是新的。这条路是阿义太公一个人修的。阿义太公七十岁以后就开始做这样一件在他看来意义非凡的事。一个人，花了十几年时间，修一条山路，也不知道为了什么。路的尽头是几座古墓，像是祖坟。边上有一棵古树，古贤般静穆。

阿义太公穿了长衫为什么会有古人之风？现在我终于弄明白了。站在一边的"海龟甲"说，因为阿义太公时常跟这些古树待在一起，自然而然地就有了古树的气息。

没错，"海龟乙"说，这棵古树居然长得跟阿义太公很像。

"先生"让阿义太公盘坐树下，然后从各个角度打量了一遍说，你以后什么都不必做，凡是有客人来了，你就在这棵古树下盘坐就行了。阿义太公问，就这样简单？"先生"说，难道还要请您老人家给客人掇凳递茶不成？阿义太公有点不敢相信自己的耳朵，愣了半晌，想说点什么，却又忍住了。

"先生"说，别人问你一些事，你大可不必回答，但你可以这样。说着就做了一个"掀髯一笑"的动作。阿义太公也跟着做了一个"掀髯一笑"的动作。"三海龟"见了都竖起拇指说，这动作真够帅气。之后，"先生"还教会阿义太公打坐的姿势。阿义太公就那么一坐，神态举止活脱脱一个现世神仙。"三海龟"又做了一个"拇指点赞"的动作。

过了一阵子，村长就带了一位设计师和一支施工队进驻山中，把那些老房子里里外外修葺了一番。"先生"说，这些烂木头、破砖头，以前没用，现在有用了，以后都是可以生金生银的。"先生"接着就跟"三海龟"谈起了"生财之道"，很具体，很鲜活，都是"三海龟"在大学课堂上没听过的。在厨房里，"先生"突然举起一把锅铲说，现在你们要做的，就是使劲在网络上炒，能炒多火，就炒多火。如何把这座冷清山炒成名山，少不了你们仨，当然，也少不了一个主角，阿义太公。有了名山和名人，这山就不是石头山，而是金山银山。

做法也很简单：他们把阿义太公的照片传到网上去，再添了些介绍文字，事情就成了。

没过多久，网上又出现了这样一个视频：一棵古树下，一个白发长须的老人坐在草席上，那样子就仿佛坐上了魔毯，正准备迎风飘飞起来。坐着坐着，他就解下了头上的方巾，放在一边；过了一会儿，他又解开了腰带，放在一边；再过一会儿，又脱下道袍，放在一边。接着，他就做了一个要把什么东西安放树下的动作，但眼明心细的人也许会注意到，他手里什么都没有（也许他手心里有一种看不见的东西，只是无以名之而已）。然后，一阵风吹来，他的身体开始缓缓离开地面……

这位耄耋老人就是阿义太公。他在网上有个响亮的道号：古镜山人。

又过了一阵子，"三海龟"接待了几位慕名而来的修行者。其中一个络腮胡男人自称是瑜伽行者。他穿的虽然是布衣和草鞋，但左手的老菩提，右手的老蜜蜡，以及脖子间的南松一百零八颗珠子，合起来少说也值个十几万。一看即知，此人来头不小。来头不小的人出手也阔绰，他看了山形，二话不说，就从"三海龟"那里租了一套老房子，打算在此居住三四个月，而每个月大约有三天时间要在野外搭建一个简易帐篷，过一种辟谷生活。所谓辟谷，络腮胡男人说，就是让自身处于一种适度的饥饿状态，据说这样做可以重启人体的免疫系统。"三海龟"给这位神秘的修行者拍了照片与视频，配上文字，一一传到网上。此人只因偶尔比别人少吃几顿饭，也就被人目为世外高人了。

还有一人，是来自某座海岛的居士，平日里喜欢坐在一棵古松下发呆，偶或开口，就是满嘴佛话，有时还会双手合十，念几句禅诗。同时过来的另一位，好像不是来体验修行生活的，不过，他喜欢在腰间别一把斧头，装扮成樵夫，整天在山里面转悠，也不知道为了什么。

这座山上有十几棵古树，现在，这些古树都有人供养了；这座山上有几十座老房子，现在也都变成了民宿。尤其是节假日，来山中过慢生活的城里人越来越多，这钱也就跟山泉一样源源不断地流进"三海龟"的口袋里。山里面没有银行，因此，他们就把钱大把大把地塞进一个倒扣的捣臼里。除了他们，没有人会知道这个秘密。

再说阿义太公和他的曾孙。

入秋之后，"先生"就把阿义太公的曾孙送到城里一家寄宿小学念书。彼时阿义太公心下虽然有些不舍，但权衡利弊，他还是点头同意了。阿义太公对"三海龟"说，这孩子出身贫寒，没指望他将来也像你们那样出国留学，不过，念点书总不是坏事。退一步说，书念不好，也不打紧，回来了，就把这座山交他看管。"海龟甲"说，这山我们会替你老人家好好管着，你就放心让他去念书吧。阿义太公还有什么不放心的？

"先生"都当着大家的面拍胸脯做了保证：只要阿义太公愿意配合他们做山里面的"现世神仙"，孩子的抚养费以后就由他们资助，直到大学毕业。这笔账，无论怎么算，都不会亏。还有一桩事，"先生"也替他着想了，那就是阿义太公日后要是归了道山，"先生"会执弟子之礼，把他安葬在古树边上的一块牛眠宝地。至于那座老房子，以后可以留给他的曾孙，也可以翻建成一座让阿义太公配享的本地爷庙。

眼下让阿义太公高兴的是，曾孙刚识了几个字，就比先前更懂事了。每隔一周，他就会把电话打到山上，问候太公。曾孙的生活有了着落，阿义太公也乐得做空手闲人了。有时阿义太公接到"先生"的电话，就立马换上一身新买的道袍，施施然回到树下，兀自盘坐。虽然是秋老虎的天气，但山里面还是清凉的。

阿义太公坐在一阵清风里，不禁感叹，世上光阴好。

二〇一四年春夏之交

梦是怎么来的

一

　　梦是怎么来的？弗洛伊德先生在《释梦》一书中没有谈到梦的起源。唯小儿懵懂，常常会在清晨醒来之际问大人，人为什么有梦？梦是怎么来的？大人要么无语，要么语焉不详。似乎也没有人坐下来跟小孩子们正儿八经地讨论这个问题。但"梦是怎么来的"终究是个问题。《圣经》开篇写到了睡眠，但未曾写到梦。我们的亚当公在伊甸园中独自睡眠时，上帝觉着满园子的花木静静地闹着，单是寂寞了一颗心。念及此，上帝便从亚当身上取下一条肋骨，与肉相合，造就了一个女人。亚当醒来，猛地看到眼前站着一个赤身露体的尤物，心中欢喜无限。那时候他自然也不疑心这是什么春梦。在亚当看来，上帝是随时都会创造奇迹给他看的。亚当是创世后第一个人，但不是第一个做梦的人。洪水之前，世人不知有梦。梦的出现，还得从初民建造巴别塔说起。

彼时，挪亚的子孙在示拿一片多沼泽的大平原上建立了一座规模不小的城邦，王有诏令：但凡城中百姓，在日常交流中必须使用同一口音言语。有一天，王对他的臣民说，我们要建造一座高塔，直通天堂。于是，先知、祭师、建筑师们就坐在一起，煞有介事地讨论通天塔的可行性方案。既然王已经开了口，那么他们也就顺应了王的意思，一致认定通天塔可以造。还有一些人得了五谷、新酒和油之后，便不失时机地献上谀辞，赞颂王是一个有远见的人。他们说，通天塔造成之后，会有人从世界的另一头赶过来朝拜，把我们的示拿城当作世界中心。

诏令下来后，一群操粗使杂的民工就从四面八方赶来了。我们现在要介绍的外乡人西鹿就是其中一位。跟西鹿一起过来的，除了妻子，还有几个老实巴交的族人。他们初到示拿城中，言语不通，一时间找不到投宿的地方，也讨不到吃食。眼看太阳西斜，几条荒路上的鸡鸣犬吠缓缓融入暮烟，他们都显得有些张皇。说来也巧，他们经过一座土坯房，向几位正在铺苇草的老汉问路时，其中竟有一位操着相同口音的老乡探出头来答话。老乡把他们拉到街角僻静处，指示道，你们新来的人，都可以随我去一个地方取牌子，有了这个牌子，你们才可以入住城中。不过，入乡随俗，每个人都得学会示拿的官话。王有诏令，凡是参与造城和塔的人，都要说同一种口音言语。西鹿觉着，示拿的官话，也就是从亚当那里传下来的，跟他们那里的方言差别不大，仔细听，还能听懂大半。只要舌头管用，学会几句简单的会话应该不成问题。

《圣经》里是这样记载的：他们造巴别塔的主要材料是一

种烧透了的砖，他们就拿砖当石头，又拿石漆当灰泥。烧透的砖头，用现今的专业术语来说，就是一种人造石，黏土越是烧得透，其间的晶粒扣锁结构越是牢固。巴别塔可以造多高？书上没有说明。现代建筑学家从理论上分析说，倘若纯以砖块垒叠，可以把墙砌到一英里半之高，但前提是，不可有丝毫扭曲变形，也就是说，如果高处骤然刮起一阵风什么的，就足以把这一面高墙轰然推倒。那个时代，人类的远祖究竟靠怎样的一种智慧让巴别塔在平原上高高屹立？现如今已无从考证了。反正在那些人里面有几个人可以仰仗神力完成这桩不可能的活儿。

示拿城有个不成文的规定：外乡人初来乍到，膳宿一律免费。一个月后，待他们掌握了简单的会话，就得参加上头派定的工作。他们所需甚少，每天只要有点果腹的食粮，就可以安心工作了。西鹿跟别的民工一样，以为到了示拿这个地方就能过上光明、喜乐的日子。而事实上，他们过的是一种憋屈的生活。他们干活的时候，手头充实，心里虚空，就想用家乡话聊点什么。但手执木棍的工头一旦发现有人发声说话，就走上前来，十分粗暴地做出一个警告动作，有时二话不说，就给每人一记闷棍。西鹿用示拿话发几句牢骚也不行。工头若是听见了，就会厉声喝道，你再多嘴，我就拔了你的舌头。于是他就闭嘴了。残存的一点勇气在风里飘散了。

通常情况下，西鹿保持沉默。他说话（示拿话）的时候，嘴里空荡荡的，好像舌头压根就不存在；他沉默的时候，舌头就回到嘴里了。他只跟自己说话。好吧，不说就不说。在这里，舌头是用来吃饭的，不是用来说话的。西鹿就用这样的话安慰自己。

只有到了吃饭的时辰，他们才会借助嘴巴的一张一合，顺便用家乡话聊点什么。言语出来，食物进去，工头即便见了，也不加措意。西鹿跟一位族叔并排坐在一摞砖头上，把干冷的面包掰成碎片，一点点往嘴里塞，喉咙里随即泛起一阵硬涩感。西鹿低声问，这样的苦日子，我们还要熬多久？族叔说，恐怕要熬到我们的胡子发白、双手搬不动一块砖头那一天。西鹿说，当初我们听说示拿人都过着好日子，来了才知道是怎么回事。我们与其这样累死累活，不如回老家去。族叔说，老家那边长年闹旱涝，我们回去迟早得饿死。西鹿说，先知告诉我们，人不能仅靠面包生活。族叔苦笑一声说，你也不想想，没有面包我们还有法子活下去吗？西鹿说，对我来说，自由和面包一样重要。没有说话的自由，跟死人有什么区分？他们说完这一番话，都发出了长吁短叹。一缕乡愁随同陋巷间的犬吠、荒路上的鸡鸣，交错于暮烟，一点点泛起，又一点点散灭。暮色里，有人抱着一棵枯树痛哭。西鹿说，那人一定是想家了。

塔一天比一天高，在底下的人看来，它已经不是塔，而是通往天堂的道路。王在白衣祭司的陪同下，登塔巡视之后，对众人说，这塔还不够高。又说，通天塔造得越高，离上帝之国就越近，你们今日努力工作，不是为了我，而是为了有朝一日能见到上帝。

塔造到比山还高之后，民工们吃住都在塔上，夜晚则披上避湿御寒的毛毯，和衣睡下。一席之地可以睡五六个人，他们互相枕藉，依靠彼此身体的热能御寒。入夜之后，风比白天更猛烈一些，从塔身的孔眼里穿过时，形成一股巨大的涡流，在黑暗中呜呜作响。西鹿跟别的民工一样，听着风声，却始终弄不明白，无论风怎么大，塔都巍然屹立。

是啊，塔都已经高到足够让人忘掉尘世了。族叔长叹一声说。那时西鹿就站在他身边，惘然四顾。天空大到无形，跟平地所见大不相同。西鹿问，通天塔造好了之后，我们果真能登上天堂吗？族叔说，等通天塔造好之后，我也许早就变成塔底下的枯骨了。

每天清早，工头清点人数的时候，西鹿都会发现有人不见了。他们当中，有人无法忍受这种苦役，偷偷溜掉；有人径直从塔上往下跳，但没有一个人可以抄近路上天堂。工头一旦发现人数减少，就会把下面的民工拉上来，填补空缺。

清早醒来，西鹿感到浑身乏力，被夜风拍打过的脖子冰冷而沉重，转动一下都有些困难。在示拿，这座高塔率先迎来了第一缕阳光。他把手伸进阳光，却无法感到暖意。那只手，好像不属于他的了。他朝前挪动了一步，隐隐可以感受到一股重力的流动。倘使再迈前一步，他就会垂直地掉下去。那一瞬间，他突然感到有一只手搭在自己的肩膀上。这只手有一股奇妙的力量，迫使他不得不缩回另一只正要迈出的脚。西鹿转过身，打量着眼前那位陌生的工友。他们相视一笑，不约而同地坐到脚手架上，迎着阳光。工友说，我们此刻坐在这里，恐怕比王坐在阴暗的宫殿更有福气吧。西鹿听了这话，伸出手来，触摸着渐趋温热的阳光，心里头似乎有什么东西一下子融化掉了。他吃了一点早餐，又走进众人的行列，开始一天的劳作。歇息时，西鹿想再找那位工友聊天，却没有发现他的身影。他心里想，这人要么是到底下的人群中去了，要么是到上帝那里去了。但他哪里晓得，那位曾经跟他并肩坐在脚手架上、一边晒着太阳一边聊天的人就是上帝的化身。

上帝离开后，就送给那些民工一件礼物。这件礼物在清醒的时辰看不见，唯有入睡后，他们才能身临其间，从隐藏在黑暗中的"无"看到奇妙的"有"。第二天一早，他们起床后都面带着微笑说，他们昨夜经历了一桩奇异而又美妙的事，人人都觉得这一切来自上帝的神秘恩惠。但他们只能意会，不能言传。起初，他们把这种异象称为"不可知物"。久而久之，他们就把这个"不可知物"命名为"梦"。

梦连接着每一个单调的日子，让夜晚有了色彩。有人昼寝，也同夜晚一样有梦。智者和糊涂虫们都为自己有梦而兴奋不已。在梦里，他们可以像飞鸟一样自由。单身汉梦见了女人，思乡者梦见了家园，穷人梦见了面包。

人是上帝创造的，那么梦是否上帝所造？在亚里士多德看来，梦不是"神授的"，而是"着魔的"，因为它缺乏神性之光的照耀。果真如此吗？上帝也许并不同意这种自以为是的说法。这个问题，我们可以交给亚里士多德去争论，我们还是回过头来看看那座通天塔吧。

如我们所知，眼看着通天塔越造越高，上帝甚为震怒。洪水之前，我们的始祖亚当和夏娃就曾违背神的旨意，偷食禁果；洪水之后，亚当和夏娃的子孙们再度违背神的旨意，要建造一座通天塔。上帝意识到，人的欲望是可怕的，塔有多高，人的欲望就有多高。上帝略施小技，就能让一切化为齑粉。但上帝没有让自己的怒气付诸暴力。

没过多久，那些民工的梦不再洁而清，他们开始做起了乱梦、噩梦。他们不仅在梦里说一些不知所云的话，清醒时也开始胡言乱语。言语一乱，个个犹如落汤螃蟹，手忙脚乱，不知道该怎样做才好。王和祭司也如此，他们的话连自己也听不懂。宫殿里到处都是声音的碎片在乱飘。那些以为自己可以控制别人的人，终将无法摆脱另一种更为强大的力量的控制。至于西鹿，这个有幸被上帝的手指触摸过的人，内心的一点灵光益发明亮，让他得以化怯懦为勇猛，变愚钝为聪明，往后的好日子也被太阳照着了。

如我们所知，因为上帝让众人的言语变乱，他们就无法继续再造城和塔了。后来，人们就把那座城称为"巴别城"，把那座塔称为"巴别塔"。所谓"巴别"，就是变乱的意思。城与塔如何毁掉，史书没有记载。但我们可以相信这样的话：一切生于尘土的东西，终必归于尘土。梦留了下来，因为它不是来自尘土的。

二

太阳照常升起，地球照常从容不迫地滚动。经书上说：已有的事，后必再有；已行的事，后必再行。太阳底下，并无新鲜事。

现在我们再说说中国南方一个名不见经传的村庄发生的一桩事吧。我们村要造一座摩天大楼。有一天，村长突然说出了这样一句话。村长竖起了一根食指，有一种独栋透天的意思。造多高呢？造到月亮底下就行了，村长说，那时候你们站在楼顶拿着望远镜就可以看到西半球了。村长的话透着雄心，透着霸气。

这个村，叫向阳村，是新农村建设的样板村。所谓建设，就是毁掉旧的，换成新的——无非是打杀长鸣鸡，弹去乌臼鸟，砍掉老树，推倒石墙，河底铺了水泥，人行道上竖起了塑料棕榈树，跟城里一样光洁、有序。但村长觉着，这个村子究竟还是少了一样东西。是什么东西？他也说不出来。有一晚，村长梦见纽约的世贸大楼坍塌之后，突然从这个村子的地底下像参天大树那般抽长出来。

村长做了这个梦，起初只是在脑子里过了一下。谁承想，相同的梦竟接连做了三次。于是，他就把这个梦说给乡里一位卖卜的老先生听。卖卜者言，梦能应验，你命中注定会得贵人相助。

谁可以帮助自己圆这个梦？唯有本村的亿万富豪纪恩杰。纪老板与村长是发小，后来生意越做越大，先是做到附近州县，后来做到北沪广三地，再后来做到西半球。纪老板越走越远，跟村长也就日渐疏远了。但他也算念旧，每次回家过年都要亲自给每位村民分发一个红包；至于见到村长，总要塞一个大红包。村长把自己的梦想告诉纪老板之后，纪老板立马拍板说，你们出地，我出钱盖楼。事情就这样谈成了。

村长觉得自己做了一件了不起的事：一个人的梦居然变成了众人分享的梦，说出来简直就是一个神话了。村长对众人说，来吧，我们合力把这件事做起来。

那晚，他迫不及待地请来了镇上的富豪和本村的村委会成员。但会议迟迟没有开始，大家都在干等着纪老板。村长频频看着手表，目光里满含焦虑。几个年轻的老板就以吐烟圈表达不满的情绪。很多烟圈有意无意地朝他飘来，是无声的指责，还带有几分辛辣的味道。纪老板到底会不会来？

村长断言：他说来，是一定会来的。

这一回，镇上的富豪都是冲着纪大老板的面子过来的。唐老板是从阿联酋赶过来的，宋老板是从新加坡赶过来的，还有几位是从北京、上海、大连等城市赶过来的。核心人物，也就是纪大老板，他是有理由迟到的。因为他现在已经是名人了。一个人一旦成了名人，动作就会变得迟缓，一种得体的迟缓。比如，在这样一个场合，所有的人都到齐了，只有名人姗姗来迟。他即便迟到了，也不会一溜小跑进来，他还得保持风度，故意放缓脚步，似乎生怕踩死前面的一只蚂蚁。当然，他有必要带着歉意向大家解释：他刚刚从某个重要的场合过来。纪老板在半个时之前让村长捎给大家的话是：他刚刚从西半球赶回来，已经下了飞机。

纪大老板纪恩杰最近跑到西半球做什么？去抢购美国一颗小行星的命名权。就在昨天，他的名字和大幅头像出现在《纽约时报》的显眼版位上。此外，他还花了十万美金跟美国总统握了一回手，有照片为证。纪老板是在大家正商量着要散会的时候赶到的。他的车刚驶进院子，村长就迎上前去，为他打开车门。纪老板一点都不急，上楼时，步子缓缓的，气度雍雍的，进了会议室，掌声骤起，他跟在座每个人一一握手，当然，用的是跟美国总统握过的那只手。纪老板手大，跟每个人握手都使上了劲，让人感觉得出，今晚的握手有点不一样。纪老板一边握手，一边向大家解释，由于时间紧迫，他跟总统先生只是聊了几句，就匆匆忙忙地从西半球赶回来了。有人半开玩笑地问，在飞机上上洗手间时有没有洗过那只跟美国总统握过的手？没洗过，纪老板正色道，整整一天都没洗过。于是，他们又握了一次手。没有人发现，纪老板的西服袖口还残留着上一回在华盛顿鸡尾酒会上带来的粉红色酒渍。纪老板还没有从时差中适应过来。他的头还在西半球打转，双腿却已踏进了东半球。由于生物钟紊乱造成的失眠状况尚未消除，他的脸上流露出一种明显的疲倦之态（黑眼圈使他的眼睛看上去像是一个还没愈合的伤口）。

开会之前，照例要谈美国。美国的对华经济政策怎么样？五角大楼将会任命谁担任对伊美军最高指挥官？下一届美国总统会是谁？今年将会有哪些人进入福布斯财富排行榜的前十名？美国的马克曼命令是否已经拿到？纪老板就此一一做了回答。纪老板在结束问答之前点燃了一根雪茄烟。对面的落地长窗浮露几星灯火，如同明灭的烟头。明快的广场音乐被玻璃挡在窗外，只是隐约传来细浪般的碎响。一棵高与楼齐的棕榈树在夏日夜晚滞闷、倦怠的气流中静默着。纪老板隔着一层玻璃默默地注视着某个点，那些模糊的面孔仿佛远远地退到了窗外。一口烟吐出来，含有嘲讽的味道。福布斯、核问题、石油、马克曼命令，纪老板微笑着说，现在地球上的每个人似乎只关注两件事：比尔·盖茨在做些什么，美国总统在做些什么。

但今晚，在这个会场里，每位老板只关注一个人：纪老板。所谋者大，就不是一般的老板，是大老板。纪大老板要做什么，他们就跟着做什么。现在，纪大老板说，他要在村里建一座摩天大楼，这座大楼的名字就叫太阳城。太阳城是一座农民城，它造成之后，将成为全世界最大的农产品交流市场。说到这里，村长就开始像说梦话般滔滔不绝地谈论他的奇妙构想。经他一描述，一座水泥浇注的城邦仿佛已经真的屹立在众人面前了。众人听了，如痴如醉，纷纷举手赞成，宣称要投资入股。他们说，跟着纪大老板，准能发财。

当然，也有人反对。比如村上的长辈公。长辈公散步至田头，看到村长带着几名专家在那里指指点点，便顿顿杖头，努努嘴，带着满腔愤怒离开。村长手搭凉棚，望着金黄的稻浪，心潮起伏。在这里，他要用钢筋水泥把一个飘忽的梦凝固起来。

三

远道而来的民工中有一个年轻人，名叫王大木。现在，他正混杂在那些灰头土脸、衣衫褴褛的民工中间，赶往那座处于城乡接合地带的向阳村。他无心观赏沿途的景色，落寞中随手拿起一份报纸，不是为了看，而是为了遮掩那张疲倦的、几乎要变灰的面庞。他的脑袋粘在脖子上，无力地垂着；随着汽车的颠簸，脑袋一左一右地晃动。身边坐着的，是他的新婚妻子，因为晕车，吐过几回，脸色也很难看。十几天前，王大木和妻子带着寒薄的行李从山村徒步出来，一路上不知换过了多少辆车，走了多少冤枉路。到了一个陌生的县城后，他们就看见有人过来招工，然后又是稀里糊涂地上了路。王大木也没问那个带路的人，眼下要去哪里。每隔一阵子，他就抬起手来，做一个看手表的动作。

就这样，王大木来到了一座城市般整洁的村庄。再往里走，就看到一大片工地，暮色里，吊机和铲车像恐龙一样蹲伏着，一些民工在尘埃里走动。一圈围墙的入口处竖着一块巨大的牌子，上面赫然写着：太阳城欢迎您。

　　向阳村重新命名为"太阳城"之后，村长的角色也跟着变了。他坐在办公室里是总经理，走进工地就是大工头。他戴着一只价值数十万元的手表，每天都在计算着时间。仿佛他的内心有一匹马，总是要跟时间赛跑。为了赶工程，村长不得不使强用狠，让民工分日班和夜班，轮流上岗。一些人为了能拿到更多的工钱，两班都上，晓夜忘疲。村长本人吃住都在工地，无时无刻不与民工们同在；虽说他每天只睡三四个小时，但精神依旧极旺，因为他正享受着把一个梦物质化、具体化的过程。他必须亲耳听到机器的轰鸣、亲眼看见太阳底下忙碌的身影，才能确信这一切并非尚在梦中。

　　这一阵子，村长还常常把"标准"这个词挂在嘴角。在村长看来，这些民工来自全国各地，没有规矩，不成方圆。自手到口，该干什么活，该说什么话，都要给他们定个"标准"。因此，底下的人在暗地里都称他"标准客"。在"标准化管理"之下，人人都穿上了有编号的蓝色工作服，待在各自的位置，干好手头的活儿。他们无论怎么移动，都被一条看不见的线牵引着，而线的另一头，就落在村长手中。

　　马奔跑的时候，后面的马群唯马首是瞻；鹿奔跑的时候，唯鹿尾可追。对村长来说，纪老板就是马首，对民工来说，村长就是鹿尾。头带得好，跟随的人才觉着这日子有奔头。

　　村长看上去面相粗野，事实上有一副很好使的脑子。他对民工们说，你们不仅要靠我来养活你们，还要靠你们自己养活家里人。因此，他决定在民工棚附近建一座养猪场，交给那些民工的家属来打理。王大木的妻子就在那里上班，每个月好歹也有微薄的收入。村长说，太阳城的主楼建好了之后，我们将在副楼的地下室建立一座符合国际标准的现代猪舍。到时候，白领养猪将会成为一种时尚。所以，从现在开始，我们就推行科学养猪的方法。这些民工家属都是农村出来的养殖能手，猪是越养越多了，眼前那个猪舍都快容不下了。为了确保朦情稳定，管理员不定期进来查看，若是发现哪头猪有咬耳朵或尾巴的恶癖，必予纠正。村长看了很满意，他说，我们接下来要培养一批后备猪。于是，那些肌丰骨壮、性欲良好的后备猪就留了下来，作为种猪；另一部分待朦情适中后出栏。村长不仅施惠于民工，且惠及民工家属，好名声就这样建立起来了。

村长说，太阳城的主楼建成之后，他将会在顶楼面积达十万平方米的地方开发人造试验田，那里可以种上一大片水稻和蔬果。这就是说，土地并没有被建筑占用，而是提升到了空中。专家们十分赞同，并且使用了一句很文雅的老古话：研究稼穑，可以厚生。

村长还告诉每一个人：这座太阳城不仅是富人的理想世界，也是穷人的理想世界。在这里没有人会觉得做珠宝生意有多高贵，也没有人会觉得养猪是贱业。住在底层的人和住在高层的人都是平等的。谁都知道，村长的脑子里有一个别样的世界。

太阳城的主楼造到第十九层时，村长戴着安全帽登上楼顶。他像一个来到海边看日出的人，满怀着一种"等待太阳冉冉升起"的喜悦。环顾四周，他问身边的民工，你们站在这里看到了什么？有人说，看到了对面的山，有人说，看到了那些矮下去的楼房。不，村长说，你们还可以看到未来。太阳城离太阳近了，你们的好日子就来了。

村长拍着王大木的肩膀说，小伙子，好好干吧，你要是干得出色，待太阳城建好了，就可以继续留用，到时候什么三险五金全给你上。哪，你不是从农村里出来的？我们可以让你在这里种地养猪，发挥专长。以后我会让你知道什么叫科学种地，科学养猪。你们，还有你们，不久的将来都会过上好日子。

有了村长这一句话，大家干得更起劲了。日头西坠，他们还没有停工的意思。一阵风吹过来，王大木突然有一种展翅欲飞的幻觉。但他只能像平地上扑腾几下的病鸟一样，任由一阵又一阵风从身旁掠过。这个时辰，老家的人大都会从屋子里走到三四席宽的树荫下，摇着蒲扇，或坐在竹椅上，或躺在竹床上，纳凉闲话。

一位工友抬起头来，望着天空问，现在几点了？吊机的铁臂如同手表的指针，正指向西天的一颗明星。王大木抬起手来，瞄了一眼，答道，六点零五分。

工友说，我们的工作已经超过标准时间了。于是，众人像下山般，从脚手架上下来。

那些民工聚居在临时搭建的棚屋里，下了班几乎没有什么称心的娱乐生活，偶尔打打牌，试试手气；聊聊女人，过过嘴瘾。而已。有家小的，只关心柴米油盐，妻儿二三事。他们没多少文化，也没多少想头，几乎不看报纸，不谈国事，不说乡愁——这些东西对他们来说实在是太遥远、太抽象了。在他们极度疲倦的时刻，有一席之地能放枕头就足够了。对王大木来说，唯一的快乐，便是在硬邦邦的床板与臭烘烘的被窝之间释放暗夜的涌动。但这种快乐到后来也就越发地稀薄了。每天，天还没亮透，就会有一条看不见的绳子把他从梦里拉出来。

除了埋头苦干，王大木从来不指望生活中有什么奇迹发生。然而，他又像是个有所期待的人。眼见大楼一天高似一天，视野也渐渐开阔起来。登高望远，心意悠远了。白天劳作，如果有鸟飞过，他就会走神，目光被鸟指引，飘向很远的地方。工友问他，你站在这里发什么呆？他说，我在想一座山。工友说，干我们这种粗活的人，最好是多用手，少用脑，想多了，就会出事。

王大木与别的工友到底还是有点不同。王大木好吹笛。笛子之于他，是污浊日子里的一缕清风，是泥中莲花。妻子却不喜欢听笛。她说，你一吹笛，我就会想家。因此，王大木很少在妻子面前吹笛。他常常会拣个星星全出的夜晚，跑到对面的山中，寻个清寂的地方吹上几曲。那一刻，忧虑全消，心思干净。他感觉自己又回到了老家，心里面似乎有一座安稳的山。

王大木的老家还停留在农业文明的时代。工业文明与农业文明的距离，也就是一棵树与一根电线杆之间的距离，也就是一块土豆与一杯土豆泥之间的距离，也就是一匹骡子与一列火车之间的距离。对王大木那个村子的人来说，打工赚钱就是为了消除距离带来的自卑感。跑出去的打工者后来就很少回来，"打工，就是死在外面也别再回这个穷地方"，他们总是这样恨恨地说。这些年，村上的壮劳力大都输送出去了，只留下一些老弱病残的人和一部分未能带走的幼儿。年轻人若是还留在老家，不愿出山，就会被同村人鄙视。王大木天性喜欢淡静的生活，有山，有畦，有女人，原本是打算在山里终老的。但岳父岳母那一边却有了说法。岳父对他说，我老了就拙，拙了就不想动；你还年轻，有一身力气，可以出去闯闯。我不是教你去浪荡，找个地方，做点正经事，有出息了，回来。王大木想，人终究不是树，离了这座山，照样可以有活路。于是就下了决心，去南方打工。新婚妻子呢？当然要带走。这个女人已做了王大木的女人，她不想留下来，再做别人的女人。

组长派给王大木两件事：一是搬砖，一是养护。搬砖是桩力气活，来回都是用手推车搬运，跟牛耕地没什么区别。养护，就是给那些浇注不久、暴晒失水的水泥地洒水保湿，每天两次，水量多寡，也是悉遵标准。

王大木生活在一个"标准化的世界"里。人受了约束，就少了鲜活。几个月下来，王大木几乎不说话了。有一天夜晚，王大木深一脚浅一脚地来到工地。人问，不应，继续上楼。大伙都忙着各自手头的活儿，有的在焊接，有的在装模板螺栓，有的在打磨着什么。一名夜间养护工问王大木，你来这里做什么？王大木的目光仍是直愣愣地注视着前方，没有回答。那人把一根粗大皮管交给他，说，这活儿就交你了。随即，就有水从管口汩汩喷出，洒在一层铺了薄膜的混凝土表面。这就是例行的保湿养护了。过了零点，打夜作的人都歇了工，整栋楼沉浸在梦幻般的寂静中，蛙声一片，渐渐响了起来，在偌大的工地，听来反倒有几分凄清。那名夜间养护工喊了一声，王大木，一起走吧。王大木当即放下手中的皮管，独自一人绕过灰槽、拖灰板，跨过一道护栏，爬上脚手架，从这一头的横梁走到另一头，像走平衡木那样，步态稳健，没有一丝心惊胆战的样子。大家都抬头仰望，目光一下子在空中凝住了，过了一会儿，就有人跟喊魂似的叫嚷着：王大木，回来，王大木，回来。王大木充耳不闻，依旧站在那里，一动不动。过了许久，王大木就从横梁那一头踱步回来，脸上仍是一副淡然神色。这家伙在梦游，那名夜间养护工说着，疾步冲上来，扇了他一记耳光。王大木猛然惊醒，望着众人，又抬头望了一眼深渊般墨黑的天空，咕噜了一句：我怎么会在这里？

四

如我们所知，阿根廷的博尔赫斯先生是一位写梦的高手。他的一篇《双梦记》就根据《一千零一夜》第三百五十一夜的故事，借用阿拉伯历史学家艾尔·伊萨基的口吻叙说了这样一个与梦有关的故事：开罗有个家财散尽的善人，一日在无花果树下梦见有人口吐金币，还告诉他说，若想发财，可去往波斯的伊斯法罕。这位善人又是位痴人，竟相信这个梦是真的。第二天，他离开故土，经过长途跋涉来到梦中所指的那座城市。他借宿一座清真寺时，被当地夜巡的官兵当作盗贼暴打了一顿，还投入牢房。一名长官提审他时，问到了他来这里的缘由，痴人就把自己所做的那个梦如实相告。长官听了哈哈大笑，他没想到这世上还真有这等痴人，于是就说，自己曾三次梦见开罗城一所房子后面有个日晷，日晷后面有棵无花果树，无花果树后面有个喷泉，喷泉底下埋着宝藏，可他压根就不相信。长官放了痴人之后，痴人又回归故里，根据长官所示的地址，居然真的找到了宝藏。

正如博尔赫斯先生喜欢改写《一千零一夜》里面的故事，日本的芥川先生也喜欢改编《今昔物语》。他的代表作《鼻子》《罗生门》就是如此。芥川先生写过一篇名叫《仙人》的小说，我不知道是否取材于《今昔物语》这本书。在这篇小说中，芥川先生也讲述了一个类似的痴人的故事。故事是这样的：一位权助（江户地方对男仆的一种称呼）来到大阪，跨进一家中介店，劈头就恳请店主给他介绍一个可以成仙的去处。店主见他是个痴人，本想三言两语打发了事的，谁知他还是纠缠不休，理由是店门口的布帘招牌上明明白白写着：万事可荐。店主无奈，就跟一位医师说起此事，医师的妻子听了，却让他立马应承这门中介生意。第二天，店主把权助带到医师的府上，医师的妻子说，成仙可以，但有个要求：从即日起，须得在他家打工二十年，不计工钱，期满后就教他成仙的法术。权助当即答允，从此就在医师家做长工，隐忍着过活下去。二十年后，权助恳求东家践诺，医师的妻子指着庭院中的一棵松树告诉他，他若是能攀上树巅，就可以得道成仙；若是做不到，就给东家再做二十年的长工。权助二话没说，就蹿上了那棵大庭松。医师的妻子让他松开右手他就松开右手，让他松开左手他也照做不误。医师和他的妻子都以为这下子权助定然会从树巅摔下来，谁知奇迹竟真的发生了，权助的身体渐渐离开树巅，升向午后的晴空。他向东家谢过之后，就腾云驾雾而去。

书里面常说，傻人有傻福。这样的事也不是没有。但在现实生活中，村长会不会碰到这档子事？王大木会不会碰到这档子事？天晓得。

五

太阳照常升起，也照常落下。地球一直在滚动，世事总有变化。昨日的美梦，或许会变成今日的噩梦。

董事会再次推迟了。屋子里，有一种紧张的气氛像云团那样缓慢地膨胀开来。主持会议的，仍然是村长；大家等着的，仍然是纪大老板。村长频频看着手表，目光里依旧满含焦虑。村长说了，等一会儿纪老板就要向我们宣布一个重大消息。

未几，纪老板在几个保镖和秘书的簇拥下急匆匆进来，大热天，却披着一件大棉袄。纪老板深深地吸了一口气，面色凝重地向大家宣布：我们的冬天来临了。说完这句话，纪老板就急匆匆地走了。这是什么意思？一颗颗脑袋像是一下子凝结在脖子上了。经过村长的一番近乎饶舌的解释，他们才知道是怎么一回事。他们从会议室出来的时候，脑袋耷拉着，面色苍白，仿佛刚刚参加完一场追悼会。

王大木和几名工友光着背站在太阳底下，看见村长出来，就追上去问，老板，上月欠我的工钱什么时候给我们？

村长摊开手说，我们的钱都被华尔街那几个骗子吞掉了。你要钱，就等着那些美国佬发善心把钱吐出来吧。

村长说完这话就钻进车里，在一团平地飘起的烟尘中消失了。然后是，村上的长辈公又挂着拐杖来到工地，骂村长前吃祖宗饭，后吃子孙粮。自此，村长再也没有在工地上露面了。有人说，村长跑路了。那些讨不到工资的民工聚集起来，拉着横幅、举着纸牌从工地游行到县政府大门口。没过多久，就有一群装备精良的特警齐崭崭走过来，把民工赶回了工地。他们经过猪舍，索性把气撒到那些猪身上了。他们分掉了猪，卖的卖，吃的吃，也算是出了一口恶气。王大木夫妇不争不抢，但好歹也分到了半扇猪肉。

清晨起来，王大木的妻子茫然地望着前方问，我们现在该去哪儿？一阵风吹来，王大木说，跟着风走吧。妻子说，风正往南边吹呢。王大木说，那我们就往南边走吧。南边是一座县城。就这样，他们卷起铺盖，离开了太阳城。途中，他们目睹一辆小货车侧翻，水桶里的大鱼小鱼都倾倒出来了。王大木和妻子立马放下行李，帮助小货车司机捡那些吐沫的鱼。司机感激他们，就带上他们搭乘了一程。车子驶入县城入口处的一座站点后，他们又得下车了。他们不知道那一车鱼的去向，鱼也不知道他们的去向。妻子望着眼前一片密集的高楼大厦问，我们现在去哪里？王大木说，先填饱肚子，再找工作。吃过午饭，他们扛着一个网袋来到劳务介绍中心。恰好有家物业公司派人来招工，彼此间用艰涩的普通话交谈了几句，那人就立马听出王大木的口音，一问，才知道是老乡。那人是物业公司的人事部经理，在安排工作上自然是不会薄待老乡，他把公司对外服务的若干工种罗列出来，供王大木夫妇选择。次日，王大木就跟随一名手脚活络的工友做起了擦窗工。悬空擦窗当然有点危险，但王大木不计较这些。他喜欢待在那种有楼的地方，与天空接近的地方。

这是岁末发生的一桩事。但这件事在地球上任何一个地方都不算是新鲜事。那天中午，一名擦窗工的妻子提着两盒饭菜过来，坐在一家机关大院的台阶上，等他一起用餐。一切都平静如常，丈夫的身上绑着安全带，在空中高高悬着。他的身体贴着蓝色的玻璃，像在大海中畅游。丈夫心灵手巧，满可以干其他一些没有危险的营生，可他就是喜欢选择悬在高处的工种。为何这样，他从来不说，她也从来不问。事情来得太快了——她看到眼前掠过一道阴影时，一具身体已重重地摔在地面，像船只触礁，发出巨大的碰撞声。然后，那具身体就湮没在血泊中，仿佛很快就会沉入水底。女人下意识地抬头仰望，发现上面没有了丈夫的身影。也许是以为他已经爬进某扇窗户后沿着楼梯下来了，所以她仍然坐在台阶上，茫然地等着。过了一会儿，她看见很多人围着那具尸体，就是不明白那具尸体跟自己有什么关系。有人过来告诉她，你还在这儿发什么呆？你丈夫都已经死了。那时，她表现出来的样子就像是听一个人跟另一个人说话，她不明白，那具尸体跟自己的丈夫有什么关系。直到有人要动那具尸体时，她突然像疯了似的扑过去。她把饭盒摆在他身边，她说你吃呀你为什么连饭都不吃一口就走了呢。她用袖子去擦他脸上的血迹，像是在擦一块玻璃。尔后，就有几个手持相机与手机的人钻进围观的人丛，女人的背后立时响起了一片咔嚓咔嚓声，仿佛是脖子扭断的声音。她紧紧地握着他的手，好像要把他从死亡那边拉回来。他那手腕上用圆珠笔画着的手表依然没有褪色。他是许过诺的：等他赚了钱，第一件事就是给她买一只像样的手表。

一名跟他一起擦窗的工人偷偷向记者透露说，那个男人的死好像跟一阵风有关。他们并排擦窗户的时候，有一股冷风忽地吹来，那个男人竟莫名其妙地说了一句，这股冷风是从北方老家那边吹来的。他说那话时，脸部的表情十分安详、镇定。然后，他就解开了绳索的扣子，张开了双臂，向下俯冲……

很快地，人们便发现，这个女人的身影蓦然出现在丈夫曾经待过的那层高楼上，身上还绑着丈夫曾经绑过的安全带。这个女人说，她丈夫的身体已经落在地上了，但灵魂还在高处。是的，那一刻，人们看到一个灵魂和一个女人紧紧地拥抱在一起。全城的人都陷入了末日般的恐慌。

六

世上有很多事，始于美梦，终于噩梦。纪老板的噩梦也就是众人的噩梦。说到底，大家都是一个篮子里的鸡蛋。但他们还是不敢相信，富甲一方的纪大老板居然也会垮掉。

在同行业中，纪老板有一个最强劲的竞争对手。此人姓沈，叫什么名字并不重要，我们姑且称他沈老板吧。为什么要提起这个人呢？因为满城都在传言，纪老板是被沈老板打败的。

对沈老板来说，事业上要是没有一个像样的对手，便乏斗志，便乏快乐。早些时候，他听说老纪要去美国抢购一颗小行星的命名权，也思谋着去美国报名参加太空遨游。之后跟别的老板碰到一起，就无一例外地谈论起遨游太空的进展情况。沈老板明确地告诉大家，他已经向美国太空探险公司报了名，预计十个月后就可以过一把遨游太空的瘾。而且，他补充说，他乘坐的将是太空船，从美国加州一个沙漠的机场出发。在离地三十六万英尺的高空，人可以离开自己的椅子，飘升起来。说到这里，沈老板做了一个在失重状态下摇晃不定的动作。众人皆带艳羡的目光看着他。有人在一旁打趣说，小时候，我们都梦想着长大之后能坐上一回大轮船去上海，哪儿会想到现如今还可以坐宇宙飞船上太空呢？不得了，不得了。你要是从老纪那颗行星边上穿过千万别忘了向它打一声招呼，可能的话拍下一张照，给我们这些乡巴佬也见识见识。也有人不以为然地说，现在人家美国佬上太空遨游光是门票就得好几千万美元，不但可以住国际空间站，还可以在地球上空转来转去。花个几十万美元上太空，也只不过是在轨道上兜上一两个小时的风而已。三十六万英尺，离老纪那颗小行星还远着呢，看它恐怕还得用上他的天文望远镜。老纪，纪老板，自从把自己的名字送到天上之后，就买了一架天文望远镜，安置于阳台，每晚照例要看上一两回方能入睡。凡是有客人过来，他便让他们透过望远镜，观看那颗以他命名的小行星。这就算是请客了。但沈老板没有把纪老板那颗行星当回事，他淡淡地说，我花个几十万美元，不过是想到太空上看一回日出，至于花多少钱，飞多久，并不是我考虑的问题。言下之意，沈老板要的就是"第一个"。也就是说，沈老板将是中国那么多老板中第一个上太空看日出的人。

话说回来，自从纪老板在村子里造了一座举世闻名的"太阳城"，沈老板才意识到，他的竞争对手已做大成势，不可小觑了。纪老板要是美梦成真，对他来说，就是噩梦一场。

沈、纪二人较上了劲，斗志愈烧愈旺。眼见沈老板的公司盘算着要在纽约上市，一直奉谨慎为神的纪老板便再也按捺不住了，决定冒险一试，并购美国一家太阳能公司。谁知金融风暴说来就来了，纪老板刚刚组建的公司顿时陷入了资金链崩断的困境，想抽身哪里还来得及。这时他才明白，沈老板原来玩的是虚招，压根就没在纽约上市。他没有退路，也没有转圜的余地，不得不反过来向沈老板乞援：要么兼并他的太阳能产业，要么接手他那座太阳城。但沈老板说，他手头的钱也在美国卡住了，要耐心等候。等多久？不知道。那么，他能否念在同乡的分儿上，借一大笔钱，帮助纪老板渡过难关？钱不是问题，沈老板答道，问题是没钱。

纪老板的噩梦就是沈老板的美梦。有人登上顶峰，有人跌入深渊。纪老板没有为自己准备一副金色降落伞。

七

对村长来说，太阳城没落以后的日子里，太阳就是为别人而升起的。雨季来临，村长就再也没有看见太阳了。从前，他有梦，有一个完整的天地。而现在，梦破碎了，心里面是一堆废墟。村长什么都没有了，他羞于见人，就把自己关在一栋黑乎乎的屋子里。

有一天，人们从报上读到了这样一则消息：向阳村村长跳楼自杀，摔成植物人。但他的家人解释说，村长其实并没有企图自杀，而是因为要弯腰捡拾一枚毫不起眼的硬币不小心从平台上掉下来的。

二〇一四年三月十七日

某年某月某先生

某年某月某日某先生跟人谈起自己在山中的一段算不上艳遇的奇遇。

某先生是谁？这里不便透露，也没有必要坐实姓名，姑且就叫他东先生吧。

东先生除了教书之外，平日里喜欢写诗、画画，偶尔也翻译一点斯蒂文斯与布考斯基的诗（他从来没有向人解释自己为什么会喜欢两种风格反差极大的诗）。这么多年来，他既没有搬家，也没有换工作，而是一如既往地过着单身生活。在私生活方面，他一直保持隐秘不宣的态度。他喜欢在微信圈里跟陌生女人聊天，也结交了若干异性网友，但他从不上网寻找性猎物；于房事，他不算热衷，但也不至于疏淡（在这方面，他的表现就像南方的秋天，温而不厉，威而不猛）。认识东先生的人都知道，他收入稳定，饮食有度，没有什么不良嗜好，甚至可以把生活中一些不可调和的事处理得恰到好处。然而，他也不是什么事都可以搞定的。比如最近，他老是觉着生活里会冷不丁地出点什么让人无法解释的事。四十岁以前，东先生感觉自己没有什么不正常的。年过不惑，居然就迷惑起来了。东先生也说不清那些让人迷惑的事出在身体上还是脑子里。一个月前，他做过全身体检，除了胃神经紊乱，实在找不出别的什么毛病来。但过了一阵子，胃神经紊乱带来的胃痛之后，又出现了生物钟紊乱带来的头痛。二症并发，把他的神经折磨得像他诗里面写到的钨丝一样纤细。

事情是从某个夜晚开始的：半梦半醒之间，远处突然传来低钝的敲打声。他疑心这急迫的声音来自家中那个五斗柜。那一刻，仿佛有人正急着要从柜子里跑出来。他想伸手去开灯，身上却没有一丝力气。只能半睁着眼睛，努力辨识声音的来源。他听说宇航员进入太空之后，有时也会听到一种木槌敲打铁桶的声音。其时意识模糊，很难说清这声音是外部传进来的，还是发自身体内部。东先生听到的，正是那样一种无法解释的声音。

是否还有人在那一刻证实那一种声音的存在？没有。

东先生醒来的时候，突然想紧紧地抱住什么。然而，他身边没有女人。

东先生从来不会把女人带到家里睡。通常，他会在宾馆里开个房间，在一张陌生的床上不紧不慢、不冷不热地完成一件在他看来必须完成的事。东先生从来不买春。这些年，他仅限于跟本城的三个女人发生关系。其中两个已婚（一个是中学语文老师，一个是服装设计师），还有一个未婚，年纪略轻，有男朋友，但在韩国留学。每个星期，他会跟她们当中的一个联络，开好房（一般情况下没有固定的宾馆）。值得一提的是，他与任何一个女人单独相处，从来没有超过三天时间。他的理由是：自己与一个女人相处的时间如果超过三天，就会产生留恋之情。在这一点上，东先生固执己见：对女人，只欣赏，不贪恋。这也是东先生坚守单身的原因了。最近，三个女人不知何故突然间都消失了。她们之间互不相识（至少在东先生看来是如此），背地里联手捉弄他的可能性几乎很小。但这件事终究让他放心不下。

某年某月某日东先生在南方某座山中遇到了某女士。山名就不必介绍了，在东先生看来，所谓山，就是几块石头与树木的奇怪组合，这一座山与那一座山在本质上没有什么区别，唯一的不同是那种看山的感觉。

那时应该是暮春傍晚，也是山气最温淡的时辰。东先生循溪而上，走进一座幽深的山谷，及半，就看见一座石拱桥，桥边有一棵高壮的银杏树，树冠呈伞状。四周也有树，但跟它在一起就显得不像树了。站在大树底下，东先生的目光顺着树枝一点点朝上伸展，好像在目测树的冠幅。直到他听得身后传来咔嚓一声时，才转过头来。一名高个子女人正手持照相机，半蹲着，身体略微后仰，长焦镜头像炮筒那样一动不动地对着他。他先是一怔，继而微微一笑，缓缓举起了双手。

高个子女人放下相机，露出略带歉意的笑容作为回应。在那顶果绿色宽边草帽的遮掩下，她的目光显得有些深邃，仿佛仍然在透过镜头看人。

随后，路那头便有十几人鱼贯而至，纷纷举起相机或手机，对着那棵古树狂拍，给人一种举枪齐射的感觉。高个子女人好像不太喜欢闹哄哄的氛围，很快就穿过一畈随山陂陀的梯田，转到了竹林那边。东先生不敢贸然相随，他只是站在桥边，远远地打量着。那儿有成片成片的竹林，大家好像熟视无睹，独独一棵古树却引来那么多人争相观赏。

吃晚饭的时候，东先生在山中一家客栈的露天餐厅里，再次与高个子女人不期而遇。她跟一群人坐在同一张长桌上，静静地等候上菜。边上堆放着旅行包和随行雨具，看样子，其中有几位是刚刚从外地赶过来的，未及登记入住。一名光头男子站起来，一手拿着本子，一手握笔，让一圈人做自我介绍。听到有人自报姓名，他就在纸上打一个钩。介绍完毕，他们就开始闲聊。有几位一边捻着手串佛珠，一边侃侃而谈。谈的是多元宇宙、六道轮回、五维空间之类的话题。东先生注意到，那个高个子女人没戴草帽，头发扎成了一束马尾。

对东先生来说，他们的身份像黄昏的光线一样暧昧不清。可以肯定的是，这群人不是那种来山里搞野外拓展训练的创业团队，与普通的旅行团也不一样，他们穿布衣，吃素菜，说起话来总是显露出一副谈吐不凡的模样。他们身上有一种略显相似的气味，但东先生也说不清楚这气味是什么。那一刻，他的目光有意无意地落在她身上。她是那群人里面的一个。了解她，也许就能了解那一群人。

吃过饭后，大家散开来，坐在庭院中那些错位摆放的藤椅、木椅、石凳、草垫上，吹着凉风，喝茶聊天。服务员收拾盘碗的玲珑碎响，在山里听来格外清脆。东山之上，破云而出的月亮跟刚刚清洗过的银盘似的。东先生背着晚风，依旧坐在一棵桂树下自斟自酌。而他的目光每每因为那个高个子女人的身影和笑声而游移不定。不过片刻，她突然起身，走到一面悬挂着老照片的石墙前，一步步地挪移，一幅幅地看过来。老照片的题材无非是晚清民国年间的地方风土和人物，保留了当年玻璃底板直印的蛋白照片那种棕褐暖色的调子，因此也就有了古旧的味道。她从墙的那一头移步到这一头时，散碎的银光和斑驳的树影恰好落在她身上。听到一声轻微的咳嗽，她就转过身来。

能喝一点？他把一个倒扣的空杯子翻转过来。

不，我现在不喝酒，我在脱脂。

你看上去一点儿都不胖。

可我觉得自己还不够瘦，她指着空杯子问，你好像在等一个人？

我独酌时习惯于在面前搁一个空杯子。

看起来好像是要表示点什么。

也没什么，习惯而已。他呷了一口酒问，你们来这里做什么？

我们？她回头看了看那些散乱的人影说，其实我们都是网上认识的，彼此之间也没有见过面。不过，我们会在微信群里聊一些灵修、禅修之类的话题。

根据她的描述，他才了解这些人大致迷恋那种神秘的难以解释的事物，其中就有瑜伽行者、禅修者、净土宗居士以及身份可疑的仁波切弟子等等（据说还有一名修行者是追踪一只白琵鸥至此的）。东先生不喜欢故弄玄虚，不喜欢谈禅，但他不会拒绝跟人讨论那些在他人看来或许还吃不准的话题。

那么你呢？东先生问，你也对神秘主义感兴趣？

神秘主义，我可不懂这些高深的道理。我只是想在这里过几天清静的日子。

过一种静观的生活，是这样？

你总是把一件很平常的事说得那么有诗意，不过，也可以这么说。

看来我们来这里的目的是一致的。他抚摸着那个玻璃杯说，在空山里，放空自己的杂念，把自己变成一个透明的空杯子。

你说话就像一个诗人。

我本来就是诗人。

把山中的时间拉长也是不无可能的事了。早晨醒来后，东先生对自己说，我在山里面，我要比太阳迟两三个小时起来。他就这样赖在床上，可以去太阳底下做点什么的想法很快就在上一个哈欠与下一个哈欠之间消失了。如果此时外面恰好有雨，他会等雨停了再起来；如果雨一直在下，他就一直这样躺着。因为在山里面，时间仿佛也都是自己的。有阳光从东窗照进来，已是八九点的光景。东先生觉着实在没有赖床的必要了，就起来洗漱。吃过早点，他就朝南山走去——在上午的懒洋洋的风里，他高一脚低一脚地走着。就在山回路转的地方，他又看到了她的身影，因为背光，加之宽檐草帽的遮挡，她的脸部表情显得有些阴郁。她身后是一片竹林。竹子的颜色、竹子的气息，似乎能让人慢慢静下来。走近时，东先生夸赞说，你昨天穿的那件绿裙子很好看。她听了，竟流露出惊讶的表情：昨天我穿的是绿裙子？我从来没有穿过这样的裙子。东先生反问，昨天你在竹林里，穿的难道不是绿裙子？高个子女人解释说，也许你眼睛里看到的是白裙子，脑子里浮现的却是另外一个女人的绿裙子。东先生突然笑道，也许是我看竹子看得入神，把你也当成竹子的化身了吧。高个子女人也咯咯笑着说，果然是个诗人，什么事经你一说，就是另一种样子了。

她站在阳光里，整个人好像开始一点点变得透明起来，一件小碎花雪纺长袖衫领口微露，脖子以下尤显光洁的那一部分分布着淡雅、纤细的筋脉。但东先生的目光只是小做勾留，就很得体地移开，向远处一抹淡蓝的山脉延伸。

你是一个人来的？她问。

是的，他说，我从来就是独来独往的。

东先生接着告诉她，他每隔三个月都要去外面旅行一次，喜欢找一个安静的角落，坐在那里，什么事都不做，什么问题都不想。就是坐在那里。最后，东先生说，其实我是在找一样东西。

找什么？

与其说是找一样东西，不如说是找一个地方。嗯，一个地方。东先生说，你可以知道月亮落在哪儿，但你不知道自己明天会在哪儿。正是这种莫名其妙的焦虑迫使我走出去，寻找一个真正属于我的、可以终老的地方。

你找到了？

现在还没找到，也许我一辈子都找不到。也许呢？我要的就是这个寻找的过程。结果对我来说并不重要。

这一路上的一番畅谈，使他们对彼此有了更深的了解。吃过午饭，她回房换了一件衣服，出来后他们又走到一起，坐在溪边的茑萝藤架下，接着之前的话题，漫不经心地谈着，直到手指间的阳光一点点温热起来。

我跟你认识这么久了，还不知道你叫什么名字呢。

我们认识很久了？她说，我们就这样聊聊天不是很好？何必要互通姓名、籍贯什么的？

东先生轻轻地咳嗽了一声说，那么，了解职业不算冒昧吧？女人微微一笑，抢先问道，你从事什么职业？东先生答，教书。她"嗯"了一声说，如果我猜得没错，你应该是一位大学老师。东先生故作惊讶问，你怎么知道？她微微一笑说，从谈话里面感觉得出来。嗯，你在女生眼里一定是很有魅力吧？

东先生笑了。

学校的老师也都说，东先生身上有一种可以称之为风流的气质。常言道，走下同一条河流的人总能遇到新的水流，东先生每年开学总能遇到新的女生。不过，东先生的风流比起一般人，又多了一分蕴藉。至于"蕴藉"这个词应该做何解释，就得请教他的那些女学生了。这么多年来东先生在女生中间，目既往返，心亦吐纳（吐故纳新），好像从来没有发生过什么事，但好像又发生过什么事。

我从来没有摸过任何一个女生的手，东先生说，哪怕是她们把手递过来。

你是怎么想到来这里？知道这地方的人并不多，知道在这个时节来这地方的人更少。

是一个朋友介绍的，一个写诗的朋友。

据东先生描述，这位写诗的朋友是个邋遢汉，有一阵子失恋了，经常在微信群里发诗（因为诗这东西，东先生说，原本就是可以群、可以怨嘛）。有一阵子，他又忽然消失不见了。接连数月没有他的消息，诗友们免不了要打听了。后来才知道，诗人忽然有了出世的想法，跑到山中追随一位来自西域的仁波切去了。一个月后，诗人回到城里，又老老实实地做起了祖传的手艺活。前阵子，东先生与诗人喝酒聊天时，说自己最近出了怪病，耳朵里偶尔会出现一种莫可名状的声音。诗人便告诉东先生，他在山中遇见过一位高人，能用催眠术帮助人治病，很灵的。东先生对诗人的话向来是姑妄听之，所谓的高人要么是神汉巫师之流，要么是江湖骗子。如此而已。事实上，让他突然间对这座山心生向往的，是诗人在不经意间说出的一句话：山里面很安静，每天坐在房间里可以听到树叶落地的声音。就冲这一点，东先生来了，山里面果真是安静的。虽然，早已过了落叶纷飞的时节。

东先生有足够的时间观看一片树叶飘落的过程。就一片，或两三片树叶，在倦怠的春风里，无声地飘落。这样看着，时间也就仿佛在不知不觉间慢了下来。前面有两条岔道：一条是水泥路，能看到一些家禽在阳光照到的地方走动；另一条还是古道，堆积着厚实的枯叶，不知道它的暗沉沉的尽头究竟是什么。我在山里面极没有方向感，高个子女人说，即便有太阳，我也不辨东南西北。东先生指着古道边的一条溪流说，如果你找不到方向，很简单，你只需要看流水。顺着溪流，你就能找到那座客栈。我翻看过地图，山里面只有这么一条溪流。

前面就是依山而筑的客栈，但他们绕到了另一条幽僻的、已近荒废的古道，漫无目的地向前走去。这里没有人迹，只有流水潺潺的声音。人像是在路上飘浮着的。古道愈转愈深。人在大山的深处，能感受到一种圆整的、未被损毁的寂静。他们深深地吸了一口气，仿佛寂静本身也是可以呼吸的。

这里真安静啊。她把"啊"这个尾音拖得很长。

是啊，东先生也附和着感慨道，静得让人感觉像是去了另一个星球。

如果人类有一天迁移到外星球，不知道是否还能忍受那种绝对的寂静。

我之前看过一个节目，测试一个人在绝对的寂静中最多能待多长时间。

我试过的，在那个无声世界里，我只待了四十五分钟。如果谁能待上一天，谁就是神了。

东先生的目光从流水间收回来，看着她，感觉她的眼睛里藏着清澈的忧郁。昨天傍晚，他在树底下看到的，就是这样一种眼神。

能否冒昧地问一句，你是做什么的？

之前做过电视台的DJ，现在是一家酒吧的DJ。

你是一个喜欢清静的人，能忍受酒吧里面的噪声？

我工作的时候通常戴着耳机。如果不戴耳机，我就戴上一个耳塞。嗯，好听的音乐分贝再高，也不算噪声吧。

你说得对，我曾经在英国人写的一本关于声音生态学的书上看到这样的说法：如果你不正确使用刀叉，那么刀叉声也是噪声。

的确是这样，难听的音乐声音再低也是噪声。

她说，她住在郊区，离上班的地方有点远。好处是，那里房租便宜，环境清幽。她上的是夜班，下午三点之后坐着公交车进城，通宵坐班，一大清早又坐着第一班公交车返回郊区。那栋楼里租住的大都是上班族，大白天空荡荡的，就像夜晚。

她关紧窗户、拉上窗帘、蒙上被子，就可以睡个好觉。

那时候，我喜欢静静地躺在床上，聆听大海的声音。

你租住的地方在海边？

离大海不算近，大概有两三里吧。

这么远，也能听得见？

我说这话的时候就知道你会有这样的疑惑。但事实上不是这样子的……

事实上是怎样的？东先生很想听她谈谈她自己。

她小时候就住在海滨小镇，那里除了大风大浪，终年寂静。每天清晨醒来，总能由近及远地听到闹钟里面指针走动的声音、一个早起的人从清冷的石板路上走过的声音、浪涛拍岸的声音、远处海面上渔船马达的声音，以及各种带有地质属性的混合的声音。直到有一天，她突然听到了一些平常难以听到的声音。

起初，这种声音来自自己的身体内部。肠子蠕动的声音、气息吐纳的声音自不必说，倘若没有杂音的干扰，她还能听到心跳的声音、血液流动的声音。她的耳朵构造并无异样，但她能听到别人无法听到的声音。她跟小伙伴们一起玩耍时，每回说自己能听到苍蝇拍动翅膀的声音、虫子破土而出的声音时，居然没有人相信她的话。后来，她就再也没有提起这事。她喜欢独自一人，聆听外面的世界发出的声音：一颗露珠因了微风的吹抚从草叶滚落滴在石阶上的声音，猫从巷子那头走过的声音，雪花落在窗台的声音……

长大了之后，她就开始怀疑自己了：这究竟是一种超常的听力，还是一种异常的幻听？她曾找过一位医生，医生给她做了一个简单的常规性测试：他在隔壁跟人说悄悄话，如果她能听得见，就证明她的耳朵具有某种特异功能。结果是，她什么也没听到。这是什么缘故？她不得而知。而医生得出的结论是：她很有可能患有某种精神方面的疾病。她听了，很是羞愤，从此就再也没有找过其他医生或类似的专家。很多人活了一辈子都无法认识自己。她却不同，她常常在跟自己对话，尝试着把自己所听到的一切自然或非自然的声音都一点点弄明白。后来她了解到这种听力也有其局限性，那些属于常人听力范围之外的声音并非她想听就可以听得见的，换言之，声音这东西是自行越过一道道障碍跑进她的耳朵，仿佛她身上的某根听觉神经与外部世界的某一部分会突然发生脐带式的联结。这些年来，她虽然自觉怪异，也曾为之困惑良久，但终究还是能安于这份怪异。

这是一个不一样的女人。东先生想，一个不一样的女人让人有了一种不一样的感觉。她说话的声音很低，低得好像只有把耳朵贴近才能听得清楚，山谷里的风大一点，就能把她的话吹走。根据他的观察，她走路时也是轻手轻脚的（而且，她说自己从来不喜欢穿高跟鞋，那种橐橐的脚步声会让她听了十分难受。她平常穿的，就是那种柔软的平底鞋，走起路来悄无声息，就像一只安静的猫）。

不知不觉间他们已经穿过了一座山谷。

如果我记得没错，前头还有一棵古树，可以看看的。高个子女人指着接近山顶的地方说。

这条路，你好像来过。一朵乌云从头顶默默地飘过，他突然压低了声音。

我来过好多回，但我总是记不住路线，像是第一回来过似的。

恰恰相反，我跟你虽然只是初次见面，但我感觉我们之间仿佛已经认识多年。

认识多年，却不知道彼此的姓名，这是不是有点像匿名聊天的网友？

不知道对方是谁，反而能让双方更坦诚地说话，难道不是这样？

也许是这样吧。

前面是一座石头搭建的路廊。一名穿POLO衫的功法修炼者腾地一下从蒲团上站起来，一边抱怨起山里面的信号，一边举着手机走过来，急吼吼问道，你们的手机可有信号？很抱歉，高个子女人摇摇头说，我没有手机。那人转而又问东先生，你的手机可有信号？东先生掏出手机看了看说，也没有信号。但他随即捡起地上一块光滑的小石头，放在耳边，叫了几声：喂，喂，喂。那人怔怔地看着他问，你这是什么意思？东先生说，在这个地方，手机没有信号，就跟石头一样了。那人若有所悟，说，我坐不下去了，看来我还得回客栈上网去。收起蒲团，走了。

他们坐了一会儿，正打算继续前行时，外面下起了零星小雨。于是又坐下，等着雨歇。

你是怎么认识他们的？

说来话长，我跟他们这一路人认识，是因为三年前得了一种奇怪的病。

一种奇怪的病？

是的，一种奇怪的病。

三年前，她突然感觉头晕、手麻、步态不稳，就去医院做了一个CT检查，结果发现脑子里面有一个白鸽蛋状的东西，后来即便做了核磁共振，医生也无法确诊它是囊肿还是肿瘤。经过会诊之后，医生建议她做一个开颅手术，但她断然拒绝了。她问医生，如果脑部是恶性肿瘤，她还能活多久？医生摇摇头说，这个不好回答。她出了门，就把那一沓影像资料统统扔进垃圾桶里。第二天，她辞掉了电台DJ的职务，背起行囊，开始了没有目的的漫游。有一天，她在网上结识了一群过修行生活的朋友，得知这些人每年都会在同一个月份同一个地方聚会、交流，因此也就贸然报名参加。来到这座山里，她没有把自己的病况告诉任何人。人生苦短，在山里面安安静静地待上一阵子，或是在适当的时刻找一个陌生男人过过一夜情的瘾，未尝不是一种及时行乐的法子。想到这里，她也就有了试一把的念头。"艳遇"这个词，平日里只是当作玩笑来说的，没承想，说碰上就碰上了。对方是一个摄影家，长得瘦长、白净，神情略带忧郁。他们是在溪边那棵古树下相遇的。他的镜头对着她拍下第一张照片后，双手突然猛烈地抖起来。放下相机时，她发现他的脸色异常苍白，近乎失态。之后，他跟她说话时眼圈发红，声音略微有些变调。她不知道那一瞬间究竟发生了什么，她很想跟他聊下去，但他只是仓促地向她要了一个手机号，以便发送图片。然后，他们就跟陌路相逢的人那样挥手道别。原本她以为，他们之间就此擦肩而过，是不会再见面了。

但过了几天，她居然接到了他打来的电话。他开口说话时，声音仍然有些颤抖，好像要说什么，突然又忍住了。因为沉默的时间有点长，她感觉电话那头好像是一个漫长的黑夜。在对话过程中，她的耳边就隐约传来另一种复合的声音。她放下手机，屏息静听，那声音竟然就是从另一个距之不远的房间里传来的。如前所述，她的听力有异于常人，只要集中注意力，哪怕是极其散漫微弱的声音，她都能捕捉到。她试探性地问了一下他现在所在的地方。果然没听错，他跟自己就宿在同一家山中客栈。于是，他们各自报了房号。从房号来看，他们之间仅隔两个房间（而且是空房间）。奇怪的是，那个摄影家后来一直没有过来找她。

一种近乎无耻的渴望被睡的感觉在那一瞬间竟那样恣肆地冒了出来。她再次给他打了一个内线电话，邀请他来自己的房间。如果他是个聪明人，也应该可以猜测她的意图了。她向来都是个安分守己的女人，脑子里突然跳出这样一个古怪的念头，未免把自己都吓坏了。但她已打定主意，仅仅是要跟他发生一夜情，谁也不欠谁。当然，他也应约过来了。如果非要她说出自己喜欢他的原因，大概就是喜欢他身上的某种气息，一种说不出来的淡淡的气息。根据她的描述，他们之间并没有发生什么关系。他们只是躺在床上，盖上了被子，像两个婴儿。确切地说，像两个无知无觉的双胞胎。她的表现是主动的，而他那脸上几乎没有什么表情，眼睛里也没有一点内容，以至她觉得自己所面对的仿佛是一片白茫茫的大海或空荡荡的山谷。不过，她可以确定，他不是那种性无能或男同性恋。

而之后发生的事就让她糊涂掉了。那天早上，摄影家回到自己的房间不久，她忽然听到了他跟另一个人说话的声音：我把你带到这个陌生的地方，你喜欢？现在我累了，决定把你留在这里，你愿意？她听到这话，就立马感觉他是在跟一个女人说话。她再次侧耳倾听，但没有听到有人跟他搭话。她带着疑惑走到他的房间门口，敲了几声。他打开门，她便毫不客气地走进来，目光很利索地扫了一圈，什么也没有发现。但问题就在这里，她居然什么也没有发现。

我们能谈点别的什么？她突然像怕冷似的用手臂抱住自己的胸口，对坐在身边的东先生说。

为什么要突然转移话题？难道你不想告诉我，那个房间里的神秘女人究竟是谁，她为什么要避而不见？

我不知道自己为什么会跟你讲这些事，也许是触景生情吧。她这样说着，就戴上了墨镜，好像是要把眼角那一缕细微的忧伤小心翼翼地隐藏起来。

真的不想说了？

不想说了。

他们就这样静默着。大约是风的缘故，这里的雨拐了个弯，就落到山那边去了。远处凝集着一团浓重的云雾，越滚越远。他们迈出路廊，继续沿着古道前行。天色在转瞬间放晴，山景也在拐个山角之后豁然开朗。他们抬起头来，果真就看到了半山腰处一块略微向外凸出的岩石上一棵冠幅很大的银杏树。树下围绕着一群正在闭目打坐的功法修炼者，虽然之前被雨淋成了落汤鸡，但此刻依旧凝然不动。阳光一照，个个都仿佛有了仙风道骨。他们没有再走近那棵树，而是远远地打量着。云是白的，雨后的树是鲜绿的，给人一种清洁感。在东先生看来，这样的树，跟天上的云一样，也是可看可不看的。

还记得石拱桥边那棵银杏树？她问。

当然记得。这里的人都管它叫白果树。

知道树龄？

只知道它是一棵古树，有多老，没打听过。

听山里人说它已经活了五百多年。

一棵五百多年的老树仍然可以结果实，不能不说是一个奇迹。结果实的白果树应该是雌树吧。

是的，每年十月它会结一次果。

那么，眼前这棵树应该是雌株还是雄株？

当然是雄株。这一带，我还没有发现第三棵银杏树。

难道说，它们隔着一座山也能传播花粉？

就像你刚才说的，这是一个奇迹：一棵树即便隔着一座山也能找到另一棵树。

我小时候在植物学课本上就看到过这样的说法：风传播花粉，肉眼是无法看到的。那种风媒花呈陀螺状，可以从相隔几十里外的地方飘过来，把花粉落在花蕊上。

做一棵树多好，每年开一次花，结一次果，就这样不知不觉活了五百多年。

树没有神经末梢，开花结果它不觉得快乐，正如它落叶时不觉得痛苦。

树有树的活法，谁知道呢？

这时候，一团云在这座空旷的山岗之上懒洋洋地逡巡着。你看见了吗？高个子女人指着一排杂木林说，从这边数过去第九棵树，你看见了吗？三年前，我把自己的手机埋进了那棵树底下。现在它应该已经像土豆那样烂掉了吧。

为什么要把手机埋掉？

我也说不清楚为什么，也许是因为那时候觉得身上的东西太多了。

身上的东西太多了？嗯，我明白了……

天色渐渐暗了下来，一些鲜亮的颜色融入灰色，一些有棱角的石头变得柔和起来。入夜之后，山谷间偶或响起寂寞旅人的弹唱。东先生无意于融入这群人里面，因此，他看了一会儿书，就早早睡下了。过了十时许，客栈里外人与动物的声息都静了下来。在山里面，寂静仿佛呈漏斗状，漏进树叶的幽微的沙沙声，漏进虫子的唧唧声，漏进地窍深处发出的嘶嘶声，以及一些植物饱吸夜气的声音。

三更时分，东先生无缘无故地醒过来。那种奇怪的声音又开始出现了，以至他感觉自己好像被什么奇妙的力量抛进了另一个维度的世界。但此刻，他十分淡然。找那些高人治疗的想法早已抛诸脑后，他觉得自己也无须为此烦恼。人这一辈子，总会遇到几件让自己费解的事。与其惶惶不可终日，不如从容应对。他曾看过一部戏剧，说是有人突然发现自己身上得了一种莫名其妙的隐痛，到处找医生或专家诊断，可没有一人明白无误地告诉他，这种隐痛是如何来的，又将如何消除。耳朵里面出现的怪声，大概跟身体上出现的隐痛是一样的。

那种奇怪的声音持续的时间很短，但他之后就了无睡意，只得闭着眼睛挨到凌晨五点多，恍恍惚惚间，一缕幽暗的天光从窗帘的缝隙间照进来。他感觉这样躺着实在是百无聊赖，就

某年某月某先生

下了床，拉开窗帘。在晨光里，山与人骤然相遇，让他心中忽生一种相敬如宾的感觉。他喜欢这样的山，空空的，好像什么都没有，又好像什么都有。他推开了窗，让晨风带着明亮的空气吹进来。窗子对着清寂的后院，一只早起的野狗正在一棵银桂下刨着泥土，不知道要刨些什么。他突然间像是想到了一件紧要事，从上衣口袋里掏出手机，匆匆瞥一眼，随即关掉，放进一个塑料袋，然后穿上衣服，拎着这个塑料袋，走到楼下，沿着两栋楼之间的一条青石板路，来到那座后院。狗见了生人，立马从墙洞里隐遁。他在银桂下的一张石凳上坐下来，随手捡了一块小瓦片，继续把那堆被野狗刨过的泥土挖开，挖到两指深时，就把那个装着手机的塑料袋扔了进去，然后，又用四周的泥土把小土坑掩上。天已破晓，他在石凳上呆呆地坐着。太阳又跟老朋友那样，渐渐从云层间露出一副温和的老面孔。从后院的一扇小门出来，他沿着一条青石板路来到前面那座铺花砖的小庭院，那里，树木掩映的拐角有一座阴暗、逼仄的小楼梯，沿着楼梯向右走四扇门是东先生的房间，向左走七扇门是高个子女人的房间。东先生本该向右走的时候，突然改变方向，走到她的房间门口。静静地站了片刻，又踅返，下了楼。穿过庭院里的月洞，他来到观景台，竟又看见了她的身影，感觉像是绕地球一圈之后又碰到了。世界还是原来的样子，但她好像不是原来的她了。很奇怪地，他越是走近她，越是不敢看她的脸。那一刻，他必须把目光落在别处——比如，一棵树，一块石头——内心才能平服下来。

昨天我失眠了。

为什么？

因为你。

因为我？

因为你昨天讲述那位摄影家的故事时无缘无故地中断了。

我从来不认为这是一个故事。如果你抱着听故事的心态来打听别人的隐私，我也就没话可讲了。

你没把话说完，对我来说就像酒没喝够，总是惦念着。如果记得没错，你还没告诉我他在房间里跟谁说话呢。

为什么你要打听这些？

还是因为好奇嘛。

我说的一切也许会让你觉得不可思议。

生活中本来就有许多不可思议的事。

好吧，你不妨当作一个故事来听。

那时候她的确怀疑摄影家只是存心在玩弄自己的感情，不过，她想到自己可能不久于人世，也就不在乎这些东西了。她之所以想探知摄影家房间里的人，只是出于好奇。准备跟他告别之前，她还是很有礼貌地给他打了一个电话。他过来之后，神色略微有些异样。她跟他说出了自己的心里话，也没打算保留自己的猜疑。他听了之后，就把她带到了自己的房间，打开一个旅行箱，里面除了几件衣服，就是一个黑木盒。一见到这东西，她手上的鸡皮疙瘩立时就跟阳光里密布的尘粒那样一下子冒了出来。这里面装着什么？她问。他说，是骨灰，是他妻子的骨灰。出门转了一个多月，他一直把它带在身边。因为他曾答应过妻子，一定要把她埋葬在一个安静的山谷里。问到他妻子的死因，他说，她死于白血病，他是看着她像一朵花那样慢慢枯萎的，不过，她死在他怀里，非常平静。她听了这话，益发伤感。想到自己如果得的是恶性肿瘤，也许只能孤身一人在异地的病床上凄凉地死去。因此，她抚摸着骨灰盒，用舒缓而平静的口气说，这不是死，这叫"归"。女人这一辈子有两次"归"，一次是出嫁，叫"之子于归"；还有一次，就是大限到了，没有大悲大喜，心里面平静得很，这叫"视死如归"。

也就是那一刻，摄影家告诉她，他第一次在那棵古树下遇到她，从镜头里注视她的面孔时，突然感觉亡妻的面影从眼前飘过。就在按下快门的一瞬间，他如遭电击。事后翻看那张照片，他发觉她跟自己的亡妻其实没有多少相似之处，只是，嘴角那一抹淡然的微笑，让他有点难以释怀。她望着他那沉浸在某段回忆中的惘然眼神，确信他所说的并非虚妄。

一种绝望之后的突然放松，迫使她做出留下来的决定。他们在山中一起待了一个月，到底还是没有发生任何肉体上的关系。她也没有告诉他，自己患有某种疑似脑肿瘤的疾病。他们在一起，只有淡淡的欢喜，没有那种令人不安的生理性反应。下山之后，他们各走各的，没再碰过面，也没有电话联系。两个月过去了，半年过去了，她一直在一个又一个陌生城市游荡，奇怪的是，脑部也没有出现什么异常。因此，她又鼓起勇气重新做了一次核磁共振检查，结果发现：脑部那个白鸽蛋状的东西居然莫名其妙地消失了。在外漂泊既久以至身无分文的她不得不回到原来的单位。主管领导听说她的境况之后也深表同情，不仅让她恢复原职，还额外预支她三个月的工资。但她待满了三个月时间，又莫名其妙地辞了职，跑到了一座海滨城市，在那里的一家酒吧找到了一份DJ的工作。

为什么要寻找一座海滨城市？

因为它离大海更近一些。

后来有没有再见到他？

没有。一直没有。

现在我明白你为什么要去山那边看那棵树了。

你说得对，我找不到那个人，因此我想看看那棵树。人是活的，树是死的。树总不会挪吧。但我有时候想，有一天如果真的遇见他又会怎么样？不如不见，留一份念想。

这时候，东先生没再说话。一阵风吹过来，他只想抚摸她的头发。

某年某月某个春日的清早，东先生再次去敲她的门。没人应声。随即下楼，在木梯边的石凳上坐着，沉默以待。整整一个上午都没见着她的身影，他有些怅然。屈指算来，跟她在山中也不过是待了短短三天。此刻，东先生的脑子全被她的影子占满了，这就让他害怕起来了。为什么害怕？他也说不清。从前，东先生不是这样的。

吃过早餐，他问登记台里的伙计，是否见过那个高个子女人。伙计说，她已经退房了。去了哪里？伙计说，不知道。东先生望着门外云遮雾绕的山谷，心里也是一片空茫。过了片刻，他转过头来问，她叫什么名字来着？伙计说，她是我们老板的一位朋友，因此没有用身份证登记。我也不知道她叫什么名字。

她每年这个时候都会来这里一趟？

是的，如果我记得没错，她已来过三回，不，四回。

听到这里，东先生突然低下头来，把身上所有的纽扣数了一遍又一遍，似乎要借此平复心情。慢慢地，他走出客栈，走到一座观景台上。他扶着栏杆，再次眺望着淡蓝的远山，风吹过来，情绪微微有些起伏。这地方，好是好的，但留下来、终老一生的想法他是断然没有的。他对自己说，到任何一个地方，生留恋之心都不是一件好事。不为什么而来，也不为什么而离开。这样子就行了。

他这样想着，又缓步暨返，来到那座种着一棵银桂的后院。四周无人。淡淡的阳光从山那边飘洒下来，一排滴水瓦把齿状的影子投射到草地上。他喜欢那株孤单的小树，晨风中向他举手致意的柔嫩的枝条，以及那块没有修剪过的草地。他蹲了下来，从树底下捡起一块小瓦片，刨掉了一块微微隆起的泥土，取出一个袋子，打开。手机完好无损。开机之后，他就听到一连串未接电话的提示音。真是奇怪，三个女人居然会在同一天同一个时间给他发来了三个内容相似的短信。他静默了片刻，又关掉了手机，把它直接扔进那个小土坑里。用土填平之后，他稍稍使了点劲，在泥土上踩了几脚。剩下的事，就是把左手插进左边的口袋，把右手插进右边的口袋。

二〇一五年仲春

他是何人我是谁

　　我在发给南方一位朋友的手机短信中这样写道：拉萨是一个容易让人头脑发昏的地方。今年六月中旬，夏至，一年中白天最长的日子，我稀里糊涂地去了一趟拉萨。飞机刚从白云堆里降落，高原反应的感觉并没有急遽来临。作为诗人，顾农和姚曳都显示出微微陶醉的模样。拉萨真是一个神奇的地方，诗人们只需要抬头瞅几眼白云，就可以坐地谈论悠远。我坐上机场大巴后，心里隐隐有些不安。在此之前，我就已经对这座海拔近四千米的高原古城存有一丝隐秘的恐惧，尽管我知道高原反应症很大程度上与心理状态有关，且已努力调整心态不让自己的神经过于绷紧，但到了这里，一道被人们通常称为"意志"的防线却面临着节节败退的危险。车子在酒店门口停靠，双脚着地，仍有些发飘。这些年来，由于工作原因，我时常往返于上海与北京，朝南暮北，总感觉两座城市的面目好像没什么区别。有时躺在床上，恍恍惚惚，不知道自己身在何处。但在拉萨，我明显感到异样。后脑勺那点轻微的胀痛提醒我：我在拉萨，而不是别处。

第二天下午，我们在拉萨街头毫无目的地逛着。阳光出奇的好，上至屋顶的金光，下至少女脸上的油光，似乎都蒙受了什么神灵的眷顾。也没见人带着藏獒，佩刀行路。街市的繁华景象同内地城市无异，只是多了一些西域风情。藏汉混搭的服装、转经筒、吗呢石、唐卡、店铺招牌上的藏文、穿红色僧袍的喇嘛、碉形房、平川式或曼陀罗式建筑。风景如在画中，人如在梦中。女诗人姚曳看什么都觉得有诗意，拿起照相机就狂拍。我选择了一个景点，让她帮忙拍一张照。退到墙角，才发现后面躺着两条用铁链锁住的藏獒，在阳光下兀自眯起了眼睛。拍照时，它们突然站起来，摆出一个十分配合的动作。此行，我唯独留下这样一张证明"我在拉萨"的照片。

也不知道为什么，我们逛着逛着，就逛到了红山附近。布达拉宫和布达拉宫的阴影就搁在那儿，无法让人避而不见。还没登到半山腰，我就发现顾农嘴唇发紫、目光涣散。问他感觉怎样，没回答，神色有些虚恍，不知在思索些什么。过了半晌，顾农忽然像醉汉般摇摇晃晃地走到一堵墙前，用低沉的语调说，该来的终于来了。他站着，似乎在等待一名带刀的仇人。

顾农向上挪动几米，都要调节一下呼吸。仿佛他每上一级台阶，空气就稀薄了一点。快接近大门时，顾农避开涌散的人群，拣了一个角落坐下。我来到布达拉宫大门前，抬头仰望，突然对这个庞然大物充满了无以名之的敬畏，但我看到红男绿女进进出出，游兴顿消，退回来，对顾农说，宫殿里面游客太多，空气沉闷，只会加重高反，我们还是不要进去了吧。顾农点头称好。我们便待在门外，吹着凉风，看着云团般缓缓移动的旅游团。姚曳称自己体力尚可，就挎着照相机进去了。但她从布达拉宫出来时，脸上已罩上了一层凝滞的阴影。我问她是否有感觉了。她点点头说，似乎有那么一点，但可以扛得住。回去的路上，她也是哈欠连连，想必是缺氧的缘故。顾农说，高原反应来得越迟，来势也就越凶猛。他这样说时向姚曳投去了一瞥同情的目光。姚曳说自己并不害怕，因为她已经随身携带各类救急药品和氧气袋。刚到宾馆门口，顾农就支撑不住了，我与姚曳旋即截下一辆出租车直奔医院。医生对顾农做了心血管测试和眼裂灯检之后，认为他并无大碍，只须挂几瓶盐水，好好调息一下就可以了。姚曳去收费处缴费时，突然也像喝醉了酒一般摇晃起来。医生证实：她也有了高原反应。我上去搀扶时，她推开我的手说，不用扶，没事。然后十分镇定地给自己挂了号，径直走向输液室。

顾农和姚曳躺在两张并置的躺椅上，一边输液，一边吸氧，仿佛两条相濡以沫的鱼。看着他们痛苦的样子，我心里也是一阵阵抽紧。尽管我已在医生的建议下服用了两颗西比灵，但内心的恐惧依然没有缓释。为了转移注意力，我从布包里掏出顾农赠送的一本小书。书名《异梦录》，文风颇为诡异，作者给自己所起的笔名也是古而且怪，叫"种桃道士"。在一段算是开场白的文字中，他声称自己从二十岁开始，每年选择一座城市住上一年时间：租一套房子，种一棵桃树，谈一次恋爱，写一本书，就像某位古希腊哲人所做的那样。他已经在二十一座城市生活过，相应地，这本书也就分为二十一章，以说梦人的口吻讲述了每座城市发生的不同故事。读一本与自己心意相通的好书，会有一种巧遇旧识的感觉。这本书也不例外。尽管我只读了十余页，但已经知道它是对我胃口的。我把书翻到前面，指着照片底下的作者签名问顾农，你认识这位"种桃道士"吗？顾农说，当然认识，他是我的一位好朋友。我们至今只见过一面，但我们都把对方当成了好朋友。你读了一部分，感觉怎么样？我说，我只是挑了其中一章看，感觉就像是听一个人在说梦话，不过，有些话的确很有意思，说到我心里去了。顾农说，你欣赏的是他的文笔，而我更看重这本书里面隐藏的秘密。

这本书里究竟隐藏着怎样的秘密？我正想询问顾农的时候，他已流露出几分昏昏欲睡的模样。没过多久，我就听到他的鼻孔里发出平静的鼾声。我又瞥了一眼邻座的姚曳，她似乎没有跟我搭话的意思，只是戴着耳机、微闭着眼睛听手机音乐。诗人嘛，总是很容易被自己的孤独所迷醉。我不知道，究竟是我们的沉默使输液室显得有几分滞闷，还是这里原本滞闷的空气使我们变得沉默。没过多久，我也开始连连打起哈欠，恐怕是缺氧与无聊兼而有之吧。窗外吹来一股幽细的晚风，我想象自己的脑袋已脱离身体，像气球那样飞升起来，穿过天花板，在天空中飘来飘去。

那一刻，我居然做了一个简短的梦。梦见了什么？乏善可陈。梦的内容大致与海有关。我出生于海滨渔村，长大后一直在外面漂泊，但我无论生活在哪一座城市，都要先打听那里有没有游泳馆，只有在水中我才能感觉自己正一点点接近大海，也只有在水的抚摸中我才能真正安静下来，那种状态，就像婴儿躺在母亲的怀抱里，就像马驹卧在自己的栏厩里。离开家乡都快二十年了，为什么我常常会梦见大海？至今不得其解，也毋庸找人解梦。下午所做的这个梦跟往常一样，没有色彩，没有声音，却有气味——乍然醒来，感到嘴角似乎还残留着一点熟悉的咸腥味。环顾四周，输液室安静如常，进进出出的病人也大都带有几分清醒的醉意。你在找什么？邻座的姚曳突然问我。那一刻，我也不知道自己要找什么，经她一提醒，我才感觉到渴意。我说，我有点渴，想找水喝，你包里有带水？姚曳摇了摇头，继而指着还没输完的吊瓶用揶揄的口吻说，这里还有一点盐水，你需要的话可以拿去。我一点儿也不欣赏她的幽默，所以没再吭声。也许是因为她已经察觉到自己说话的态度略显轻慢，就向我露齿一笑，随即又指着顾农说，他刚才好像做了一个噩梦，嘴里还吐出了一个可怕的字。我问，什么字？姚曳模仿顾农的口吻说出一个"杀"字。然后，她就笑了。

顾农听到我们的笑声，突然醒来，眼睛微闭，仍有睡意粘在眼皮上。他咂了咂嘴说，我刚才隐隐约约听到了你们的谈话。姚曳问，你刚才是否做了一个噩梦？顾农说，是的，我刚才一直在做噩梦。我不知道顾农做的是怎样的噩梦，也没有兴致向他打听这些。在这个世界上，梦是无足轻重的。

说来有点不可思议，我认识顾农还不到一个礼拜，却像是交往多年的老朋友。那一晚，在西宁的某个酒吧里，我独坐一隅，摆弄着手中的相机。酒吧里除了我，还有两个人。我们都待在各自的黑暗里，身份不明。坐在我斜对面的男子端着一杯红酒和相机走过来，问我这个相机是什么牌子。我说是佳能。他说自己手中这个也是佳能牌子。不过，他的装备十分精良，而且全都放在防震箱内，在高原摄影完全能经得路途的颠簸和低电压的考验。接着，他就打开相机，告诉我，通常的相机对气压和含氧量并不敏感，就怕低温，他的相机可以在零下四十摄氏度使用。他这样说着，就给我看里面的图片。里面没有风景，只有一些由断壁残垣、简易棚、垃圾场、烂尾楼、老房子构成的城市景观；而且，每一幅画面上都有一个醒目的字：拆。其中有一张图片颇有视觉冲击力：一边是一堵写有一个"拆"字的老墙，另一边是一架打桩机，具有讽刺意义的是，在它们中间竟然站着一个穿着红色毛线衣的小男孩，手里拿着一瓶可口可乐，正带着惊叹的表情仰望着打桩机高高扬起的铁臂。这名手持酒杯的男子微笑着说，我很无聊，走到每一座城市，都要抓拍这个"拆"字。有一回，我给一位法国摄影家看我的图片，他翻完之后十分吃惊。我问他，你认得这个汉字？他说，当然认得，连他四岁的儿子来到中国后都知道这个字怎么念。唔，你不用翻看下去了，后面的图片全都是"拆"字。我说，我好像在某本杂志上看到过这一系列图片。这名男子露出了惊喜的笑容说，没错，这些作品曾在国内外很多报刊上发表过。然后向我伸出一只手说，我叫顾农。正说话间，斜刺里传来橐橐的脚步声。一名络腮胡男子缓缓走到过道尽头一张长条桌旁。那里靠窗坐着一名女子，因为逆光，面容有些暗淡。络腮胡递上一个棕色窄檐草帽，做自我介绍：我是一个诗人，以朗诵为职业，如果你觉得我的诗写得好，请把钱投进这顶帽子。没有等这个女人开口说话，他就扯开喉咙用一种方言味甚浓的普通话朗诵了一首诗。念完之后，他声称这是自己酒后即兴之作。但女人扬起脸，微笑着说，这首诗不是你写的，而是本城一位名叫昌耀的诗人写的。尽管如此，她还是把一张纸币投进了帽子。络腮胡收了钱，戴上帽子，大笑三声，出门去了。

刚刚跟我一起交流摄影图片的顾农突然转移注意力，向临窗而坐的女人那边走去。两人之间，是一扇敞开的窗户，一脉远山之上白云低垂，宛如奶油涂抹在一块面包上。没过多久，我就看见顾农向我打了个手势，示意我过去，跟他们一起聊天。

顾农站起来，目光转向眼前的女人，略显郑重地向我介绍：姚曳，一位来自云南的女诗人，两年前，通过出版社一位朋友的介绍，我还给她的一本诗集画过插图。今天能在这里跟自己倾心已久的诗人相遇，可算得上是一种缘分吧。顾农见我神情漠然，就把目光转向那块陈年老板上陈列的诗人手稿说，这个酒吧里进进出出的，好像都是诗人。是的，姚曳说，这个酒吧的老板是位诗人，经常举办诗歌朗诵会。每年夏天我都会来这儿坐坐，喝点酒，跟老朋友见个面。她说话时，目光浮浮泛泛的，跟她那种漫不经心的语调倒是吻合的。

我转头跟顾农聊天时，姚曳戴上了耳机，一边听音乐，一边摆弄着手腕上的菩提子佛珠；头微微侧向窗外，阳光照亮了她的左颊，使右颊略显阴郁；纤细的光尘在她蓬软的金发边缘冉冉浮荡，仿佛有一种气息环绕着她的身体。

我把照相机放回一个帆布背包时，顾农问，你也是个背包客吗？

我说，我算不上背包客，我是那种喜欢在好天气里带上自己的影子四处走走的闲人，我从来不会去干那种非要跑老远的路爬老高的山把自己弄得一身臭汗的体力活。

你下一站要去哪里？

拉萨。

正好，我也要去拉萨。

我呷了一口酒问，你去拉萨做什么？

顾农淡淡地应了一声，为了摆脱一个噩梦。

姚曳突然摘下耳机问，难道就是这么一个简单的理由吗？

顾农转过头来，惊讶地问，你究竟是在听音乐，还是在听我们谈话？

姚曳说，我左耳听音乐，右耳听你们谈话。唔，我前面说什么来着？

顾农说，你问我难道就是为了这么一个简单的理由吗？是的，就这么简单。你们难道要让我编一个更富诗意的理由吗？不如这么说吧，我要去更高的高原寻找一种飞翔的感觉。

姚曳说，如果我猜得没错，你也是一个诗人，至少是以前曾经写过诗。你笑了，可见我的直觉没错，一个诗人可以嗅到另一个人身上有没有诗味。

顾农说，我在念大学的时候为了拿到一笔可观的奖金，写过几首应景的诗，自己也不知道算不算诗人。

你呢？姚曳转过头来似笑非笑地问我，你去拉萨做什么？

我说，我想体验一下缺氧的感觉。

你们都没有跟我说实话，姚曳瞟了我和顾农一眼说，不过，我倒是有个请求，能不能捎上我，跟你们结伴同行？

当然可以，顾农打了个响指说，等一会儿我上网查看一下航班，定个时间准备结伴出发吧。说完，顾农站起来，张开双臂，仿佛要从椅子上直接起飞。

从医院出来时，天色将晚，几片晚云犹如绛紫大氅在山顶上缓缓铺开。我们去了一家小酒馆，就着几个菜包，热热地吞下一碗卤味浓重的牦牛骨头汤。坐在靠窗的位置可以看到我们入住的那家宾馆，目光越过微微有些发暗的楼影，可以看到晚云的边缘泛起的一道黑边。饭罢无处可去，我们就在附近一个演艺酒吧坐了一会儿，听说在那里可以领略到地道的藏族民歌的风味。酒吧里男女杂坐，到处充斥着酥油茶与青稞酒的味道。一名歌手正弹着电吉他，唱着藏族民歌。我们进的是酒吧，喝的却是饮料，谁也不敢轻易买醉。我闻着酒香，看着舞台上喷出的一小束烟雾，竟感觉脑袋微微有些发晕，就欠身来到一隅的制氧机边。但我没有吸氧，只是觉着坐在制氧机旁更安稳一些。两支藏歌唱罢，灯光骤然暗了下来，幽暗中响起了舒缓、低沉的萨克斯乐曲，一些人的身体开始随着音乐节奏摇晃起来，还有一些人手拉着手进入舞池，迈着规形矩步在有限的空间里旋转着。四周的灯光一漾一漾的，让人如坐舟中，脚下变得有点不安稳起来。我的茶匙在杯子里轻轻地搅动，感觉地球正以相应的速度旋转着。姚曳和顾农也步入了舞池。她把头靠在顾农的肩上，看样子，她已经对顾农有那么一点感觉了。过了一会儿，她又抬起头来，不知跟顾农说了些什么。她没有喝酒，脸上却浮荡着几分醉意。她看顾农，是端平了目光看，像是斟满了美酒端到人家跟前。一曲舞毕，他们回到原座，顾农在说话的间歇时常走神，似乎并没有完全倾心于她。每隔几分钟，他就腾出一只手掏出手机瞄一眼。三首舞曲结束后，他跟姚曳嘀咕了两句，就出门接电话去了。我透过窗户，看到顾农从屋外的走廊走到斜对面的一家珠宝店，随即就在纷杂的人群中倏然消失了。酒吧里人影散乱，姚曳抱着自己的双肩，踏着音乐的节奏晃荡到我身边。我说，你好像对他有点意思呢，你知道我指的是谁。姚曳的唇角露出一丝冷傲的微笑说，我对追求我的男人从来都是不屑一顾，但我发现他身上有另外一种味道。我问，是一种什么味道？姚曳说，一种冰冷的味道。如果我猜得没错，顾农应该就是那种GAY。不过，我对这种男人一直抱有好感。

我倒是全然没有察觉顾农会是男同性恋。在上海居住这么多年，我的朋友中也不乏男同性恋，他们大都讲究一点声色趣味，颇有一些让人不可理解的洁癖；与人接触，言语总是那么温和、纤缓，只是谈到女人时，便冷淡如僧。我跟他们吃过饭，不过，我一直没有发现他们身上有什么让人厌恶的地方。

跟姚曳不同，我并不想了解顾农其人。我跟姚曳在酒吧里待了半个多小时，仍未见顾农回来。我们闷声不响地坐着，好像两个彼此厌倦的旅伴。姚曳拨打了几次电话，都是忙音，于是悻悻然地说了一句，我们走吧。出了酒吧，我们并肩走在路上，不交一言。

回到宾馆之后，顾农突然敲开了我的房门，依然带着一副恍惚的样子。一进门，他就向我解释，他之前一直在打电话，因为有要事亟须处理，所以提早回到了宾馆。我下意识地瞥了他一眼。他的指甲修得很整洁，头发一丝不乱，皮鞋纤尘不染。他是那种从头到脚都很干净的人。

我请他坐下来，聊会儿天。他在自己随身携带的杯子里加了一点可以缓解头痛的中药冲剂。我说，你这几天总是心事重重的样子，叫人有点担心。顾农说，是的，我是带着满腹心事来到这里的。不瞒你说，我来拉萨，就是要拜访一位上师。他没有等我询问事由就接着说，一年前，我莫名其妙地得了一种怪病，我现在还不想跟你细说我的病况，因为你听了之后准以为这是痴人说梦。简单地说吧，我这一年来老是做噩梦，而且做的是同一个噩梦。唔，我还是先给你说另外一件事吧。两个月前，我在无意间翻看了"种桃道士"的《异梦录》，里面提到了拉萨某家藏药公司一位名叫多吉的推销商，那人跟我一样，也得了一种怪病，不同的是，他十年间竟没有做过一个梦。后来因了某种机缘，上师传他心咒，不到一个月就治愈了。

一个人没有梦就像没有影子一样，在我看来同样也是一件很可怪的事。没有梦的人会是怎样一个人？我一直没有去想这个问题。我承认，这世上有许多奇奇怪怪的人，也有许多奇奇怪怪的病。不过，我提醒顾农说，《异梦录》中所提到的多吉和上师也许只是小说家虚构出来的，未必真有其人。顾农却带着固执的口吻说，他相信，他比任何人都更了解那位"种桃道士"，书中很多故事虽然像是奇奇怪怪的梦，但大都是真实的，可以找到原型的。前阵子，"种桃道士"突然失踪了，再也联系不上。也正是出于这个原因，他开始走访《异梦录》中所写到的那些城市，有时还会去打听书里面写到的那些人。我不敢肯定，让顾农感兴趣的是梦本身，还是那个说梦人"种桃道士"。

梦是现实的倒影，顾农说，研究梦可以让人更好地理解现实生活。

我说，在这个世界上很少有人会把梦当作一回事。我的意思是说，一个人过于耽溺虚幻的事物并不是一件好事。

顾农仍然像说梦话那样说起了那本《异梦录》，还提到了一个由"种桃道士"本人讲述，但尚未收录书中的故事：在日喀则，他遇到过一对奇怪的夫妻。有一天，妻子告诉一位医生，这两年，她只做一个梦，梦见丈夫用一把牛刀捅进她的心脏，然后把她的尸体埋在家中的地下室。她一直不敢把这个梦告诉丈夫，但心里一直怀疑丈夫真的会谋害她，每天，她睡觉之前都要把卧室检查一遍，即便发现一把剪刀也要偷偷藏起来。过了一阵子，丈夫也找到了这位医生，告诉他，他每天都在做同一个梦，梦见妻子在他的酒里下了毒。

我问，后来怎么样？

顾农说，这位医生没有把他们的梦告诉对方。后来，事情发生了。妻子果然在丈夫的酒里下了毒，而她从丈夫的皮靴里找出一把小刀，一下子就捅进了自己的心脏。

我也告诉顾农一个在我家乡流传的故事：有一个年轻人，经常梦到晚年的生活。因为他的晚年已经在自己的梦中度过了，所以他活到中年（大约是五十岁）就在床上十分平静地睡过去了。

在梦中，他却是死于晚年的。顾农说。

我打量了一眼顾农问，你的身体状况怎么样？

顾农说，我至今没有发现自己的身体有什么异样。你为什么要突然问这个问题？

我说，根据弗洛伊德的分析：有些噩梦与疾病有关。做梦的人比清醒的人更能了解躯体的隐秘事件。比如疾病，平时就躲在体内某个阴暗的角落里，但在梦中会有所暗示，只是我们有意无意地把它给忽略了。

顾农说，你说的不是没有道理。我在噩梦缠身的时候曾经找过一位心理医生，他也提到了这一点，但他最终还是说不出个所以然。他只是这样安慰我：美梦与噩梦只是人清醒时的看法。做了噩梦，你不会折寿；做了美梦，你也同样不会增寿。

我后来找了一些专家、神学家、和尚、道士，他们跟我说了一大堆很玄乎的话，问题照样没解决。读了《异梦录》这本书，我就笃定地相信：像我这样频频做噩梦的人，如果有幸得到上师的心咒，也就可以在睡梦中修炼了。我说，我现在已经明白你来拉萨的目的。下一步你想找到那个名叫多吉的药材推销商吧。顾农点了点头。

上师的心咒果真能解除噩梦？即便现在不做噩梦，也难保往后不会再现。无论怎么说，梦是无法把握的。套句现成的话，过去的梦是无法把握的，现在的梦是无法把握的，未来的梦也是无法把握的。这是我的观点，顾农未必能接受，因此我就没有跟他谈这些。沉默有顷，我带着几分好奇问，说了这么多，我还不知道你究竟是做了什么样的噩梦。顾农的眼中突然射出两道寒光说，我做的都是同一个梦：梦见自己杀人。

第二天上午，顾农又去医院挂了一瓶盐水。回来时，面色已恢复原先的红润，看上去精神不错。你没有跟姚曳一道去医院？我问。顾农只是微微一笑，没有吭声。一只趴在走廊尽头的白猫突然站起来，昼长无事，便伸了个懒腰，发一声感叹，过去了。吃中饭之前，我给姚曳打了个电话，没接。吃过午饭，顾农约我一道去寻访那位名叫多吉的药材推销商。要不要叫上姚曳？我问。顾农苦笑一声说，我昨晚不辞而别，她还在生我的闲气呢。我说，她就是这样，生一会儿闲气就好了，我敢打赌，没过多久，她就会主动过来找你。顾农惊讶地看着我说，你好像对她很了解。我说，女人嘛，通常是这样子的。顾农仍然带着几分疑惑说，你跟她虽然说话不多，但彼此间时常用眼神交流，以至我感觉你们已经认识很多年了。我说"这话有点意思"的时候，我们都笑了起来。

顾农根据《异梦录》一书中提供的点滴信息，得知多吉就住在八廓街东面的某街某巷里。穿过人声鼎沸的八廓街时，几个小贩子围过来向我们兜售藏刀和药材，我们只是象征性地跟小贩子砍砍价，但不敢逗留太久。我们逆着转经的人群来到一条较为僻静的巷子，向附近一带的居民打听多吉的住所，有人指了指隔壁那扇绘有德字格的小红门。那个名叫多吉的人在院内似乎已经听到有人找他，抢先打开了门。他用惊愕的目光打量了我们一番，继而问我们，找我有事？顾农问，你就是多吉先生？老人点了点头。

顾农掏出《异梦录》，翻开其中一页，指着上面的照片说，你应该认识这本书的作者吧。

自称是"多吉"的老人端详了一番摇摇头说，我从来没见过此人。顾农又补充一句问，你就是那位推销藏药的多吉先生吧？老人仍然摇了摇头。见我们愣在门口，他就十分客气地请我们进屋子。

这条巷子里只有我一个叫多吉，老人用肯定的语气对我们说，我打小就一直住在这儿，但我不是什么药材推销商。

我的目光转移到一根柱子上，由于年月长久，柱子都已经开裂，露出几条或深或浅的裂缝，仿佛老人脸上的皱纹。柱子上悬挂着箭袋、火绒袋、驮鞍、土铳、腰刀和针袋的腰带。虎皮般的阳光挂在一堵墙上，异常醒目。

你们要到我这儿买野兔？他抓来一只已剥去皮的兔子问我们。

显然，眼前这位名叫多吉的人是一名猎人，并非我们要找的那位药材推销商。我把顾农拉到一边说，我们要找的多吉或许真的就住在另一条巷子，或许也会有一些陌生人向那位推销商多吉打听猎人多吉呢。

　　有些事就这么巧合，顾农说，当你跟一个名叫黄淑琴的女人分手之后，你或许还会在另一个城市遇到另一个同样名叫黄淑琴的女人。这句话不是我说的，而是《异梦录》的作者说的。

　　当我们意识到进错了门，带着满脸歉意正要从院子里退出时，一条用铁链锁住的藏獒突然冲着我们做出一副张眼露齿的凶相。老人告诉我，这条畜生是从内地城市买过来的，买下它的原因很简单，就是为了抵制藏獒商品化。老人说，只有高原才能与这种精灵匹配。我对这种高原猛兽早有耳闻，它们的牙齿十分锋利，可以毫不困难地咬碎牦牛的骨头。它的模样有点像我在北京常见的那种内蒙牧羊犬，但更加骄悍。出于好奇，我蹲下身子，从口袋里掏出一块巧克力，抛到藏獒面前，它很快收敛了怒容，低下头，先是嗅了一下，然后审慎地瞥了一眼主人的脸色，见他不加喝止，就放大胆子把巧克力叼进嘴里。顾农掏出相机，迅速按下了快门。不承想，藏獒的嘴里竟突然发出一阵呜呜声，脖子间的铁链也随之发出哐啷声。我不知道，那一瞬间相机的闪光是否冒犯了它的眼睛（甚或是那颗隐藏更深的动物的灵魂）？总之，畜生不高兴，就形之于色，发之于声，没一点客气。恫吓之下，顾农赶紧跳出圈外，同我一起，缓缓退出院子。连跟主人道一声辞别的客套话都顾不上了。门哐当一声合上，墙外的太阳晃荡了一下。

　　从多吉家的那条巷子出来，我们想着各自的心事，竟稀里糊涂地走进了一条死胡同。我开玩笑说，我们好像已经走到了世界的尽头。顾农说，还没有走到尽头。他向前走了几步，在那堵墙壁上拍了拍，听到数声空洞的回响，就决然返回。

在高原城市散步，费力而不出汗。逛了一会儿街，我们就在一家咖啡馆的走廊上拣了个位置坐下。这里很安静，淡淡的日影落在胡桃木餐桌上。我们点了两杯咖啡，打算在此消磨午后的时光。我透过相机的镜头望着一个女人飘忽的影子问，你有女朋友吗？顾农回答，曾经有过。

你觉得姚曳怎么样？

姚曳一直在向我示爱，但我没有接受。

你会不会是那种——

难道你以为我会是那种同志？

唔，也许是我多虑了。

不过，很长很长时间我都没有跟女人睡过觉了。

是在刻意压抑自己的欲望？

我没有跟女人睡觉，但我一直保持着一种跟女人睡觉的欲望。

在男女问题上，每个人都会碰上几件让自己弄不明白的事。

有些问题也许不需要我们去弄明白。

我觉察出他有些伤感，就转移话题问，你家在哪里？

顾农看着我说，你是指我出生的地方？我出生在浙南的一个农村。那个地方原本是很美很美的，可是，你知道吗，自从有了拖拉机之后，牛就没有了；再后来，田地没有了，连拖拉机也跟着消失了。然后我就看到楼房变高了，村上的小路拓成了街道。我家的房子被拆掉了之后，我就再也没有回老家了。

所以，我一直觉着自己是一个没有故乡的人。

在这一点上，我深有同感。我老家也有一座老房子，父母亡故后，我就没有回去居住了。只有清明扫墓的时候，顺便回去看一看老房子，雇人清扫一遍，然后就匆匆离开。然而，就在短短几年间，那里全变了，一座座兽形的船台蹲踞在海角，让美丽的海岸线变成了造船基地。每次回乡，我都觉得家乡离我越来越遥远。一直以来，我喜欢乡村的温情，流水和石头的温情，当这一切在一块南方平原上悄无声息地消逝之后，我也有了那种"没有故乡"的感觉。

随着谈话的深入，我越来越觉得，顾农身上有很多地方跟我有着惊人的相似。说着说着，就感觉是在跟镜中的自己说话。真有点不知道"他是何人我是谁"了。

你是一个奇怪的人，我说，有时我也感觉自己是一个奇怪的人。像我们这种人，读了点书，就以为自己与别人不一样，身体和精神总是不能好好地相处。这样很不好。

顾农说，你说的没错，我是一个奇怪的人。结婚以后，我总是做着一个奇怪的梦，而且，我会穿过自己的梦走进我妻子的梦里。我梦见过杀人，但都是发生在跟她睡在一起的时候。一个人重复做这样的噩梦，就会有一种犯罪感。

我说，你不必为此自责，我好像没听说过这世上有人在梦里杀了人，醒来后就得承担罪名。

不，顾农说，你不了解我的感受。跟我前妻睡在一块时，我做着追杀的梦，而她呢，做着逃亡的梦。我们后来试着分开睡，我和她就不再被噩梦困扰了。但我们之间分开太久，夫妻关系也就日渐淡漠了。直到有一天，我主动跟她提出离婚。我结婚的原因是无法忍受独自一人吃饭，我离婚的原因同样也是无法忍受一个人睡觉。

你后来有没有再找过别的女人？

我试过几次，但结果都是一样。她们跟我睡在一起的时候，就会梦到我提刀追杀她们。

那么，你有没有试过跟男人睡觉？

你这个问题有点——唔，我倒是真的试过——当然，我们只是分头睡在一张床上，几乎连脚趾都没碰触过——那一夜，我几乎没做过什么梦，不过，你不要误会，我对男人没有一丁点感觉。

一阵凉风从树隙间吹来，我把手放置在那株树的阴影中。

在谈话的间歇，我给姚曳发了个短信，但没有回复。我们继续喝咖啡、聊一些轻松的话题。没过多久，顾农突然发出短促的笑声，你看，她果然找过来了。我的目光顺着他手指的方向，看见姚曳的身影出现在一片不太真实的亮光中。顾农站起来，压低声音说，一个人因为不喜欢噩梦而拒绝睡觉，甚至拒绝跟女人睡觉，是一件特别犯傻的事，你说是不是？他这样说着就向姚曳那边走去。当他们走到一起的时候，我端起了手中的相机，调整至黑白拍摄模式。但我没有按下快门。我仅仅是想在我和他们之间设置一个小小的间隔物——当我需要打量这个世界的时候，相机就变成了一扇设在我和外部世界之间的门，我的目光可以像透过猫眼那样透过镜头，聚集于某个点上……

穿过布满暗影的楼房，我独自走在回宾馆的路上。眼前一排霓虹灯闪烁着凌乱的光，偶尔飘出一阵阵歌声，与车声交织，也很凌乱。吊机的长臂正指向宾馆那栋大楼，仿佛生怕我迷路。穿过一片商业开发区，我突然间发觉拉萨跟一些平原城市其实并没有多大区别。这里，石头会越来越少，水泥会越来越多。也许有一天，拉萨也会变成连拉萨人都不认识的城市，就像那些曾经与我朝夕相处的人有一天突然变成了陌生人。进入宾馆，我没有径直回到房间，而是跟在一只白猫身后蹑足来到屋顶的平台。四望旷然。深蓝的天空包围了一切。月亮孤独透了。

市声早已消歇，拉萨的街道一下子变得空荡荡的。我坐在那里，除了接几个可接可不接的电话，没有别的事可做。拉萨的夜空有着一股迷人的力量，让我不得不抬起头来仰望。那只白猫仍然一动不动地蹲在栏杆上。我有时看猫，有时看月亮，仿佛它们之间有什么隐秘的联系。夜深了，风也越发凉薄了。在屋顶间的平台上久坐，总觉着人在梦醒两界。也不知道在什么时辰，那只猫倏地一惊，闪避到幽暗的角落。我身后响起了细碎的脚步声。是姚曳，趿着一双拖鞋，穿着一袭白色睡衣，悠悠忽忽的，仿佛是从我幽暗的记忆中慢慢走过来的。

你怎么知道我在这儿？我回头问。

屋子里有点闷热，姚曳说，我想来这儿透口气，没想到你也在。

如果你就这样穿着睡衣走上拉萨的街头，看起来会更像梦游。我斜睨一眼又继续说，你今晚好像碰到了什么不顺心的事。

姚曳说，我刚刚做了一个噩梦。醒来后一直睡不着，也谈不上顺不顺心。她从口袋里掏出一个打火机，问我，有烟吗？我说，你应该知道，我是从来不抽烟的。她点燃打火机，又一口吹灭。再次点燃，再次吹灭。如此反复做了十几次，就把打火机收起来。我问，到底是做了个什么噩梦，让你这么不安？她收起打火机漫不经心地说，也没什么，不过是一个梦。说完，她又掏出打火机，再点燃，再熄灭。用诗人的话来说，这明明灭灭的火光是她内心深处某种恐惧的对应物。

我又问，你是不是梦见自己被人追杀？

姚曳瞪大了眼睛问我，你怎么知道？

她点燃打火机的一瞬间我似乎还闻到了一股淡淡的荷尔蒙的气息。我说，我还知道，之前你跟顾农睡在一起。

姚曳噘了噘嘴说，我仅仅是想证明，他是不是一个同性恋。而事实上，他并非如我所想象的那样。不过，我们什么也没有做，只是静静地躺在一起。他说他已经丧失了爱一个人的能力，现在不知道自己需要什么。

你没有证明自己可以让他死灰复燃吗？

姚曳没有直接回答我的问题，而是绕着弯子跟我打了个比方：如果你在荒野中独自行走，前面突然出现一匹狼，你会有什么感觉？

为什么要问这样一个问题？

姚曳说，我睡到半夜的时候听到了一阵狼嗥的声音，还以为自己被人抛到了荒原上呢，醒来后才知道这声音来自我身边的顾农。你知道吗，这种声音不像从他喉咙里发出来的，而是来自他的灵魂深处。他蜷缩在被窝里，简直就是一匹受过伤的可怜的狼。你无法体验，我那时的感觉就像跟一匹狼相拥而睡。你说，我跟他之间难道会是前世的仇敌，在今生相遇？

正说话间，半空里突然传来砰的一声，好像有什么东西打翻在地。姚曳一下子抱住了我。我抬起头来，看见那只白猫跳下栏杆，爬到瓦背。它蹲踞着，目光隐然，仿佛随时都会变成一只夜鸟飞走。我拍拍她的头说，别怕，只是一只猫。姚曳仍然抱着我，让我感觉自己仿佛被温暖的海水包围着。我知道，她抱着我，仅仅是出于某种恐惧，没有别的想法。猫瞪着怪异的眼神看我们。猫不说话。我把她的头扳过来说，小时候，我有过这样的经历，如果你在黑暗中一直盯着猫的眼睛看，过了许久，再闭上眼睛，你就会看到自己内心深处出现两道光。姚曳说，我现在一闭上眼睛，就会想起梦中浮现的影子，是的，他就像是水中的倒影，微微地晃动，看得很不真切。但现在，我感觉那人越来越像顾农。听了这话，我不禁回过头来，看了看身后。没有人，也没有刀光。但姚曳似乎仍然没有摆脱那个噩梦带来的不安。我们惘然相顾，如堕梦境，只有黑白两色的梦境。

我们还能回到从前吗？

我们已经回不到从前了，她说，我们之间的关系早在一年前就已经结束了。

我没有说话。一种很奇怪的感觉：那只猫明明在我眼前，它的影子却好像一直在我身后的黑暗中潜行。

这里的一切都是怪怪的，我要回自己的房间睡觉了。她说着提起裙子，像那只猫一样，悄无声息地走掉了。我独自一人看着天空，看着月亮。其实我一点都不了解月亮和女人。

拉萨的天空总是那么明净，风是清的，白云是悠远的。我没有理由不喜欢。但风景虽好，也终须一别。顾农要去敦煌，姚曳要回云南，我要去哪里，眼下还没确定。顾农提前离开，跟我们话别时，装出一副"西出阳关无故人"的伤感模样，其间还拖长声调念了一句古诗，姚曳听了，眼圈发红，差不多要掉眼泪了。动情之余，她也念了一首十八世纪的英诗作为回赠，这里面仿佛有一种悠远的心意。顾农频频挥手，姚曳遥遥目送，忽然转身对我感叹：他挥手的样子潇洒极了。当晚，我把姚曳送到了拉萨机场。进入安检区时，我们紧紧地拥抱了一下，迅速分开，彼此间也没留下一点余温。

该走的都走了，我又回到了百无聊赖的状态。打开相机，里面只有一些黑白风光图片：藏汉混搭的服装、转经筒、吗呢石、唐卡、店铺招牌上的藏文、穿红色（在我这里变成了黑色）僧袍的喇嘛、碉形房、平川式或曼陀罗式建筑。在这些照片中竟然没有自己的身影。我在哪里？这样问自己时，我忽然想起，姚曳曾给我拍过一张跟藏獒合影的照片。但这张照片已经被她带走了。

确切地说，我不是一个游客，我仅仅是偶尔散步至此。待在拉萨，我哪个风景点都不想去，人却一直处于晃荡的状态。跑老远的路去看几座庙宇、几块石头，对我来说没有多大意思。那么，我来拉萨做什么？我一时间也说不清楚。我只是觉得，在这个接近太阳的地方随便走走是一件不错的事。

没有什么重要的事等着我去做。现在没有，以后也许不会再有。一个月前，我向部门经理递交了一份辞职报告。经理问我下一步有什么打算？我说我没有打算，我只是想离开这家公司。之前，我从事一份大可以说是没有什么前途的工作。至于具体做些什么，不提也罢。

没有旅伴，没有旅行计划，我独自一人，带上自己的影子，来到拉萨郊外的一个村庄。我喜欢在陌生人中游荡，喜欢被陌生的话语包围着。因为精神恍惚，我总觉得那些来路不明的神灵与现世的凡人会在某个拐弯的地方相遇。此后，我碰到过两桩奇事，也许值得一提：

第一桩奇事是，我在村头遇见了一位双目失明的说唱老艺人。他坐在长满蒿草的土坯上，弹着一把破旧的三弦说唱格萨尔王。歌声中隐含的忧伤如笼罩四野的暮色。"他天生就会说唱格萨尔王""他的故事多得简直像杂色马身上的毛"，村上的人谈起这位老艺人就会这么介绍。但智者在家乡总是不太受欢迎，村上没有人愿意搬一块石头坐在他面前倾听，唯一的听众就是他身边那只看见生人就会惊悚不已的瘦狗。我曾经问过他，你怎么能记得这么多故事？老人说，我每晚睡觉的时候都会梦见有人跟我唱格萨尔王，我只不过是复述他的故事罢了。

第二桩奇事仍然与那个名叫多吉的猎人有关。那天傍晚，我正坐在一块树墩上发呆时，顾农忽然给我打来了一个电话，告诉我，那天，他把那本《异梦录》丢在那位猎人多吉家了，让我务必抽空去取。我说，不过是一本小书，丢了也就丢了吧。顾农说，这本书对他来说，有着不同寻常的纪念意义。意义何在？我也不想多问。好在我手头也确实没什么事，就在半路搭了一辆便车回到拉萨市区。我穿过八廓街，沿着老路去找猎人多吉家。依然是那条光线灰暗的小巷，依然是那扇绘有德字格的小红门，我敲了几下门，出来开门的却是一个陌生的中年人。

请问多吉先生在吗？

这里没有叫什么多吉的人。

我向院子里张望了一眼，指着那根柱子说，这里原先好像有一条用铁链锁着的藏獒。

不，这里也没有养过什么藏獒。

这不可能，我说，十天前这个时候我还碰见过藏獒和他的主人，现在他一定是带着藏獒回到草原了。

我就是这里的主人，你恐怕是敲错门了吧。

砰的一声，那人关上了门。依然是那扇绘有德字格的小红门，依然是那条光线灰暗的小巷。现在，我并不怀疑多吉先生是否住在这条巷子，而是怀疑这个世界是否真的有多吉这样的老人。走出巷子，我又回头望了一眼。那一刻，我拿起相机，试着从这个不确定的世界找到一点可以确定的东西，但我还是放下了。

《异梦录》的作者在结尾处这样写道："说实话，我一直怀疑自己是否具备讲故事的能力。近些年，我的身份发生了大可吃惊的变化：人们居然在我名字前面加上了'小说家'的名衔。但我身边的朋友却一致认为，我的小说只是近似小说的散文，或者说是正在向小说过渡的散文，算不得真正意义上的小说，原因是我不会编故事；也有的说得略微客气一点，认为我不耐烦编故事。这些介于现实与梦幻的故事，有身之所历，目之所见，耳之所闻，历历皆如昨日事。我不敢断定，它能否吸引一部分读者。应当承认，作为一名不太成功的小说家，我至今尚未学会取悦读者的本领。但我还是试着以自己的方式写出来，哪怕别人说这仅仅是一个不可能的故事。"

二〇一二年夏

先生与小姐

一

忽然想做一个漫游者。从东到西有多远，我就走多远。这是父亲去世后我唯一想做的一件事。

大哥也显老了，越来越像父亲了，头上几茎白发跟惊叹号似的支棱着。向他话别时，我无端地忧伤。窗户敞开着，北风灌满了屋子。家乡的风物，现如今看来备觉可亲。山是可亲的，水是可亲的，花和树也是可亲的，就是家门口那株让我们父子俩闹得老大不愉快的桉树也是可亲的。那一年，我不知从哪里听说种植桉树可以赚钱，就跟林场的朋友合伙买了树苗。但父亲不允许我在家门口一带的山坡上种桉树，理由是，桉树不仅吸水，还吸肥。我不听劝阻，就把桉树种下了。不出几年，我们家门前的溪水先是变苦，后来就莫名其妙地干涸了，再后来，连周边的一些橘树和梨树都发蔫了。这桉树总算没辜负我的一片苦心，没几年就茁壮成长，风一吹，叶子跟银币似的闪闪发光。我把长大的桉树砍掉，赚了一些钱。望着满面愁容的父亲，我心里有些过意不去，就把一叠钱放在他的床头柜上，他却分文不要。我知道，父亲一直没有原谅我这种在他看来十分愚蠢的做法。父亲总是希望我能变成一个有出息的人。但我对他说，一个人不是想有出息就会有出息的。不是这样的。父亲听了我的话，只是有气无力地吐出一个字：滚。滚就滚吧，我手头好歹有了点本钱，觉得自己满可以做一件更有分量的事，于是就出门去做生意。我被父亲说中了，我不是一块做生意的料。这三年来，我做什么亏什么，弄得心灰意冷却又不能罢手。得知父亲病逝的消息，我就连夜赶回来。那一片桉树林，现在已经变成了杂木林。大哥说，父亲虽然痛恨桉树，但他还是留下了几棵。桉树，我们家乡俗称"三年背"。大哥说，你这些年在外背运，也许跟这门前种的"三年背"有关，不如砍个干净。大嫂说，这树留着也不碍事，三年背运不打紧，现在三年都已经过去，日子也该好转了。

临走前，我又回头看了一眼父亲的遗像。照片上的父亲穿着一件白衬衫，胡子也刮了，气色不错。父亲这一辈子没穿过一件像样的衣裳。临终前，大哥特地给他买了一件足够体面的白色的确良衬衫。父亲穿上之后，像是回光返照般突然来了精神，大哥赶紧用手机给他拍了一张照。二十多年前，大哥被乡里评为优秀会计，奖品就是一件白色的确良衬衫，这事全村人都知道。在我记忆中，那个年代的贫穷有着蓝或灰的颜色。而的确良衬衫的白显得尤为醒目，它的白不是孝服的那种白，它白得干干净净，会让人肃然起敬。大哥一直舍不得把它穿出去。挂在那儿，单是看着，便让他心满意足了。父亲去一个亲戚家吃喜酒时，倒是花了一元钱借他的白色的确良衬衫穿过一回。那晚，父亲回来后，拍着胸脯，洋洋得意地告诉我们：这件的确良衬衫把所有的人都给镇住了。亲戚们都说，他穿起这衣服哪里还像个种地的，简直就像是一个教书先生。父亲说，那一刻，他胸口就只差插上一支钢笔了。父亲把那件白色的确良衬衫弄得满是酒气，而且把衣角也弄皱了，大哥看着煞是心疼。他还没让父亲穿过瘾就一把夺了过去，把它泡在肥皂水里，洗了又洗。大哥和大嫂谈恋爱那阵子，那件白色的确良衬衫终于派上了用场。第一次穿上它，显得很不自然，他在镜子前照了又照，揉了又揉。临出门时，他忽然又若有所思地站住，踅回到镜子前，照着镜子一点点搓去耳后根那片通常容易忽略掉的污垢。看上去，他颇像一个体面的人物了。大哥出门时，父亲正扛着锄头从田间回来。父亲身上沾满了泥巴，而他却是一尘不染，这样一对照，他就显得有些不自在了。若是在城里，衣服干净的人通常会瞧不起满身污泥的人，但在我们乡下就不同了。父亲上下打量了一眼，带着揶揄的口吻说，呵，先生出来了。要知道，农忙时节，乡下人身上若是不沾几块泥巴，难保不会遭人讥诮，说他真像个先生。先生，就是站在讲台上的那种，干干净净，衣服穿得像粉笔一样洁白。

出门没几步，大哥就追了上来，把一串带有十字架坠子的项链交到我手中说，阿爹留给你的，虽说是赝品，但毕竟也是老人家的一番心意。旋即又送给我一张父亲的五寸照片，说，留着，也做个纪念，以后无论漂泊到哪里都别忘了本。照片中的父亲笑得有几分生硬，仿佛他穿的那件白色的确良衬衫仍然是借来的，随时都有可能被人讨回去的。那一刻，我忽然喜欢上父亲这种很草气的形象了。

我穿过一条市声喧哗的大街，在一条巷子的摊头买了一份早餐，然后就在一张油腻的桌子前坐了下来，漫不经心地吃着。斜对面的一家商店前有五六个人正排着队，安安静静的。店门依然紧闭，他们很有耐心地等待着。过了一会儿，又有几个人过来排队。他们一声不响，各怀心事。我喝完豆浆时，发现那边已排成了一条长龙。我不知道他们在等待什么。也不想知道。在火葬场，我把父亲的遗体推进那条通往火化炉的走廊时，也曾见过这样一条规模庞大的长队。

坐在我边上的一位老人举起筷子，指着那些排队的人群问，瞧他们那神情，好像在等待什么好运气出现吧？另一位正在剥鸭蛋壳的女人漫声应道，嗯，他们在等着兑奖，中奖者能得到一个高压锅。老人说，我这辈子有命无运，所以从来不指望自己会碰到中奖之类的好运。女人说，你总是相信宿命，所以你这辈子只能待在穷山沟里教书。可我偏不信，运气这东西有时候是靠自己踮起脚尖争来的。你瞧那帮人，他们如果不买商家的东西就得不到那张兑奖券，得不到兑奖券就没有中奖的机会。老人沉默了半晌说，阿爹这辈子早已把得失放在一边了，没有得也就没有失，不是也活得很好么？女人把剥好的鸭蛋放在老人的碗里微笑着说，你呀，清粥配蛋就知足了。

在清早，在码头边的小镇上，我无意间听到邻桌一对父女在谈论运气的话题，心里面忽然感到有些沉沉的。大嫂说得对，背三年运，也该过去了。一个人运气好，是他能把自己的气运得好。气是流动的，可运的。运气不好就是一团气乱了，没运好。而我就是这样一个倒霉的人。

我转过头来，问身边这位女人，渡轮会在什么时候开过来？女人正想答话时，老人抢先接过话问，你要去哪里？我想了想说，我要去江对岸。老人说，江对岸有两个乡，一个是菊溪乡，在西北角，一个是仙桃乡，在东北角，方向不同，渡轮不同，发船的时刻表也不同。外乡人常常坐错了地方，走了冤枉路。我们坐的是下一班渡轮，去仙桃乡那个方向。老人说了一大通话，对我来说没有多大意义，因为我此行是没有目的的。那么，我犹豫了一下问道，下一班渡轮是什么时候到？老人看了看手表说，一刻钟之后就到了。我说，好吧，我就去仙桃乡。这个匆促而又草率的决定似乎让他们微微感到有些惊讶。

我和父女俩同坐一班渡轮，而且坐的还是同排。我稍稍打量了一眼身边的老人，他的头发已是半白，脸上有一层倦怠的阴影，一身旧行头看起来很像我父亲。我们从这一带的风土人情说开去，聊了很多。老人说的虽然是普通话，但地方口音极重（因为山海悬隔，仙桃的方言跟我那儿还是有些不同，但我仔细听的话也能听懂七八成）。老人说，这是他第一次出远门去城里，走了一圈，看看那些鸟笼似的楼房，看看那些拥堵的汽车，让他不免有些失望。他说自己还是喜欢乡村的生活，即便是鸡屎牛粪的气味都比汽车的气味好闻。女人接过话头反驳说，那是因为你自己不会坐车，早些年听到"车票"两个字都会发晕，少见。但老人还是以一种上了年纪的人所特有的固执数落城里人的不是，说城里人见了面就问"最近在哪里发财呀"，现在连乡下人也学着说了；说城里有一种发廊，地上是没有一根头发的，那些穿得很少的女孩子背着乡下的父母都不晓得在干什么事；还有一些做父母的，常常把女孩子送到一个地方，就是为了让她们学会一件事：踮起足尖，撩起短裙。女人撇撇嘴，打断他的话说，那是跳芭蕾舞，你不懂的。父女俩仿佛总有一些可以争论的话题。但他们的争论是温和的，带有玩笑的性质。

舍舟登岸，还要坐车走二十多分钟的盘陀路才能抵达仙桃乡。山是愈转愈深。先是四个轮子的车不见了，代之以三个轮子的机动车，再后来，连三个轮子的车也稀少了，只有两个轮子的脚踏车和板车。车慢下来了，天上的云朵也慢下来了。老人坐到一半多路程，忽然叫司机停车，说他晕车，宁可徒步回去。女人要陪他同行，老人挥手说不必了，让她只管带行李走，剩下只有一里多路，很快就会赶上的。我望着老人手中的一个黑色尼龙袋说，我帮你拎着吧。老人却下意识地把袋子直往怀里掖。我不知道里面藏着什么宝贝物什，也不敢过问了。老人下车后，我与女人挨得更近，话倒是少了。

车子很快就到站了，我帮女人把行李提到一个路边的小站。女人向我道了声谢，可我没有要走的意思，我说，我还是陪你等一会儿老人家吧，反正我也没什么事。女人从一个小包里掏出一盒烟，抽出两根，给我递上一根。我们一边抽烟，一边说着闲话。她的面孔在一缕细小的烟雾中飘动，有一种别样的韵致。女人忽然问我，你来这里做什么？我说，在那个码头小镇上吃早餐的时候我仅仅是想到江对岸去，到了这里，我却不知道自己要做什么了。女人吐了一口烟说，你很快就会厌恶这里的一切，就像你厌恶某个曾经被你睡过的女人一样。这个比喻有点粗俗，但我喜欢她用一种满不在乎的口吻说出来。说话间，她又给我递来一根烟。我们继续抽烟，继续说一些不着边际的话。不知不觉间，我们抽完了七八根烟。我正待去斜对面一间小卖店买烟时，看见老人的身影突然出现在山路的拐角处。女人迎了上去，把老人扶住，然后转身对我说，反正你也没什么要紧的事，不如去我们家坐一会儿，顺便也帮我们扛一下行李吧。经她这么一说，我忽然想起来，有一件重要的事原本是要去做的，但我竟给忘了。现在，看着天上飘来飘去的浮云，我又觉着这件事已经不再重要了。

从城市跑到这里，天空地也阔，身心得了大自在，一下子就活泛起来。我扛着一个旅行包，随同父女俩步行来到一座村庄。这座村庄，女人说，叫苏庄。苏庄是个古村落，那些老房子，随便哪一堵墙都有上百年的历史，古旧气重。从树丛中露出的石头，被阳光涂成了橘黄色，远远看去如同秋天饱满的果实。进了村庄，拐过一座娘娘宫，跨过一座桥，就看见一栋三层小洋楼。女人说，这就是我家了，跟你一样，我也是第一次进新家，呵，回家的感觉真好，就像是把冻僵的双脚放进了被窝。我看了看小洋楼，又看了看女人，心里微微有些惊讶。她究竟是怎样一个女人？一个富婆？一个被大老板包养的二奶？

进屋，里面的大厅很宽敞，像树荫一样散陈着一股凉气。再进厨房，里面居然还有一个老式的灶台，上面供奉着灶神，旁边却另起一个煤气灶，还支着一个崭新的高压锅。看样子，那个老式灶台只是个摆设，没有实用功能。女人给灶神上香时，忽然问我，你可晓得这天底下哪位神仙的庙最小？我毫不犹豫地回答，当然是灶神的庙最小。女人带着浅浅的笑意说，你答对了，灶神的庙最小，但供奉的人却最多。我说，现在家家户户都用煤气灶、电磁炉烧菜了，谁还会像你这样供奉灶神？女人说，在我们这里，人们虽然用上了电气化的灶台，但他们依然要供奉灶神，依然称灶神为镶灶佛。

中午时分，女人烧了几个颇有乡间风味的小菜招待我。我尝了几口，夸她荤素搭配得好，厨艺不错。饭吃到一半，女人突然像想起什么似的问我，说了半天，还不知道你叫什么名字呢。我把身份证递给她看，她笑了笑说，你的名字跟你的样子一点儿都不像。我不知道自己在她眼中究竟是怎么一个样子。我也顺便问了一句，你叫什么名字？女人说，我叫苏红。又指着老人说，我父亲是位刚刚退休的乡村教师，你就叫他苏老师吧。苏老师突然停止咀嚼，静静地看着我，以示礼貌。这位乡村教师的身上带有一种竹子的气息。

吃过饭后，苏红说，反正你也没有什么去处，就在我家住上几天吧。我转头瞥了一眼苏老师。苏红对父亲说，他要在我们家住上几天，可以吧？

苏老师的回答是：有朋自远方来，不亦乐乎。

事实上，苏老师的回答是模棱两可的，看得出来，他对陌生人保持着一种必要的警惕，但表现出来的，却是一种"不亦乐乎"的态度。苏老师吃完饭，转身去了自己的房间。我打了个饱嗝，向苏红提出，我们是否可以出去散一会儿步。苏红说她有些累，也想睡个午觉，但她随即又吩咐我说，你出门的时候，左邻右舍若是看你一眼，你不要上去跟他们搭话。我问，这又是为什么？苏红说，人人都说远亲不如近邻，其实在我们这个村子，邻里之间的关系往往并不怎么友善。自从我家要盖这栋小洋楼，左邻右舍就老拿房屋的问题到乡政府说事，跟我父亲免不了口角之争。自此之后，我父亲跟邻里之间很少说话，要不，他怎么会说有朋自远方来，不亦乐乎？

我出门的时候，并没有人跟我打招呼，我也没有跟他们打招呼。我绕着这个村子走了一圈，然后就在溪边的一块石头上坐下。风吹过来，干干净净的，没一点尘土。一只鸟在人的影子里，啄食着地上的虫子，一点也不惊慌。我坐在溪边，默数着砾石浅滩上细小的游鱼。

过了许久，苏红沿着河堤走过来，说是要带我去后山看看。苏庄是著名的竹乡，后山就是一片竹海。我们行经的那条路就叫竹林路。这是县里面特地为竹乡风景区开辟的一条旅游路线，在苏庄，竹林路是唯一一条笔直、宽阔的水泥路，它蜿蜒到竹林深处一个半月形的湖泊。苏红像导游一样向我做了介绍，并且告诉我，过些日，山那边的隧道打通之后，旅游观光车就可以从国道线下来，直入竹林路，看苏庄竹海就更方便了。我说，这里的人居有竹，食有肉，过的可是惬意的日子。苏红指着半山腰的竹舍说，你去问问他们，就知道这日子到底过得怎么样。说话间，一些竹农正扛着削掉枝丫的竹子，迈着八字步，从山上下来，嘴里发出"吭哧吭哧"的声音；还有几个竹农用竹笃子支撑着竹子，站在石阶上歇口气。我从他们身边经过时，他们只是不经意地打量我一眼。对他们来说，外边的人打老远的路来这块穷山沟看竹子，简直就是吃饱了饭没事干。这个时节，别处的山都显现出枯瘦的样子，唯独这里还保持着丰腴的青色。穿过竹子形成的绿色拱门，再往前行，眼前豁然开朗，漫山遍野都是各种各样的竹子。有茅竹（宜做缆绳），有苦竹（宜做撑篙），有淡竹（其叶可入药）。这些小常识都是苏红介绍给我听的。还有一种竹子，很奇妙，看起来是圆的，摸起来却是方的。这就像是一种外圆内方的性格。苏红说，你上去摸一下。我伸手试着摸了一下，竹子果然是方的，但方中又带点圆润。城里人跑到这里，通常喜欢摸摸这里的方竹，说是有点意思。而且，苏红说，我发现，喜欢摸这方竹的，大都是一些男人。

二

在竹林里逛了一圈，苏红问我，感觉如何？我说，竹林很大，竹子很多。除此之外，我不知道自己还可以用更华丽的词语描述它们。我们就这样谈笑着回来。进屋时，苏老师正斜躺在一张椅子上睡觉，一条毛毯滑落在地。电视的声音开得很大，时不时地发出枪炮的轰炸声。苏红把地上的毛毯捡起来，盖在老人身上。苏老师突然惊醒过来，说了句"这些天特别犯困，真是睡不醒的冬三月呵"就坐了起来。苏红搬了一条小凳子在一旁坐下，揉着老人压麻的大腿说，你回来之后，好像都没有去村上走动走动了，整天窝在家里对身体不好。苏老师说，跟村上的人也没有什么好聊的。苏红说，明天有空，你请二叔、三叔一家人过来吃顿饭吧。苏老师说，你二叔的老丈人过世了，全家人都赶往县城奔丧去了，回来恐怕也得过好几天。苏红顿了一下，又问起了那位三叔。苏老师说，我今天给他打了个电话，问他近况，他说自己现在是"盐店里的老板，咸（闲）人一个"。你三叔这些年活得很窝囊，前年老婆跟人跑了，今年砖窑又倒闭了，他整天在家里喝闷酒，亏得小念懂事，把家收拾得好歹有个模样。你要是请三叔，他定然要向你讨酒吃。不给吧，他又有怨言。苏红点了点头，把目光游移到窗外说，阿爹，外面阳光很好，你没事就出去晒晒太阳吧。

我帮苏老师把椅子搬到了外面的院子，苏红也顺便把衣物拿出来翻晒。我坐在台阶上，被阳光照着，就不愿意移步了。看着地上一动不动的影子，竟感觉，是影子不让我动我才不动的。阳光里有一种好闻的味道，真的是妙不可言。苏老师微微眯起眼睛，仰望着天空。我问他，你在看什么？苏老师说，我在看天上的流云，天天看云的人，会把世上的一切看淡。我也抬起头来，看着天上的流云。有一种安静的力量让我们无话可说。

有人经过苏家门口，隔着一堵花墙问一声，苏先生（对老师的旧式称呼），最近都没看见了，在哪里发财呀？苏老师扬声说，在嘉兴府开书铺咧。那人立马会意，笑着走开了。我不明白这话里头的意思，转头问苏老师。苏老师哈哈大笑一声，就说起了这句方言的典故。在仙桃一带，"嘉"与"家"谐音，"书"与"嬉"（玩耍）谐音。"在嘉兴府开书铺"的意思无非就是在家玩着吧。到底是苏老师，说起话来总显得那么文雅，有深意。苏红的三叔就不一样，说自己是"盐店里的老板，咸（闲）人一个"，幽默有余，文雅不足。兄弟俩做人的境界由此可以见出高下。

太阳西斜时分，村庄上空飘起了袅袅炊烟，如同几个口衔烟管的老人聚在一块，一边闲话，一边吞云吐雾。很久很久，我都没见过炊烟了。一缕饭香远远地飘过来，叫人心底里满是炊烟的温软。苏老师望着天空说，流云飘移的速度又比昨天快了一些，明朝怕是要刮风下雨了。

　　这时，院子外忽然响起了一阵喧哗声，我透过花墙，看见一群老人向这边走来。又有人隔着花墙叫了一声"苏先生"，苏老师像是没听见，正要转身进屋子。一位老人再次叫住了他，苏老师回过头来，让我过去打开门。十几位老人鱼贯而入，为首的那一位开门见山说，过些日子，村上就要举办迎佛仪式，仙桃乡各村充资联办，分头承担，大家有钱的出钱，有力的出力。你们家也算是我们仙桃乡的富户，应该是带头捐款的。苏老师说，我们家既不信阿弥陀佛，也不信娘娘，这钱就不出了。为首的那一位老人说，你家女儿在我们村上也算得上数一数二的大老板，比起那些当家男人都强十倍、百倍，出钱迎佛也是求个吉利，何乐不为？苏老师说，我们家刚刚造了房子，手头紧，没这闲钱。有个老人抢白道，你们家的屋子盖得像娘娘宫一样气派，出点钱还怕肉疼不成？苏老师突然涨红了脸说，出钱不出钱，各凭自愿，哪有你们这样子强人所难的？这时，苏红从楼上闻声下来，问明事由，笑着问，你们迎佛，迎的是什么佛？为首的那一位老人说，迎的可是陈十四娘娘。苏红说，原来是佛姨奶呀，这钱我出定了。为首的那一位老人眉毛一扬，拿起一本账册问，出多出少，你自个儿定吧，我们也不强求。苏红说，你们每年从迎佛到送佛这段时间好像都要唱几天酬神戏吧。众人都点了点头。苏红说，不管唱几天戏都由我来出银（钱）。苏老师听了这话，脸色唰地一下变了，但他没有吭声就掉转身走进自己的房间。

　　苏红出银做酬神戏的事传开后，村上的人都啧啧称赞。也有人在背地里冷笑，说这世道反了，居然让一个女人出银做戏。听了这话的人反驳说,这有什么可怪的,陈十四娘娘也是女人嘛。

第二天,一个中年人带着一个瘦弱的小女孩进来。中年人穿着一件打补丁的夹克衫,衣领皱巴巴的,身上沾了一些泥灰。进门时,他那双脏兮兮的布鞋在门口鞋垫上蹭了又蹭,就是不敢戳进来。苏红将他一把拉进来,向我介绍说,他就是我说的那位三叔。我也跟着喊了一声"三叔"。三叔指着我笑眯眯地问,是男朋友吧?苏红笑而不答,像是默认了。苏老师拿来一条干毛巾,一边给他拍身上的泥灰,一边数落说,你都在家闲着了,怎么还是惹得一身泥灰?三叔说,你是教书先生,自然是要穿得干干净净的,而我一个农民若是跟你一样,人家往后就不会叫我去干活了。

三叔身后的小女孩显得青涩而又单薄,用一双清亮的大眼睛默默地注视着我们。苏红把小女孩拉到身边说,小念,让姐姐好好地看一看你,唔,你怎么瘦成这样子?三叔淡淡地说,小孩子吃饭胃口不太好,像她阿妈。苏红突然问小念,想不想阿妈?小念摇了摇头,却把眼角汪着的一团泪水给摇了出来,落在苏红的手上。

三叔用近乎恳求的目光望着苏红说,你带她出去做生意吧。

苏红面露难色说,她太小了,我不能带她出去。

三叔怔了半晌,想说什么,又改口聊起了别的话题。聊了片刻,他就起身要走。苏红递给他一个红包,三叔推辞不要,苏红就把它塞进小念的口袋里。

正如苏老师所预料,今天上午突然刮起了北风,天色一下子暗了下来，随后就是一阵大雨。山和人都像是水墨泼成的，风枝雨叶也泼成了一片。一只鸟从树枝上弹起，如一滴碎墨，落入一团烟云。隐约传来几声鸟鸣，却不见鸟迹。

下了一场倾盆大雨，溪流的声音更急了。感觉瓦屋如舟，浮了起来。

这大雨天，哪儿都不能去了。我和苏红就在房间里说一些闲杂的话。我问，你让一个陌生男人住进自己家，不觉得害怕？苏红说，我如果一开始就怀疑你，就不会让你进这家门了。那天在码头小镇的饭摊上吃早餐时，你无意间解开外衣扣子，我就发现了你身上的一个秘密。说到这里，她又反过来问我，你是基督徒？我说，我父母都是虔诚的基督徒，我只能算是个准基督徒。我已经猜到苏红所说的"秘密"是指什么东西了，我再次解开外衣扣子，把脖子间的十字架取下来，说，我父亲上回去上海看病，经过南京路，突然间心血来潮，花了二百多块钱买下了这么一串十字架项链。买回后他还以为自己捡了个大便宜，我大哥识货，但一直不忍心点破。阿爹临终前还把它当宝贝似的捂在手里，说是要交给我。苏红把我手中那串十字架项链拿起来瞄了几眼说，我有个朋友专卖这种赝品，成本价不足十元。我说，即便它只值一块钱，我也要把它挂在身上，因为他是父亲留给我的。苏红说，我没有看走眼，你是一个重情义的人，如果是在很多年前遇到你，我也许会牢牢地抓住你不放。她露齿一笑，就没有再往下说了。我不知道她很多年前是怎样一个人，而现在又是怎样一个人。

在沉默的间歇，我们不约而同地把目光转向窗外。窗外是山，山背后仍然是一片山，看上去仿佛只是一些淡蓝色的石头，远远地飘浮着。苏红说，从前，我感觉这世界很简单，仅仅是由两个部分构成的：一个是山这边，一个是山那边。山那边是未知的，也是我渴望知道的。正如一个女人尚未亲历男人之前渴望知道男人的真实世界。那时候，在我眼里，世界就这么简单。我说，现在的苏红已经不再是从前的苏红，看山也不再是山了。苏红说，你这话是什么意思？我好像听得懂，又好像听不懂。你这话到底是什么意思？

下过一场冬雨后，冷空气就来了。这山里头的天气比寻常地方原本要冷。冬天的时候若是挟风带雨，就有一股湿冷直奔骨缝里去。我添了件羊毛衫，还是觉着冷意。我来到楼下苏红的门口，敲了三声。没应，又叫了两声。里面响起一个睡意未消的声音：门没有上锁，进来吧。我推进门说，睡觉的时候怎么连门也不锁？苏红说，睡在自己家，用得了防范？我看见她依然躺在被窝里，有些不好意思。苏红说，进来吧。我说，我已经进来了。苏红说，我是让你进我的被窝，天气怪冷的，我可不想出来。

我钻进被窝的时候，才发现她什么也没穿。但我的手触摸到她的身体时能感受到很久以前别个男人的手留下的温度，而且，我还能闻到别个男人留下的不洁的气味。我这么做，或许仅仅是证明自己身上还有一点点混合着厌倦的爱意。她推开了我的手，断然说，不要碰我。我立马缩回了手。她幽幽地叹了口气说，你知道我以前从事的是什么职业，就不会碰我了。其实我并不在乎她曾经做过什么。我也不想告诉她我曾经做过什么。我与她之间几乎不可能发生什么关系。我们并排躺着，谁也不碰谁，如同两尾在暖流交汇处相遇的鱼，彼此依靠着，却没有相濡以沫。窗外又响起了沙沙的落雨声。这丰沛、无常、让人身心迷乱的南方雨水代替了我们之间的言语。是的，我把双手放在自己的大腿根上，仅仅是为了给欲望划出一条清晰的边界。我喜欢享受这种保守的放纵。

过了许久，她用肘部顶了我一下说，叫你不碰就不碰，真是个听话的孩子哎。我说，长期以来，我都是素睡，习惯了。她问我，什么是素睡？我说，就是一个人睡，像出家人一样。她说，你们那边的话跟我们这边还是有些不同的。聊着聊着，我们很快就进入另外一种放松的状态，仿佛要把体内残存的欲望转换为谈话的激情。说到"身体"这个词时，她忽然又用一种舒缓的语调问我，你刚才在我身上触摸到了什么？我没有回答。她又接着问，你是否触摸到了一条伤疤？我说，是的，一条带状的伤疤，在你大腿上。苏红说，这是我应得的报应。这样说着，她又把我的手拽过去，让我抚摸另外几条伤疤。那些伤疤就像竹节一样。

我已经烂掉了，从里到外都烂掉了。她说。

窗外的雨似乎已经停歇了，锌皮遮板传来雨珠跳荡的声音。在灯光的映照下，玻璃上的雨珠宛若白色的蛆虫，缓慢地蠕动着。透过这扇窗户，我看到的是一个爬满蛆虫的世界。这世界比我想象的要坏一点，但我可以忍受它的坏，它在女人体内所安放的最甜美的腐烂。

我们又变得静默起来。

三

清晨醒来，就隐隐听得远处传来鼓声。扳指一算，今日正是古历十月初十，仙桃乡照例要唱南游。所谓唱南游，唱的是陈十四娘娘降妖伏魔、暖老怜童的故事。陈十四娘娘是这一带山里人信奉的女神，就像海滨渔民信奉妈祖林默娘。请来唱娘娘词的，不是一般的唱词人，而是一位远近闻名的大先生。一部《南游记》，非大先生不能唱。从上部"观世音"，唱到中部"洛阳桥"，是昼夜连轴唱，无有间歇。唱到下部陈十四娘娘，是大词中的大词，一直要唱到第七夜。苏老师说，鼓词好听，娘娘难唱。说的大约就是这意思了。

我穿着睡衣下楼时，看见苏红正在做早餐。我问她昨晚睡得好不好。她说自己睡得很死，都不知道我什么时候离开她的房间。

我们坐下来吃早餐的时候，听到外面传来"笃笃笃"的敲门声。

苏红问，门外是谁呀？

有人答，我是西行先生。今天是迎佛的好日子，我来你家门口唱一首利市歌吧。

我问苏红，西行先生是谁？苏红"扑哧"一笑说，我们仙桃的规矩，乞丐讨饭，要从东走到西，所以就称他们为"西行先生"。开了门，苏红把十块钱从花墙镂空的地方递过去。那位"西行先生"说了一句讨吉利的话就去下一家了。乞丐的生活是有目的的，他知道自己朝哪个方向走，而我呢，往后还不知道路在哪儿。这个想法让我在那一瞬间打了一个冷战。吃过一碗清粥，化去了身上的陈寒，可心底里像是起了雾气。从餐桌旁站起来时，我突然不知道自己该干些什么。苏红提醒我，你怎么还在这里发呆？赶紧换一件衣服，一起出去看热闹吧。

我带上了一台照相机，随同苏红循着锣鼓声来到碧霞元君祠（俗称娘娘宫）前，只见门口有一个竹篾扎成的大彩灯，上面还有纸扎的各路神仙、将相、观世音菩萨以及顺天圣母陈十四娘娘和她的扈从。门外还设有香案、纸马台、三界台。因为经坛就设在这里，四乡八里的人都关门歇业跑过来迎佛。

　　唱南游活动中，有一项"迎佛"的节目。说是迎佛，其实是迎神，所迎之神便是陈十四娘娘。仙桃人喜欢在一些古老的物事后面加一个"佛"字，如灶神，他们称之为"镶灶佛"。而石头称"石头佛"，月光称"月光佛"，打雷称"响佛"，九十岁的老人称"九十佛"。好像佛是无处不在的。

　　陈十四娘娘自然也是佛，所到之处，挨家挨户都燃起了鞭炮，有三百响、五百响，仿佛连冬日黯淡的阳光都被点燃了，天上的云彩也被烧着了。信男信女一律拈香跪接，空地上一排溜摆着迎神的筵席，前头是两张相叠的八仙桌，摆的是高筵，上面供奉三牲，一只鸡、一尾鱼、一口猪头。猪头上还插着一把菜刀，不知何意，看样子是吓唬那些恶鬼邪神的。一名手执令旗的道士在前引路，几个身着玄衣朱衫的壮汉抬着佛銮紧紧跟随，后面还有一些人手执钢刀、神铃、彩旗、锦幡之类，可谓气势非凡。巡游一遍之后，娘娘被接至经坛。道士手中的令旗一挥，众人便开始呼佛号、烧纸马。

　　晚些时候，又有一支游行队伍从村外逶迤而至。一阵开道锣敲过，人群都退至两边，一名穿长衫的长者走在前头，口中念念有词，念的大约是祝福大家年景吉利、合境平安的保祥词。紧接着，后面推来了几辆囚车。每辆囚车里都坐着一名身穿红绿绸服的小孩。我定睛细看，发现其中有一个小女孩就是小念。我问苏红，小念这是做什么？苏红说，她在扮演罪童。我又问，小念为什么要扮演罪童？苏红说，她小时候体弱多病，扮罪童可以保佑她无关无煞成长。小念身后，是一群戴着纸制枷锁的"犯人"，脚上还有纸制的铁链。这些大人跟小念一样，都是为了消灾祈福。

我放下手中的相机，对苏红感叹说，仙桃人是有信仰的，他们知道怎样跟神灵打交道，这种对神灵的酬谢方式也很别致。苏红说，是呀，你以为我出钱做酬神戏，是为了在穷地方摆阔？我是为了给阿爹买个平安。我说，这也是尽一片孝心吧。苏红说，前些年我要给阿爹买医疗保险、养老保险，可他不要。现在，眼看他的身体一天不如一天，我也只好求神拜佛给他买个平安。我说，老人家这些天好像有点生气，他未必能领会你的一片苦心。苏红听了，低头不语。

次日晚间，酬神戏如期上演。苏红托我去请苏老师看戏，苏老师却以自己视力不好推辞了。无奈，苏红就与我同往。戏台就搭在碧霞元君祠对过的晒谷场上。因为苏红包了三晚的酬神戏，村上的首事就请她坐前排中间，而且准予她按戏簿点一出自己喜欢的戏。到了开场时分，我和苏红并排坐在一张藤椅上。为了讨个彩，正戏开场前照例要出演几分钟的"打八仙"。这回"打八仙"打的是"小八仙"，上来表演的除了福禄寿喜四仙，没有让全班演员戴上全套行头一一亮相。因为有贵人（本次酬神戏的唯一赞助商苏红女士）在场，首事又特意让戏班安排了一个跳女加官的小节目。然后就是演正戏了。唱的是仙桃人耳熟能详的地方戏，扮演富家小姐的竟是一名略显富态的少妇，动作迟缓，连水袖也甩得有气无力。台下的人眼毒，一眼就看出她怀有身孕，都发出一片嘘声，要罚戏一本。但那位少妇显然是见过场面的，有时会用临场发挥的插科打诨来补偿体态上的不足，观众们倒也看得兴致勃勃。丫鬟一出场，就一迭声地喊"小姐"。苏红推了推我说，你听听，从前的富家千金才叫小姐，而现在呢，小姐是一种下贱的称呼。我没有笑，但我听到苏红发出了一声短促的怪笑。

这时，小念不知从哪里走过来，拉了拉苏红的衣角。苏红问，什么事？小念不说话，苏红贴着她的脸问，你倒是说给姐姐听啊。小念低声抽泣着说，阿爹不要我了，阿爹不要我了。苏红把她抱到自己的膝盖上问，三叔对你怎么啦？小念说，阿爹刚才带着我去后台找戏班的老板商量，说是让他带着我走。苏红说，这不成，我跟三叔说去。转念一想，又说，还是找戏班的老板说去。等三叔走后，苏红托人去找戏班的老板。不多时，戏班的老板就来了，见到苏红像见了财神，开口就送上几句吉语。苏红说，我三叔刚刚喝了酒，信口胡言，说是要让我妹妹去学戏，你可千万别当真呵。老板点着头说，明白，明白。然后退了回去。苏红被这事一搅，也无心看戏了。苏红说，我最不喜欢的两种女人就是戏子和小姐了。我们正待往回走的时候，听得台上的丫鬟正在泪水涟涟地喊着"小姐，小姐，小姐……"苏红回过头来，嘴里吐出了四个脏字：去，你，妈，的。

回来的时候，苏老师正用热毛巾敷着额头，躺在客厅的沙发上。苏红问他是不是发高烧了。苏老师点点头说，之前洗完头，听到外头有声响，以为是你们回来了，赶紧去打开门，头发一下子被风吹开，感觉有一股冷气直往骨缝里钻。天气到底是冷了，你改天有空去集市的话，就给我买一顶绒帽吧。苏红去换热毛巾时，苏老师忽然走到我身边悄声问道，今晚的戏演得可好？我说，还行，看的人挺多的。苏老师说，其实他是喜欢看戏的。

第二天一大早，苏红就去了集市，但一时间找不到绒帽，就买了一团羊绒毛线回来。苏红说，我要亲手给阿爹织一顶绒帽。过了几天，苏红果然就给父亲织了一顶绒帽。苏老师把帽子戴在头上，试了试，说，正好。再过几天，苏红又给他织了一条围巾。傍晚时分，乡里要举行收妖送圣仪式，我带着照相机出门时，看见老人正戴着一顶紫色的绒帽，披着围巾，斜坐在院子里，抬头望着天上自聚自散的流云。那一刻，晚风灌园，夕阳满地，老人的背影把我心底里的什么东西猛地触动了一下。我举起照相机说，苏老师，我给你拍一张照片好么？苏老师整了整帽子，摆好了姿势。透过这个单反相机的镜头，我仿佛看到了父亲穿着白衬衫的模样。

收妖送圣仪式仍然在娘娘宫前举行。道士把缠在柱子上的纸扎的蛇妖拘到纸船上，拖长音调念了一句：驱邪迎祥——送圣回宫——几名乞丐便上来扛起纸船。此时的乞丐，不能叫乞丐，而是要称他们为"西行先生"。西行先生把蛇妖一直押送到江边，那里早已有一艘小船候着了。几名西行先生扛着纸船上船，送到江心，就焚了蛇妖之类的妖魔鬼怪。看到江中红光闪耀，江岸边顿时欢声沸腾。

苏老师说病就病了，病情比我想象中的要重。吃晚饭的时辰，我无意间瞥见桌子上摆放着一本厚厚的《圣经》，就料想到苏老师这一回定然是病得不轻。在我老家，谁若是带着一本《圣经》上医院看病，身上准是出了大问题；若是再带上几本赞美诗之类的书，这问题就更大了。但苏红说，苏老师一直有病，只是，久病之人与各类疾病打了长时间的交道，总能处之泰然，只有那些偶然患病的人才会大呼小叫唯恐天下人不知。有些病是可以轻易地打发掉，有些病，很固执、很有耐性，它可以花很多年时间不动声色地盘踞在那里，时间一到，它就跳出来，给人以致命一击。苏老师病倒后，四肢瘫软，似无还击之力。苏红给他洗脚时，发现他的双腿已经出现了浮肿，手指一按，表皮就凹进去，没有一点弹性。我不知道苏老师跟她说了些什么话，苏红突然抱着他的腿哭了起来。苏老师伸出颤抖的双手抚摩着女儿的头发，久久不语。

俗话说，病来如山倒，但我更愿意把它比作流水，当它在一个人的体内溢出时，就将灵魂席卷而去。父亲去世的时候，我未能赶上，因此，苏老师闭上眼睛的那一刻，我感觉眼前死去的老人与我是有血缘关系的，而苏红哭喊的仿佛就是我的父亲。慢慢地，应该属于她的泪水就在我的眼睛里流淌出来。

仿佛是冥冥之中出现的呼应，一阵急雨从山那边猛地扑过来，不过片刻，又向另一个山头奔去。我把头靠在墙上，默默地倾听着远去的雨的余声。大厅里除了我和苏红，没有别的人。突然发觉，死就是身边的事，是触手可及的。

我说，苏老师去得太突然了，好像是眼看着好端端一个人在路上走着走着就倒下了。

苏红说，其实他早就得知自己得了绝症，只是一味地隐忍着。

我说，这么说，他去城里看你时，应该是早有一种不祥的预感的。

苏红点点头说，这么多年来，我都没有关注过他，而他却在默默地关注着我。我把钱汇到家里让他盖房子，他就一直在试着探听我这些钱的来源，他总是担心我在干什么投机倒把或贩卖毒品之类的非法营生。因此，盖好了房子之后，他就偷偷来到城里找我，结果发现我开的是一家兼营色情服务的大浴场，气得大病一场，而且不肯就医。我哄他说，我只是临时帮朋友打理这家浴场，过些日子就离开。好说歹说，他才住进了医院。一检查，发现是癌症晚期。他知道自己已是无药可救，就让医生瞒着我。没过几天，就跑出来，谎称自己的病好了，要回去。我也怕他长时间待下去，迟早会发现我的真实状况，就索性送他回老家，陪伴他走完人生最后一段路。

我说，苏老师好像也听人说起过你的闲言碎语，因此他后来很怕跟村上的人聊天。

苏红说，这么多年我在外头流浪，做过小姐，做过妈咪，做过夜总会的老板娘。这一切，阿爹后来全都知道了。但他在临终前告诉我，他已经原谅了我。可我无法原谅自己，我是一个下贱、无耻的女人，一个死了就该下地狱的罪人。

我说，我也是一个罪人，我父亲在临终前恳求神宽恕我，但我跟你一样，从来就没有原谅过自己。很多年前的一个夜晚，我喝醉了酒，开着一辆卡车，把一个只有五六岁的小女孩撞飞了，我见四周没有人，就开着卡车逃逸了。这件事一直没被人查出来，但从此以后，我无论做什么事都很背运。有时我想，我应该像个真正的男子汉那样，回老家去投案自首。我需要的只是一点勇气，可我办不到。

苏红说，一个人知道忏悔，证明他的良心还没坏透。一个女人最大的悲哀就是，她做了那么多无耻的事，却没有感到脸红。而我就是这样一个女人。现在，你就鄙视我吧。

现在，我说，你也可以鄙视我，朝我脸上吐一口唾沫。

话音未落，苏红果然朝我脸上啐了一口。我也朝她脸上啐了一口。我们都没有抹去脸上的唾沫。

办完丧事，苏红把父亲的遗物检点了一遍，有些留给自己作纪念，有些送给二叔和三叔，还有些就烧化给父亲了。这里面有一本日记，对苏红来说尤显珍贵。里面记的都是一些家居琐事，平素零星支付亦必细录，最后一笔记下的，是女儿给他织了一顶绒帽与围巾的事。苏红捧着这本日记，就像捧着父亲的骨灰盒。

她脸上的泪水被冬天的寒风一点点吹干之后，才抬起头来跟我说，我要回城里去了。我问，你还是回城里重操旧业？苏红说，我不回城里去还能做些什么？你呢？现在要去哪里？我伸出一根手指在空中画了一个圈说，也许是这边，也许是那边，我也不知道去哪边。苏红说，如果你觉得自己实在没地方可去，就在我家再住上一阵子，我把钥匙交给你，你想什么时候离开，就什么时候离开吧。分手在即，我们突然间都有些不舍。苏红说，我们去竹林路那边走走吧。

现在，竹林路已经通车了。车子从隧道那边一进来，小孩子们和一些家畜就避让一边，有些懂事的小孩子向旅客们举手致意，这些文明举止想必是学校里的老师教他们的。等车子带着令人厌恶的尾气绝尘而去，那些小孩子和家畜又跳到路中央，嬉笑打闹。村上的小孩子们素习跟家畜打交道，在他们的调教之下，狗儿能起立行走，鸡鸭能歌，猫儿善舞，一派人畜欢呼的闲乐景象。竹林路南边有一条岔道，通往村外的一座土庙，一条石板路被雨水洗得发白，如同穷苦人的旧衣裳。

我们沿着这条石板路，向一片空旷、冷寂的田野走去。阴冷的空气中弥漫着烧过的泥灰的气味，凝冻的泥土间尚留一些植物的残根。石板路尽头就是一座土地庙，另一头还是田野。我们站在田埂上，远远看见一座砖窑前有两个人正在搬运砖块。一个是大人，拉着一辆满载红砖的板车，另一个是小孩，在板车后面使劲推，寒风呼呼地吹着，她的身影显得益发孱弱。苏红指着两个缓缓移动的身影说，是我三叔和小念。

我们走到砖窑前，三叔用一条脏毛巾擦了擦额际的汗水，带着羞愧的笑容说，阿叔没出息，让你见笑了。苏红说，前阵子砖窑不是关掉了？怎么又想到要开张了？三叔指了指村子里插着一面红旗的地方说，莉莉家要盖洋楼，比你那栋还要大。她在外头发了财，人都变了个模样，出手也大度，造房子的砖块全让我包了，价钱还让我一口说了算。

我轻声问苏红，莉莉是谁？

苏红哼了一声说，像我一样，一个曾经靠卖身发家的酒店老板娘，在外头赚了一些钱，就在这块穷地方显摆了。

苏红走到小念身边，掏出湿巾擦去她脸上的灰土，转头对三叔说，都说女儿要娇养，你怎么老是让小念也跟着你干这种粗活？

三叔说，我们穷人家，只要能有口饭吃，也不分活儿粗细了。只是这孩子跟着我，真是受累了。前阵子我本来想让这孩子跟了戏班的老板去学戏，往后好歹也能混口饭吃。谁知那个老板晚上答应了，第二天就说他这个草台班子不景气，不愿接收了。我担心的是，要是有一天我喝酒喝死掉了，也不知道这孩子怎么办？这样说着，我们都有些黯然。掠过田野的风声听来如同从老人胸腔间呼出的喘息，一阵紧似一阵。

苏红把小念拉到身边，摘掉她那双早已破损掉线的手套，抚着她手上尚未愈合的伤口问，疼么？小念咬着嘴唇，不让一个"疼"字轻易地说出口。泪珠在她眼睛里直打转，仿佛荷叶上的露珠，只要一阵风吹过便会簌簌滚落。苏红把她的双手捂在自己手里，又问道，想不想跟姐姐去城里？小念茫然地看着田野中堆得整整齐齐的砖块，没有回答。三叔抢过话说，你能带小念出去是再好不过了。苏红按住小念削瘦的双肩说，那好，明天让三叔跟你老师说一声，姐姐这就带你走。小念看着三叔，眼角汪着的泪水一下子就搅碎了。三叔蹲下来，捏着她冻得通红的鼻子说，小念，去城里好好干，往后赚了钱，也给阿爹起一座小洋楼。

苏红把小念带回家里，让她把双手洗干净，又给她涂上了防裂膏。小念一直没说话，独自一人站在窗口，手指抠着玻璃，默默地注视着田野中那个缓缓移动的身影。苏红收拾了衣物之后，对小念说，小念，你听着，姐姐现在要带你去一个很远很远的城市，让你在城里最好的学校念书。

苏红要离开了，我应该是有些伤感的，或者是装成一副伤感的样子。可我没有。我把她和小念送上车的时候竟忘了挥手，忘了送上一句祝福的话。该走的都走了，我独自一人留在空荡荡的屋子里。屈指算来，我在苏庄已经住了一个多月。在这里，时间变成了一种不值钱的东西。它不能给我带来什么。这日子，既不快乐也谈不上痛苦。偶尔会有一些小小的不快，但可以用睡眠来安抚。白天，我唯一要做的一件事，就是坐在苏老师坐过的那张椅子上，看着天上的流云。直到把白云看成一大片乌云，直到乌云变成雨水，"吧嗒"一下落在我的脸上。然后，我就把椅子搬到走廊上，继续看雨。天黑了之后，我就在屋子里静静地躺着，听着雨声，直到天明。这屋檐上的瓦片、屋后的竹叶，都是世间的无情之物，但被夜雨打过之后，就变得有声有色、有情有味了。

二〇一〇年春末初稿
二〇一〇年仲夏完稿

苏教授的腰

狗屎。苏教授涨红了脸，愤愤然地骂道。

苏教授从校长室出来时，天刚擦黑。他绕过网球场，那里一片空寂。铁丝网上空的月亮看上去仿佛出界的网球。校长的办公楼就在月亮那边，夜空下呈现出庞大而恬静的轮廓。苏教授回过头，仰望着校长室的灯光，他把嘴里所剩不多的唾沫搅拌了一下，喷出两个字：狗屎。

苏教授在课堂上经常拿"屎"挂在嘴边。他说，吃得多屎橛子就肥；他说，屎里觅道，这话有嚼头；他说，鲁迅么，他也是要拉屎的；他说，蔡建国同学，你的文章硬邦邦的，真是一堆晒干的牛屎。

说出"狗屎"这两字后，苏教授下意识地翻卷舌头，舔了一下漏风的门牙。苏教授的一枚门牙自从不慎磕掉后，一直未曾镶上，结果，两边的牙齿都开始往中间空缺的地方挤压。这情景，苏教授略带自嘲地说，就像医院橱窗口扎堆的人群，等一个人抓完药，两边的人自然就会向这空位置挤过来。苏教授后来也没有让牙医矫正自己的牙齿，所以，他说话时，疏朗的齿缝间常常会发出别人不易察觉的咝咝声。当苏教授念到狗屎的"屎"字，自然也就没有像从前那样，准确而清晰地念出它的翘舌音。

现在，苏教授骑着一辆老式的28型自行车直奔家去。一路上他神思恍惚，一直在琢磨一些让他坐不稳的心事。快到家门口时，他还在琢磨着一个突然冒出的问题：几天前，城北郊区那位养猪专业户对他讲的那番话，跟伊壁鸠鲁的快乐主义学说到底有着什么关系？跟边沁的功利主义学说又有着何种联系？苏教授以为，这是个很有意思的问题。

到家了。门口那盏声控灯忽然亮了起来。灯泡已有些老化，仿佛一块酒后的旧伤疤，只是微微发亮而已。苏教授半蹲在门口脱鞋时，瞥见鞋架上多出了一双鞋，是女鞋，而且是那种跟底厚得有些过分的女鞋。自从老伴去世，苏教授家里就再也没有出现过一双女鞋了。这双女鞋与小儿子苏武的大头鞋齐排摆着，因此他断定那个女孩子就在苏武的房间。

苏教授避实就虚，敲响了大儿子苏文的房间。苏文的门没关紧，他推了进去，苏文正摆弄一些小件的家用电器。一张大桌上堆满了拆卸的电视机、录音机、录像磁带、电风扇以及一些从旧货市场淘换的电器零部件。苏文生性孤僻，爱好不多，下班回家就关起门鼓捣这些，也算是自得其乐。

苏教授在他房里坐了一会儿，忽然像想起什么似的问了一句，吃过了么？苏文漫不经心地嗯了一声。这些年，父子俩在一起，交谈的时间愈来愈少，沉默的时间愈来愈多。总是这样。一根烟抽完之后，苏教授的嘴唇努动了一下，旋即又忍住不说了。他从苏文的房间退出，轻轻地掩上房门。

苏教授吃完饭，就钻进了自己的书房，继续写他的论文。这篇论文的题目叫《人性的差异》，共分七章，估计要写五万余字，目前只写了三分之一。苏教授写这篇论文时，肘边摆满了随时用来参考的书籍，有斯宾塞的、奥伊肯的、边沁的、穆勒的、弗洛伊德的、伯格森的、霭理士的、潘光旦的、牟宗三的等等。到目前为止，他已引用了七十多种书，涉及了三十多位学者、作家和诗人，而且，这些人都已经作古了。在苏教授看来，死人的话要比活人有分量。

苏教授是在电脑上写作这篇论文的，自从他那个系实行计算机网络管理后，他也不得不学会电脑操作。苏教授打的是五笔字型，进度缓慢，但他很有耐性。他敲着键盘，觉得自己仿佛成了拆字先生。苏教授记得，古书里面就有止戈为武、皿虫为蛊、人十四心为德之类的拆字法。把古老的拆字法运用到现代的计算机程序中，似乎显得有几分滑稽。

苏教授正进入状态时，苏武的房间里忽然传出尖锐刺耳的摇滚乐，苏教授有些恼火，来到苏武的门口，重重地敲了几下门，但没有人应答，里面只是隐约传出那个女孩子压抑的尖叫。苏教授涨红了脸，转身回到自己的书房。他关掉电脑的主机，呆呆地注视着黑屏，陷入一片茫然。

苏教授决定去大儿子苏文的房间坐坐。

大儿子与小儿子相差五岁，一个二十四，一个十九。当初，苏文出生，苏教授逢人就说这是他的得意之作；后来，苏武也弄出来了，长大了，长得竟跟苏文一般模样，苏教授觉得这有点像旧作再版，虽也高兴，但究竟不如初时。苏文和苏武貌似神离。大儿子本分，小儿子无赖。从小到大，他们时常会干出一些相反的事来，仿佛那是老天爷故意安排的：大儿子外出，让他做了一件"不要说出我名字"的好事；小儿子外出，却让他做了一件"不要说出我名字"的坏事。但每次小儿子干了坏事，苏教授总会把大儿子连带一起骂。他说，狗屎和猫屎都一样臭。

苏教授再次走进苏文的房间时，看见他正在用缝纫机油擦拭电动刮胡刀片。苏教授在明亮的灯光下，打量着苏文的脸，他不无惊讶地发现：儿子都已经长出一丛络腮胡了。

他问苏文，那个女孩子是不是苏武的女朋友？苏文点了点头。苏教授低声咕哝了一句，接着问道，你知道那女孩子的情况？苏文说我也不大清楚，只是知道他们是在网上认识的。苏教授瞪大眼睛说，我花钱让他去学电脑，他倒好，居然在网上谈起恋爱来，你没有好好管教你的弟弟？苏文说，他长大了，我已管不了他。苏教授说，他才多大呢?!苏文说，要管也该是你自己管。苏教授说，我在学校里面管那么多学生，难道还有时间管教这个浑小子？平时连个屁都放不响的苏文突然提高嗓门说，你连自家的孩子都没管好，还想管好别人家的孩子么？苏教授气得半天说不出话来，最后只吐出两个字：狗屎。

苏文抢白说，如果我是狗屎，那也是狗屙出来的。苏教授听了，像受到一股冲力的瓶塞那样，从椅子上猛地弹跳起来，他指着苏文说，你敢侮辱你娘?!

苏文突然不再作声了。父子俩争吵时，每回提到苏文（武）的母亲，双方的火气就会突然下降。此刻，死者仿佛就在他们中间，弥留之际的话语仿佛就在他们的耳畔萦绕。苏教授为自己刚才火气过大而感到有些后悔，他递给苏文一根烟，向他解释说，今天他碰到了一件不称心的事，所以情绪一直不太好。苏文也带着歉意说，其实他是不该顶撞他的。

他们正这么说着，忽然听得苏武打开了房门。苏武光着身子，头戴字纸篓，在客厅里一边撒酒疯，一边扯起破嗓子高歌。就那么几句，他颠来倒去地唱。苏文摇摇头对苏教授说，这些年轻人，酒足饭饱之后就喜欢干点出格的事。

苏教授看着苏武吊儿郎当的模样，刚刚压下去的火气又蹿了出来。他撇了撇嘴，正想训斥他几句，忽然又看见那个女孩子也嚷嚷着出来了。她穿着一条花短裙，在苏武面前扭来扭去，好像地板很滑似的。这种女人，苏教授想，即使站在一百米外，他也能瞧得出是个什么货色。

苏武把手搭在女孩子的肩上，向苏教授做了介绍，她叫仇洁，是超市营业员。他又向仇洁介绍说，我老牌，大学教授。

苏教授瞪大眼睛问苏武，你刚才称我什么来着？苏武说，称您是大学教授呀。苏教授说，我指的是前面那一句。苏武很撒脱地蹦出两个字：老牌。

"老牌"是苜蓿街一带年轻人对"父亲"的时髦称法，可苏教授就是不能接受这个"老"字。在苏教授先前那个学术研究小组中，他的年龄最小，老同志们都称他为"小苏"。研究小组解散后，老同志们每逢重阳碰到一块还是习惯性地叫他"小苏"。这种称呼现在尽管与年龄已不相符了，但听了觉着舒服，这就仿佛有人把初秋的天气称为"小阳春"，使凉秋也凭空添了几分春意。

苏教授板着面孔对苏武说，以后不许你再叫我"老牌"，该叫爸爸的，就规规矩矩地叫我一声爸爸。苏武耸耸肩说，你这脑袋，也真顽固得可以。苏教授火了，他掀掉苏武头上的字纸篓说，好呀，么毛蹿到头顶心了，你小子敢教训起老子来了。苏武退后几步说，得了，你火气大，敢情是到了更年期了，我不跟你计较就是。

可苏教授不能不计较，他要把一个很简单的道理讲明，讲透。苏武在一旁，充耳不闻，他把仇洁揽到怀中，又是拧她脸蛋，又是朝她脸上喷酒气。苏教授气得不行，他别转了脸，咕噜了几句。他想起一位同事对他说过的一句话：老一辈人，看到儿子打情骂俏，或是看见街头流氓斗殴，都得退避一边。现在看来，苏教授也不得不退避一边了。

最后，苏武搂抱着仇洁进了里屋，"砰"地一下关上了门。苏教授在客厅里愣了一会儿，就掉头走进自己的书房。仇洁，苏教授念到这个名字时，感觉到有一丝不祥之气从什么地方跑出来。

苏教授静坐了一晌，又继续埋头写起了那篇论文。在第四章的开头部分，他引用了赫胥黎的观点，进一步阐述道：如果说人在身体和大脑方面与某些猿猴的差异比猿猴与猿猴之间的差异要小些，那么我们是否可以反过来说，人与猿猴的差异比人与人之间的差异要小一些……

翌日下午，苏教授等下课铃声一响，就尿急似的骑车赶回家。苏教授总觉得家里要发生什么事。是电烫斗的插头没拔掉，还是水龙头没拧紧？他也说不清。总之，他觉得这件事将要发生，已经发生，正在发生。

苏教授进了屋子，里面阒无一人。他把里里外外仔细检查了一遍，发现无异，才算松了口气。煎锅旁边的茶壶底下压着一张字条。苏文外出有事，通常会留下一张字条，写的无非是"今晚有饭局，无须为我备饭""衣服在阳台上晾晒，天黑前切记收回"之类的话。苏教授拿起字条，只是匆匆瞥上一眼，就把它揉成一团抛进了垃圾桶。

苏教授返回客厅，坐在藤椅上，一条腿架在另一条腿上，一边晃荡着，一边在思索着什么问题。突然，他从椅子上反弹起来。那一瞬间，连他自己也不知道为什么会反弹起来。他直奔厨房，从垃圾桶里重新拾起那个纸团，展开，仔细看了一遍。上面写着：苏武出事，我带钱去赎人。下面没有署名，但可以肯定是苏文写的。

苏教授忍不住要抱怨苏文几句：跪都跪下了，还差这么一拜？又不是发电报，写得这么简单，连时间、地点、事情原委都没有做个交代。苏文办事究竟不牢靠。

眼下，苏文的手机已停机，可供联系的地址也未留下，苏教授急得团团转。他在客厅里，时而搓着双手，时而绞着双手，时而又背着双手，不知怎样是好。

苏教授找来工具，撬掉苏武的门锁，想进去寻找事件的线索。房门打开后，迎面扑来一股呛鼻的烟酒气味。房间里的东西都是东倒西歪的，但没有人为破坏的迹象。苏武做事似乎从来不喜欢端正的，总是要把什么东西弄得歪斜一点，他才觉着舒服。苏教授知道苏武打小就养成了这种坏习惯：做作业时，纸张与桌面总是呈四十五度角，自行车停放也总是呈四十五度角，体育老师让他立正，他偏要让双腿叉开，呈四十五度角；

长大之后，他仍然改不掉那些老习惯，平日里，话不投机他就歪头斜脑，摆出一副不屑一顾的模样；而他斜眼看人，并非跟眼球位置异常或眼球肌肉麻痹有关，其实也是习惯使然。苏教授以为，苏武之所以如此，肯定是身上哪块骨头长反了，或者是哪根筋出问题了。

苏教授的目光落在窗户边的鸟枪上。这把鸟枪，显然是从储藏室里拿出来的，上面还蒙着一层灰尘。苏教授的目光从鸟枪转移到敞开的窗户，然后又落在楼下的小巷子里。

有几个从排档里出来的年轻人正并排立着，面朝苏家后门那堵老墙解手。墙，是清水砖砌成的，有一百多年的历史。有时行人看见那块苍黄的墙皮，即使没尿意，也要挤出一点。墙上有一行歪歪斜斜的字：谁在此小便十八代狗生。这是苏武小时候写的，十多年过去了，仍然有人在此小便，全然不顾墙上的咒语。到别人家的墙角小便似乎成了苜蓿街人由来已久的传统，就仿佛那些乡下的农民，喜欢跑老远的路到自己家的菜园撒一泡尿。对此，苏教授一直无能为力。就像现在，他只是探出窗外，愤愤然骂道，为什么你们不干脆拉一堆狗屎?!

就在这一天中午，苏武也是从这个窗口探出头，朝楼下一名正在掏东西的小个子喝道，你，我说的是你，要尿的话就给我抬起一条腿来。小个子愣了一下，忽然弄明白，抬起腿来他就变成一条狗了。只有狗才会抬起腿来撒尿。明摆着，这是羞辱人。他不抬，打死也不抬，抬一下就不是人了。小个子抬起的不是脚，而是头，恶狠狠地看了一眼苏武，打了个尿噤，随后，一道浊黄的水柱突然从两手之间喷射出来。

苏教授的腰

我操，你还敢尿?! 苏武的脑袋朝下，血气一下子就涨满了脸。小个子尿完之后，嘟囔了一句什么，似乎在回骂他。苏武挥动拳头警告说，下一次再来，老子一枪崩了你。

小个子是四川人，绰号叫"川耗子"，在这一带已混了个把年头，他被一个小毛头威吓之后，觉得脸上有些挂不住。他回头叫了四五个弟兄，在这条巷子里站成一排，颇有一副举枪齐射的架势。这些人对着那堵老墙，很卖力地尿着，好像只是为了证明自己的排尿系统是否顺畅。

苏武突然觉得哪个地方有点不太对劲。他想干点什么。他转身进储藏室，拿起那把已上膛的鸟枪，走向窗口。

砰——

有人踢进门。是苏文。苏文说，你把枪放下。苏文说这话时表情严肃得像个警察。但苏武仍然举着枪。苏文又以开导的口吻说，你应该保持冷静，扣动这个扳机，你就后悔莫及了。苏武回头冷笑了一声。

砰——

苏文一屁股坐在地板上，嘴里念念有词，完了，完了，这下子要闯大祸了。

完个屁，苏武放下鸟枪说，那些人早已逃掉了。

那些人居然都怕得要死。苏武想到这一点，就有些自鸣得意。苏武也不是泛泛之辈，他好斗，在苜蓿街略有名气。他崇拜苜蓿街上的老大何九。"我操"是他每天必说的一个词。

可是，"川耗子"们究竟还是杀回来了。就在那个有些阴暗的下午，苏文听到了急促的敲门声。他跑到楼下打开大门，十几个怒气冲冲的汉子突然涌进院子，一个个都挟刀带棍，大呼小叫。苏文不由得耸起双肩，收紧双臂，仿佛进来的，不是拿刀的人，而是一阵冷风。

苏文还没明白是怎么一回事，就吃了当头一记闷棍，晕乎乎地躺在地上。苏武也闻声下楼，一群人立刻把他团团围住。"川耗子"从人群中钻出来，他的右手扎着绷带，走路时，身体右倾，仿佛疼痛也是向一边倾斜的。

"川耗子"看了看苏文，又看了看苏武，说，龟儿子，一个模子里印出来似的，还真分不出是哪个向我开枪咧。

苏武仰起头说，开枪的人是我，有事就冲我来。苏武说话时嘴里还嚼着口香糖。苜蓿街老大何九临事时也总是嚼着口香糖。

"川耗子"上前一步说，不错，就是你这龟儿子，中午十二点十五分你朝我开了一枪，正打中我的手掌心，你说，这事该怎么了断？

这事说起来有点荒唐：那时苏武只是朝对面那堵墙开了一枪，"川耗子"现在却称自己已被子弹击中了掌心。这好像是说，有人朝前面的空气砍了一刀，后面那个人身上就出现了刀伤。不可理解，苏武嘀咕了一句，这道理无论怎么也讲不通。因此，苏武向众人辩解，他的确开了一枪，但根本没打中任何人，那堵有一百多年历史的老墙可以做证。

一个大块头上来说，我也可以做证，我说你打中了他，你就得承认。大块头卷起袖子，露出一条刻有刺青的粗壮胳膊，苏武没有被他镇住，仍然梗着脖子认死理。

大块头似乎学过几招擒拿术，一上来，就出其不意地扭住苏武的手腕。他把手一点点往上抬，苏武的身体就不得不一点点往下蹲，他抬得愈高，苏武就蹲得愈低。随着疼痛感愈来愈

苏教授的腰

强烈，他的身体开始倾斜，与地面呈四十五度角；苏武的样子有点像胆怯的跳水者，想往前冲，脚底却没有力气。如果不是体力方面的欠缺，苏武早已反抗了。但他明白，自己的力量还不足以与对方相抗，因此对方向他施压时，他根本没有反弹之力。他只能屈从于那股蛮劲。

就在这个有些阴暗的下午，苏文意识到有一件可怕的事就要发生了。

苏文对"川耗子"说，如果有什么办法可以弥补弟弟的过失，他可以尽一切努力去做。"川耗子"摊开左手说，很简单，拿钱来。苏文问，多少？"川耗子"说，一万块。"川耗子"原以为苏文会讨价还价，因此报了一个虚数，谁知苏文二话没说，就爽快地答应下来，他说，你们先放人，我这就去银行取钱。"川耗子"怕他有诈，就说，人暂且不放，限你一个钟头内带着一万元现金到九宫街泰和茶馆赎人。

一个钟头后，苏文果然带着一万块钱来到九宫街泰和茶馆。"川耗子"接过现金，数也不数就揣进口袋。临了，他拍拍苏文那张布满红疙瘩的脸说，你很可爱。

这一天傍晚，苏文和苏武从九宫街回来。两人都喝得醉醺醺的，苏文闷闷不乐，步态踉跄地在前面走着，苏武低眉顺眼、消消停停地在后面跟着。他们经过自家后门那条巷子时，对望了一眼。那时，他们的身体像一条垂挂着的湿毛巾，所有的水分都一点点朝下面凝聚了，仿佛只要用手一挤，就会淌出水来。他们对着墙，不约而同地解开裤子拉链。一肚子闷气在那一瞬间开始流动了，随之而来的是一种短暂的酣畅淋漓的感觉。苏文说，这一万块钱就这样变成一泡尿。苏武说，我不会让它就这么白白流掉。

他们听到背后的咳嗽声，猛地回过头来，看见苏教授就站在门口。他的脸像拇指一样威严。

从空间来看，我们总是把身后走过的地方叫作后面，把身前未曾走过的地方叫作前面；但就时间而言，却恰恰相反，我们把已经度过的昨天的昨天叫作前天，把未曾度过的明天的明天叫作后天。苏教授想，人在空间与时间的秩序中总是显得那么矛盾。

苏教授很快就要宣布退休了。退休，就意味着他要退一步为"明天的明天"做好打算。这栋房子，他要过户给两个儿子，让他们自行处理。苏教授吃辛熬苦积攒了五六万块钱，打算到山区买一栋老房子，把八旬老母也接过去一起居住。在那儿，单门独户，远物远俗，是颇合他心意的。

眼下让苏教授最感头痛的，除了苏武的就业问题，就是那篇论文。苏教授写那篇论文之前就已拟定一份提纲，预计用一个月的时间完成。但在写作过程中，随着打字速度的加快、思维的激活，他写起来居然十分顺手，论文涉及的范围已越来越广，探讨的问题也越来越复杂，连他自己都有些难以把握。他意识到如果在三分之二处没有向主脉靠拢，这篇论文的篇幅将会增加一倍，而写作的时间至少也将延长一倍。这篇论文是研究所分派给五名教授的五大研究课题之一，一切都得服从整体，不能自行其是。但苏教授至今还没有想出一个办法把论文的前半部分压缩，他觉得每个章节的内容都是不可或缺的、难以割舍的。苏教授不知道自己应该继续写下去，还是适可而止。苏教授的内心十分矛盾。

写作强度的增大，实际上是对体力的一次试探。苏教授写到六万多字的篇幅时，明显感到力不从心。当他从电脑桌旁站起来，身体的下半部分竟难以动弹，膝关节像凝结的冰块一样变得异常僵硬。经过反复揉搓，两腿的筋骨才恢复活络。但真正让他举步迟滞的部位不是膝关节，而是腰部。膝关节的酸疼是阵发性的，腰部的疼痛却是深层的、久远的。苏教授腰疼时，就用两个大拇指用力摁住后腰的部位。他并不想阻止疼痛，而是让疼痛集中在一个固定的点上，不至于扩散到全身各个部位。但他感到，这股疼痛已在身体中弥散。苏教授想，自己就像这个小家庭的腰，既要支撑上面的，又要控制下面的。所以，腰，是身体中最容易疲惫的一个部位。

苏武这小子可真行啊，硬是把"川耗子"的两根拇指给剁掉了。苜蓿街上的人散布这个消息时，用讥讽的口吻说，"川耗子"以后再也翘不起来了。

这个消息落入苏教授的耳中时，他的手指猛地颤抖了一下。他握拢五指，手心竟冒出了一把冷汗。他对苏文说，这浑小子，手段也真够残忍。

苏武手起刀落，虽也算得上沉着痛快，却没考虑到这事会给家里人带来多大的麻烦。他挥挥衣袖扬长而去，固然洒脱之至，但烂摊子总是要有人收拾的。按苏教授的话来说，这是屙屎还要人家擦屁股。

天黑时分，正在阳台浇花的苏文忽然放下手中的水壶，快步跑到苏教授的书房说，坏了，坏了，"温州佬"带两个弟兄过来了。苏教授的眉毛跳了一下，仿佛大火快烧到眉头了。他忽然想给一个老朋友打电话，但电话簿锁在办公室的抽屉里，号码怎么也记不起来。那个那个什么，苏教授从书房到客厅转了一圈，敲着自己的脑门一个劲地说，那个那个什么来着，我前阵子还经常跟他电话联系的。苏文问，你这时候打电话做什么？苏教授搓着手自言自语，那个那个什么，我怎么连他的名字也给忘了呢？苏教授记得住许多古人和洋人的名字，有时候却总是记不起某个老朋友的名字；记得清历史年份，有时候却总是忘记身边一些人（包括两个孩子）的电话号码。苏文列举了几个人的名字，苏教授都说不是。他很快就在椅子上坐定，用手揉了揉隐隐作痛的腰部。痛的是腰，苏教授对自己说，不痛的是双手。腰部疼痛也不过是局部疼痛。这点疼痛算不了什么。苏教授就这样强忍着疼痛和愤怒等待"温州佬"的到来。

"温州佬"是"川耗子"请来说案子的。在这条街上，有资格出来给人说案子的，都不简单。"温州佬"的年纪跟苏教授不差上下，戴着一副金丝镶边眼镜，面色白净、温和，看上去比苏教授更像个教书先生。

"温州佬"也是吃四海饭的，口才好，人缘也好。他每到一个地方，就会有一大帮人以他为中心，跳蚤般地活跃起来。因此当他用仇恨的目光注视着你，你就会发现这一带有一大帮人用同样的仇恨目光注视着你；当他用尖酸的语气跟你说话，你就会发现这一带有一大帮人用同样的尖酸语气跟你说话；当他向你挥动拳头，你就会发现他背后有几十双拳头也在向你挥动。但"温州佬"从来不坐老大的交椅，也从来不允许别人称他为"老大"。他的厉害之处是，他能像伟人一般，在别人的心目中占据一个重要的位置。所以，他出来打理什么事，别人都不得不给他面子，就连苜蓿街上最厉害的人物何九也要敬他三分。"温州佬"打理的，主要是那些"法庭上不能解决或不能上法庭解决"的事。如果那件事连他都解决不掉，那么，当事人的麻烦就大了。

苏教授听苜蓿街人提起过"温州佬"，但从未见过面。黑道上的人物，苏教授是断断不会与他们打交道的。这一次，事情既然已经闹到自家人身上，他就决定放下教书先生的清高架子，与他们会会。

双方见面之后，都微微一怔。苏教授觉得眼前这个"温州佬"有些脸熟，却无从想起。"温州佬"沉吟片刻，问苏教授二十多年前是否在浙南地区插过队？苏教授说，有啊，有啊，我在那儿待了整整五年。"温州佬"说，你还认得我么？我就是你救活的那个钟阿贵呀。苏教授恍然大悟似的说，好啊，好啊，你看上去变得富态了，难怪我认不出来。

"温州佬"紧紧地握住苏教授的手说，他们说的苏教授原来就是你，你原来就是他们说的苏教授，哈，这地球还真小，转了一圈，咱们又遇上了。"温州佬"对手下的年轻人说，把衣服扣好，向苏教授敬个礼。两个年轻人立即扣好纽扣，毕恭毕敬地向苏教授鞠了一躬。

二十多年前，苏教授作为知青随队下乡，曾与"温州佬"分在同一个生产队。一个炎炎夏日的午后，"温州佬"跟他一起割稻时忽然躺倒在地，口吐白沫，面色发紫。他料想"温州佬"是中了暑气，就采用民间土方，挖了一些热乎乎的泥巴，堆在"温州佬"的肚脐眼周围，然后在上面结结实实地撒了一泡热尿。苏教授当年就是这样凭着一泡热尿救活了"温州佬"。

而现在，这个被苏教授一泡尿救活的人，却要上门为另一泡尿引发的事件讨个说法。苏教授心间暗想：幸好是他，换了别人，可能就没法子心平气和地坐下来对话了。

"温州佬"面带难色说，承蒙几个弟兄瞧得起，推举我出来说案子，咳咳，我本来是没资格跟苏教授您说三道四的。"温州佬"说着就欠了欠身，做出一副要掩面回去的样子。苏教授连忙按住他的肩膀说，你瞧你，说这话就见外了，今天没有你出马说案子，这事以后还真没个准。"温州佬"又坐回到椅子说，既然苏教授对我这般信任，我也不妨斗胆说几句。

跟苏教授谈话，"温州佬"的措辞居然也是文绉绉的，语气温和，像是在跟苏教授探讨学术中的一些问题。"温州佬"越是客气，苏教授越是觉着心中虚虚的。为了示弱，他又开始揉起腰来。与其说他是在揉腰，不如说是要掐住那股在小范围内涌动的疼痛，以免疼痛如同波浪一般漫及全身。

"温州佬"说，半个月前，我的一位小兄弟到你家后门巷子小便，被你家小儿子用鸟枪恐吓，这是一个不争的事实；我那个小兄弟没挨过枪子，却谎称自己左手中弹，向你们诈骗了一万块钱，这也是不争的事实。这件事发生以后，我把他痛斥了一顿，但我那个小兄弟却这么向我辩白：自从受了鸟枪的惊吓，他每次小便时，左手会产生痉挛性的颤抖，而且那东西会胆怯缩回去；此外，他还认为自己的性功能受到了一定影响，每次行房时，常常会回过头来，看看背后是否有人端着鸟枪瞄准他。当然，诸如此类的狡辩，我们大可不必理会。无论怎么说，他以绑架的方式向你们诈骗一万块钱是不符合我们江湖规矩的。现在，前面一个问题如果不予解决，会给后面这个新问题设置一道障碍，所以，这一万块钱，我会让他如数还你。

苏教授连连摆手说，不用还了，不用还了，这一万块钱也算是买个和气。"温州佬"用强调的语气说，钱是一定要还的，事情也是要解决的。这么说时他做了一个把钱奉还的手势，而苏教授也很客气地推让了一番。至此，苏教授以为，这事可以有个了结了。苏教授教书育人这么多年，道理都是从书本中得来的，但经验还是从生活中得来的。他觉得自己方才的做法是得体的、有效的，套用一句课堂上时常引用的话是"以经验之所得还自经验"。

遗憾的是，"温州佬"呷了一口茶水接着说，事情并没有朝好的方面发展，今天下午又发生了一件意外的事。苏教授松弛下来的身体一下子扳直了，问，出了什么事？"温州佬"仍然以一种慢条斯理的语调说，下午四时许，你儿子苏武带着马刀冲进电子游戏厅，生生砍掉了我那位小兄弟的两根拇指。"温州佬"伸出自己的两根拇指，转过头对手下的两个年轻人说，你们知道拇指意味着什么？拇指就像管带四个孩子的母亲，没有拇指，其余的四根就没法过上好日子了。拇指还代表了一个男人的尊严，当它竖立起的时候，是何等的威风；反过来说，丧失拇指就等于丧失了一个男人的尊严，至少是丧失了一个男人尊严的一部分。说得具体一点，我们平常打电脑、弹钢琴、写字、吃饭、握球杆等等，都离不开拇指。然而，丧失拇指，生活中会丧失多少乐趣？

苏教授觉得，"温州佬"的话像一篇精彩的散文，他摆明的道理也是无可挑剔的。"温州佬"似乎已陶醉于这种侃侃而谈的氛围，但他每隔几句话，就会试探性地向苏教授发问：你说是不是？苏教授在聆听的过程中，也做出了某种迎合态度，他很诚恳地点头说，极是，极是。这言语上的较量，就仿佛推手，一招一招地过，不温不火。苏教授明显处于下风，但"温州佬"也没有摆出咄咄逼人的气势，他不会把话说得太满，不给人留点余地。

"温州佬"继续慢条斯理地谈道，我们都生活在一个文明的社会，如果让我那位小兄弟拿着刀去砍掉你儿子的手指，我也是断然不会允许。血债不一定要血偿，但血浓于水，它毕竟是有价的。所以，我们双方必须在以和为贵的前提下，进一步讨论如何做出经济性赔偿的问题。苏教授你说是不是？

苏教授仍然点着头说，极是，极是。

"温州佬"说，既然苏教授是个明理人，那我就把话挑明了说。现在咱们江湖人就按江湖规矩办事。我给你出个赔偿金额，苏教授，你自己拿个主意。

苏教授只说了一个字：好。

"温州佬"举起十根手指说，这个数目。

苏教授眯瞪着眼睛问，一万？

"温州佬"说，不，十万。

他的十根手指，像十把锋利的刀，齐生生地插进苏教授的眼睛。苏教授几乎吓傻了眼，他看着那十根手指，真希望有人像砍树枝那样砍掉"温州佬"的另外九根手指。苏教授过了许久才回过神来，对"温州佬"说，这价钱高得未免有些离谱。

一点也不离谱，"温州佬"说，按我们江湖的规矩，剁掉一根小手指至少可以索赔一万块钱，但你儿子剁的是人家的拇指。我说过，没了拇指，其余四根手指差不多等于作废了。所以，你儿子剁了一根拇指等于剁了五根手指，剁了两根拇指也就等于剁了十根手指。我把话搁在这儿，苏教授，你自个儿掂量掂量。

苏教授是认真掂量过的。眼下倾其所有，也不过六万块钱（而且是把研究所即将发放的一笔课题研究经费都计算在内），剩下的四万块只有靠借贷了，但这样的话，以后的生活就很可忧虑了。所以，让苏教授一下子拿出十万块钱，真是比割肉还难受。苏教授一向厉行节俭，水龙头每日滴水，电风扇常用慢挡，最典型的表现是：他安装卫生间的日光灯时，故意把火线接入开关，平常即使不开灯，灯管两端也总是闪烁着微光，这样既可以省电，又可以照明。他手头的钱，就是这么一点一滴节省出来的。他没想到的是，有一天这笔钱会"哗啦"一声涌出自己的口袋。此刻，他连想都不敢往下想。有一种疼痛从腰部涌至胸口，一直漫及脑门的位置，想揉也无法揉了。

"温州佬"看起来也不像是一个得理不饶人的人，他见苏教授老泪纵横的样子，长长地叹了一口气说，这样吧，你出五万，另一半由我代付，算是报答你当年的救命之恩。"温州佬"这一句话，让苏教授从一筹莫展的困境中脱身而出，但也同时被抛入另一种无可奈何的境遇，也就是说，他现在面临的选择只有一个：拿出五万块钱平息事端。

眼下这个难题，苏教授已无可回避，他感慰莫名地对"温州佬"说，让你掏腰包，怎么好意思呢？"温州佬"很大度地拍拍苏教授的肩膀说，事已至此，我也深知你的难处，替你分忧，也是我义不容辞的事。苏教授，就这么定了，行不？

苏教授点了点头，"温州佬"立即从皮包里拿出一张白纸，让苏教授立个字据。苏教授用颤抖的右手写下"五万元整"这四个字时，脑子里竟是一片空白。

"温州佬"微笑着收起了字据。临出门时，他对手下的两个年轻人说，还不快向苏教授敬个礼。两个年轻人并拢双脚，又毕恭毕敬地向苏教授鞠了一躬。

苏教授关上门，觉得自己刚才就仿佛做了一个荒唐的梦。苏教授写文章时脑袋是清晰的，但一遇到什么麻烦事，脑袋就糊涂了。这糊涂，不是聪明人的糊涂，而是真糊涂。从前，家里遇到什么事，通常由老伴去遮风挡雨。苏教授曾做了一个十分形象的比喻，说自己是"灵魂"，而老伴是"肉体"，"灵魂"与"肉体"合为一体后，"灵魂"专门思索一些抽象的、形而上的问题，而"肉体"主要负责具体的、日常的事务。数十年来，"灵魂"与"肉体"彼此依存，相处得十分和谐、愉悦。但自从"灵魂"失去了"肉体"，他便无助了。平常，苏教授仅仅是凭着习惯解决生活中出现的小问题。但这段时间接连发生的事，都是大问题，没有人帮他出个主意，他觉得有些应付不过来。"温州佬"走后，苏教授对着老伴的遗像放声痛哭。毕竟，这五万元是他晚年的安身之本，一下子落入别人的口袋，总是有些莫名的痛惜。现在，痛的不仅仅是腰，还有心。他会为那五万块钱心痛一辈子的。

然而，不管怎样，日子还是要过下去的。柴米油盐，还是要亲自打理。按理说，破财之后须得厉行节约了，但苏教授并不这么想。他买起菜来，也没有像往日那样斤斤计较了，想吃什么，无论多贵，他都买。手头的开销由俭而丰，他也丝毫没有流露出疼惜之意。那天中午，苏教授从菜市场出来，手中拎着一小袋狗食和一大袋蔬菜，在街上漫无目的地荡了一回。忽然，一辆载货的人力三轮车迎面驶来，他慌了手脚，开始左闪右避。骑车人也是惊慌失措，不知道向哪边穿过去，轮子突然像眼珠子那样转来转去，但最终还是刹住了。苏教授没被迎面撞上，只是在避让间向后打了个趔趄。那一瞬间，他感到整条街突然斜向左边，好不容易才站稳脚步。他定了定神，这条街道又重新摆正了。几乎在同一时间，他听得地上响起"嘭"的一声。肯定有什么东西坠落在地。他看了看双手，下酒菜和狗食仍在塑料袋里。目光又落在地上：一个啤酒箱歪斜地倒在地上，几瓶啤酒砸碎了，涌出带泡沫的酒液。

苏教授突然忘了，刚才究竟是自己先碰对方，还是对方先碰自己。最近他老是这样失魂落魄：有时把手套戴在脚上、把鸡蛋打在米缸里、把盐巴放在水中淘洗。最典型的例子是：昨天下午他看见一辆中巴从大街上缓缓驶来，突然产生一股冲动，偏离右边的人行道，朝车头的方向走去，那时他仿佛还听到了吱嘎一声，以为那是自己跟这个世界断裂的声音，可是紧接着，他就看到了那个吓出一身冷汗的司机从窗口探出头来，冲着他破口大骂。苏教授拍了拍脑袋，问自己：为什么我会冲左边的车道走去？

苏教授显然已经意识到，这阵子他确乎有点神经过敏，总喜欢把简单的事情复杂化，往深里想。对于这件事，他后来做了形而上的解释：心脏的位置是倾向于左边的，因此身体会在无意识状态下向左偏移。相比之下，左脚显得稳重、审慎些，它可以代表理智的一面；而右脚显得冲动，富于爆发力（右脚的跨步大于左脚即证明了这一点），因此它可以代表情感的一面。当自己的双腿交替前行时，理智与情感其实也在相互进行较量。那一瞬间，他的右脚企图把自己推向死亡，而他的左脚突然把身体的全部力量吸收到脚弓，然后缓缓下移到脚跟和脚掌，最后，他的脚趾及时抵住了水泥地。右脚拖在后面，没有力量再向前迈一步。因此，他可以为自己的决定下一个俗气的结论：理智最终战胜了情感。

骑车的是一位中年人，穿着推销员的工作服，看模样是名啤酒推销员。他咕噜一句，下车，然后俯身去看这箱啤酒的受损程度，他把砸碎的和还没砸碎的啤酒翻出来，分成两堆。箱子湿了大半，他把它甩到一边，点数了一下，总共有十二瓶啤酒，其中七瓶已砸碎。啤酒推销员见苏教授愣头愣脑地站在一旁不肯帮忙，就恶狠狠地骂开了。苏教授没有朝他发火，是因为他觉得自己没有挥动胳膊的力气。现在，地上的酒瓶已被清理完毕，啤酒推销员双手支着腰部直起身来，双腿叉开，显示出斗鸡般的架势。

苏教授对他说，别发火，我赔你就是。啤酒推销员绷紧的身体松动了一下，但没有完全松弛，因为他接着要争论的是赔偿多少的问题。苏教授以商量的口气说，七瓶啤酒多少钱？我照价赔偿。

啤酒推销员立马把手挡在他面前，好像这手势代表了一种叫作原则的东西，他说，哪有这么便宜的事?! 你应该赔一箱啤酒的钱！

苏教授指着那五瓶完好无损的啤酒问：那么这些怎么处理？

啤酒推销员仍然用生硬的口气对他说，只要你赔一箱啤酒的钱，其余的任由你处理。

苏教授说，这不公平。

不公平？啤酒推销员哼了一声说，我推销的都是整箱啤酒，现在剩余五瓶啤酒叫我到哪儿去推销？

苏教授觉得他的话不无道理，就问他要赔多少。

啤酒推销员说，四十八块，一分也不能少。

苏教授摸了一下口袋，脸色有些难堪，讷讷地说，刚才去买菜，只剩下十块钱了。生怕对方怀疑，他就把口袋翻过来给他看。啤酒推销员瞥了一眼他的公文包，苏教授就干脆把公文包的拉链拉开，里面除了一包劣质香烟，没有别的东西。不行，啤酒推销员接过他手中几张皱巴巴的零钱说，你再找找看。苏教授又象征性地翻找了一遍全身的口袋，实在掏不出更多的钱来。无奈之下，苏教授把搁在地上的那一大袋蔬菜递给他说，算是凑个数，行不？

啤酒推销员却把目光投向另外一个小袋子问，这一袋是什么？

苏教授说，是狗食，你也要吗？

啤酒推销员怀疑这一袋东西更值钱，就说，我偏要这个。

那一刻，苏教授忽然想起一件事：他家的狗已经死去好几个月了，买这些狗食又有什么意义？他拎着这个袋子，茫然了一阵子。

啤酒推销员盯着他的脸说，怎么，你舍不得？苏教授摇摇头又补充了一句：这些东西真的是喂狗的。啤酒推销员竖起眉头，蛮横地夺过他右手的袋子，说，现在算是扯平了。说完之后，他把那袋东西挂在自己的车把上，咕哝了一句：算我倒霉。然后，他打开车刹，习惯性地推了几步，上车，双脚轮流用力蹬了一下，三轮车很快就朝街道的另一端驶去了。

慢着，苏教授低声对自己说。他让自己的脑子慢慢冷静下来，闭上了眼睛，把刚才发生的事回想了一遍：那一刻，他站在街角的某个点上，离左边的建筑物大约有四米，离右边的建筑大约有两米，也就是说，他没有走中间路线，更没有偏离交通法则规定的行走路线。而那个骑三轮车的啤酒推销员却突然闯到了他这一边，在他急速退让的情况下，车子毫不客气地偏斜过来，他的身体虽然侥幸躲开了，但那个后轮还是硬生生地压了一下他的左脚脚背。从地上的车痕可以判断：三轮车的轮子可能被什么东西磕碰了一下，由此产生的震荡力使那人突然失控，斜向了他这一边。那时他假如是一堵不会行走的墙，那人照样会把责任推到墙上。苏教授把这件事跟苏武那件事联系在一起，嘴里又喷出了一个词：狗屎。

苏教授的腰仍在隐隐作疼。

此前，苏教授曾拜一位民间的拳师学过一套形意拳。学拳，并非为了防身，而是防闲。无聊了，闲了，可以动动手脚，也好把沉寂的身体弄活泛了。手脚终归有手脚的用处，动得少了就容易出问题。但问题现在已经出来了。苏教授的问题不是动得太少，而是太迟。他是等身体状况快要出问题之后才想到活动活动的必要。该动的时候他不动，现在动了，却不能多动。一动，腰就疼痛。如同傍晚的树影，疼痛的阴影是明显地拉长了。这是一种慢性劳损，起病隐匿，但发作起来异常厉害。站也不是，坐也不是，只有平躺着才会稍觉舒服一点。

他希望疼痛发生在身体的上部，或是下部，但它偏偏就在中间部分，连上带下，让他觉得全身的骨头都若断若续。有一天深夜，他在睡梦中忽然感觉腰间似被什么东西硌着，原本以为是钥匙，伸手一摸，什么都没有；再摸，才发现是一根骨头从皮肉底下突出；他试着转了个身，却引发了剧烈的疼痛。等天亮后，苏教授就在苏文的搀扶下来到了"杏林斋"。老中医替他做了检查，证明他患的是腰椎间盘突出。也就是，老中医用捣药的木杵压住一张旧报纸说，突出的髓核压住了神经。

苏教授被安排在药堂后面的天井里，等候着做牵引治疗。天井里坐着十来个病人，有面色好的，也有面色坏的。苏教授身边坐着一位面色蜡黄的老人，看得出，他患有严重的哮喘病。他坐着的时候，也像跑了很长一段路那样气喘吁吁。老人伸出一根长有甲癣的食指，向苏教授历数了自己身上的各种疾病：除了哮喘，他身上还有糖尿病、高血压、便秘、慢性胃炎、关节炎、胆囊炎、前列腺增生。有些疾病的名目他已经记不起来了。苏教授觉得，一个人活到这个份上，真是生不如死。

做完牵引，苏教授便回家躺在硬板床上，直愣愣的，像具挺尸。到了深夜，苏教授翻也不是，覆也不是，只有喊爹叫娘，更多的时候是在骂小儿子苏武。苏文被他吵得难以入睡，就过来替他揉揉腰背。

苏教授说，苏武这浑蛋儿子是一堆连狗都不要吃的屎。

苏文说，有这样一个浑蛋儿子也不错啊，至少可以让你在疼痛的时候骂他解解气。

苏教授原本只是腰痛的，后来连头也犯痛了。头痛，是因为有些事还想不通。头与腰的毛病，正是应了中医那句老话：

痛则不通，通则不痛。想不通的事淤积在脑子里，难以清除，就变成一块有棱角的石头。凌晨时分，一股尖锐的疼痛敲进了太阳穴的位置。疼痛犹如癌细胞，也会转移，但它不会转移到别人身上去。事实上，苏教授也不需要别人来承担自己的疼痛。脑袋里那股压倒一切的疼痛让他暂时忘掉了腰部的疼痛。

苏武回来那晚，苏教授显得异常平静。他不喊痛，也不骂人，那样子更像一具凉透的挺尸。那时，苏文和苏武都垂着双手立在床前。

苏教授愤怒到极点时，反而显得彬彬有礼。他对苏文说，你去厨房把铁锤拿过来。苏文就去厨房拿来了一把铁锤。苏教授说，把它交给苏武。苏文紧握着铁锤，迟疑不决。苏教授再次命令道，给他。苏文把铁锤交到了苏武的手中。苏教授对苏武说，从前里海东岸有个部落，孝子孝孙们看见老一辈人受病痛的折磨，就给他当头一锤，以此尽自己的一份孝心。现在，你就当一回孝子，朝我的头顶死命地敲下去吧。

砰——

苏武手中的铁锤落在地板上，转身奔出了房间。苏教授挣扎着坐起来，冲着他的背影怒吼，你不敲么？你不敲就是懦夫，是狗屎，是一堆连狗都不要吃的狗屎。

苏文把苏武送到门口。苏武说，苏文，你给我听着，谁讹了咱们五万块钱，他就甭想过太平日子。苏武走了几步，又回过头来说，我要证明给你们看，我不是狗屎。

苏武这话分明是说给苏教授听的。

深夜一时许，苏教授家的客厅忽然响起了电话铃声。那时苏教授并未入睡，他很想过去接电话，但他挪动身子时，双腿根本不听使唤，稍一用力，就会加剧腰腿的疼痛。从他的书房到客厅，只有几步之遥，他却寸步难行。此刻，持续不断的铃声仿佛变成了恶意的嘲笑，让苏教授暗暗恼火。

铃声中断片刻之后，又响了起来。苏文趿着拖鞋出来，接起了电话。苏文的声音压得很低，苏教授听不清他在说什么。他透过那扇虚掩的房门，看见苏文一惊一乍的样子，有些生疑。苏文挂断了电话之后，苏教授问他，深更半夜，是谁有要紧事来电话？苏文打着哈欠说，没什么，对方打错了电话。

真的打错了？苏教授带着疑惑问，既然打错了，你跟人家唠什么长舌？

苏文支支吾吾地敷衍了几句，就回房睡觉了。过了不多久，苏教授听见有人蹑手蹑脚地穿过客厅，然后是轻轻的关门声。

苏文深夜里跑出去做什么？苏教授心底里又不免打起鼓来。

早上醒来，苏教授喊苏文起来做早餐，没人应声。苏教授扶着墙一跛一跛地来到苏文的房间。里面无人，被子叠得整整齐齐。苏教授心里十分纳闷。他又一跛一跛地来到厨房，在茶壶边的煎锅底下发现了一张字条。是苏文留下的，上面说，公司要派他到另外一座城市办事处工作，因为是临时受命，时间过于仓促，所以一大早就不辞而别。灶台上还有几包中药，是苏文昨日买的，他怕父亲健忘，还特地在字条上注明头煎、二煎、下锅再煎的煎药方法。苏武走了，苏文也走了，家里一下子显得格外冷清。苏教授有一种不祥的预感：这个家可能要离心四散了。他的脑子里已全然没有写作论文时的那种激情与玄思，有的只是连根拔起的疼痛，心为形役的烦恼。他心情郁闷的时候，就会在老伴的遗像前站上一时半刻。老伴的遗像近在咫尺，但他看着她时，目光却很遥远，仿佛她正沿着一条乡间小道从远处归来，仿佛她很快就会在他身边坐下，陪他聊天解闷。从前无论遇到什么事，"灵魂"与"肉体"总会站在一起，在互相安慰中获得一份久远的安宁。现在"肉体"如果真的变成了灵魂，那么，他多么希望她能给自己一个启示：应该如何挽救这个面临崩溃的家，应该如何守住一些不变的东西。

但相互分离是宇宙间最基本的运动方式，苏教授后来这么想，人也不外乎如此。

苏教授躺在床上，正胡思乱想时，忽然听到楼下传来雨点般密集的敲门声。苏教授又一跛一跛地下楼，打开门，十几条凶神恶煞般的壮汉蜂拥而入，每个人手中都操着钢棍、炮钎、斧头之类。苏教授不解地问道，你们这是干嘛来着？领头的那个中年人告诉他，苏武昨晚杀死了"温州佬"，虽然他已经投案自首，但弟兄们还不够解恨，他们要"拆平苏武的房子"。领头的那个中年人不容苏教授分说，就把他推到一边，大喝一声：砸！十几条汉子立马举起手中的铁家伙，看见什么就砸什么。砰——砰——砰——他们像拆迁工人一样把屋子里的东西全部砸成稀巴烂。苏教授再也支撑不住了。他倒下的时候，仿佛也听到了自己内心坍塌的声音。

苏教授趴在地上，看着他们砸东西，忽然感到十分痛快，他很想加入他们的行列，一起把这个家彻底拆毁。他身边有一把铁锤，但他无力把它举起。他对自己的无能为力充满了愤恨。不过一刻钟，屋子里的器物就全被砸毁了。这个苦心经营的家，就这么毁于一旦。苏教授想，这个家的实质原本就已毁掉了，现在毁掉的，只是它的外壳。

领头的那个中年人，猛一挥手说：走！十几条壮汉就潮水般退出屋子。上回跟随"温州佬"过来的两个年轻人经过苏教授身边时，又毕恭毕敬地向他鞠了一躬。

"灵魂"失去了居所。"灵魂"要死。苏教授感到死亡已爬上他的双腿。他大吼一声，就昏了过去。

他做梦，梦见自己亲手埋掉了双腿，然后又搬来一块大石头，压在泥土上面，那双腿好像永远不会跑回来了。而他的双腰，再也不觉得累赘了。

苏教授是被邻居掐人中时弄醒的。他带着微弱的气息对他们说，他已经尝到生不如死的滋味，现在只求速死。

苏教授写了一份退休报告，一份遗书。

偶尔会有人来探望苏教授，有时是邻居，有时是同事或学生。他们看了，叹叹气，摇摇头，说些安慰的话，然后走掉。夜晚，砸烂的门窗仍旧敞开着，吹来无拘束的风。小偷肯定不会来光顾了。这屋子，差不多已变成废墟，没有一件是完整的。心也是破碎的。苏教授觉得自己不过是这屋子里的一块碎片。

一天，来了两名警察，他们带来了一个让苏教授吃惊的消息：他们发现，在押的犯罪嫌疑人不是苏武，而是哥哥苏文。当天下午，苏教授在两名警察的搀扶下来到看守所，见到了大儿子苏文。

根据苏文的讲述，那天深夜他接了电话之后就偷偷跑出去跟苏武见了一面。在昏暗的灯光下，苏文发现弟弟面色苍白，两眼失神，说话时嘴唇一直抖个不停。因为激动，苏武的语速越来越快，快得中间没有停顿一下；他的语气是连贯的，但上一句与下一句之间似乎没有必然的关联。苏文从他混乱的表达中弄明白：弟弟又出事了，而且这件事非同小可。

两个钟头前，苏武约"温州佬"出来，他们在九宫街泰和茶馆里谈了很长时间。苏武执意要向他讨回那五万块钱，理由是在剁"川耗子"之前，他已付过一万块钱。"温州佬"说，这不行，钱已给了我的小兄弟，不能要回。苏武说，我已找过他，他说你们已分了这笔钱，你六成，他四成。"温州佬"说，你说这话就太没良心了，那日我念在苏教授当年的救命之恩，帮你们代付了剩下的五万块钱，你小子倒好，把好心当成驴肝肺，居然还有脸找我要回这笔钱。苏武说，这便宜话都让你给说了，谁不知道，你跟"川耗子"已串通一气，那剩下的五万块钱根本就是做幌子骗骗我老牌而已。"温州佬"摊开双手说，我就是得了六成钱，也会分给其他弟兄，你不信，就去找他们问问。苏武说，我谁也不去找，我今天就是要找你讨回。"温州佬"拍响桌子说，钱我不会给，要命只管来取，我奉陪到底。苏武举起拳头，猛地向桌子砸去。"温州佬"霍然立起之后，脑袋突然一歪，栽倒在地，鼻孔里喷涌出一股鲜血。苏武上前探他鼻息，发现他已经没有呼吸了。这个以硬扎闻名的江湖人物，竟然就这样莫名其妙地死掉了。苏武吓了一跳，弄不明白是怎么一回事。他不敢在包厢里久留，拔腿就溜了出来。

苏武说完这件事，已是泪流满面。苏文安慰他说，"温州佬"也许是气急攻心，脑溢血猝然发作而死的。苏武说，不管怎样，"温州佬"一死，他的弟兄们决计不会饶过我，他们一定会过来把我剁成肉浆。苏文说，与其这样，你还不如到派出所投案自首。苏武说，我可能要坐几年牢。苏文说，没事的，没事的，坐了几年牢出来后你还只有二十多岁，就当作是当了几年兵。

苏武沉思了一会儿，又心事重重地说，有一件事我还放心不下。苏文说，你只管说吧，我照办。苏武说，仇洁已经怀孕了。苏文问，几个月？苏武说，已经三个多月了，但如果她听说我要坐牢，说不准会把胎儿偷偷做掉。所以，你一定要替我好好劝她，以后还要好好照看她。苏武抽了一口烟，吐了一口长长的气，说，再过六个多月，我就要做爸爸了，我不想因为自己毁了一条无辜的小生命。

苏文觉得，苏武从未这么严肃地对待过一件事。他也很想马上为弟弟做点什么，却不知道从何着手。他们都没吭气，并排坐在马路边的废墟堆上，抬头仰望着星空。小时候，哥儿俩也常常坐在星空下，想一些天马行空的事，说一些不着边际的话。苏武的目光从遥远的地方拉了回来，对苏文说，你知道我此刻最想念的人是谁？苏文说，仇洁，还有她肚子里的孩子。苏武说，不，是妈妈。一提起母亲，苏文的眼角也有些润湿了。苏文咬了咬牙，在那一瞬间下了一个决定，他说，不如这样，明天我冒充你，去派出所自首。苏武紧紧抓住他的手说，你真是一个好人，我为自己有这样一个好兄弟感到幸运。苏文说，这只是权宜之计，等你孩子出生，再过来替换我。苏文和苏武击掌立誓之后，就开始讨论一些细节问题，比如如何隐瞒父亲和苏武的未婚妻，如何蒙混公检法等等。

翌日清晨，苏文以苏武的名义到派出所投案自首。给苏文做口供笔录的，是一个实习生。这名实习生常常会对一些无关紧要的细节详加盘问，却忽略了一些关键的地方。苏文平时不擅撒谎，刚开始，脸皮绷得紧紧的。但他说着说着，身体就逐渐放松了，语气也由把握不定变为确定：是的。不是的。有。没有。是这样。不是这样。

实习生的态度趋于温和，苏文也越发镇定自若；他还多次打断对方那种琐碎的、逾越事件范围的盘问，目的是缩短谈话时间，以免露出破绽。后来他似乎有些倦于回答，说话的节奏缓慢下来，有些问题只是泛泛而谈，或者只是点点头算是交代过去。做完笔录，实习生对苏文说，苏武，请你伸出拇指。苏文伸出拇指，在印泥上蘸了一下，然后就在那张纸上摁下了指印。

然而，据警察后来透露，给苏文做笔录的那个实习生后来经医生鉴定，患有精神分裂症（据说是失恋引发的）。局里的领导因此决定，把所有经他审讯的犯罪嫌疑人重新进行提审。结果他们发现苏文的口供与事实有出入。

那么，苏武呢？苏教授从看守所出来，面带惊愕地问警察。

我们正要问你呢，那名警察正色说，如果找不到苏武，苏文也不能释放。况且，苏文包庇犯罪嫌疑人，少说也要判三四个月的徒刑。

苏教授倚墙站立着，向两名警察保证说，他就是把两条腿走烂掉，也要找出那个浑蛋儿子。

从那天起，苏教授决定去"杏林斋"继续做复位牵引治疗。他必须尽快让腰骨复位，他必须尽快去找苏武。苏教授除了每天做长达三小时的牵引治疗，还坚持做一些局部的肌肉伸缩动作。还拔火罐，吃中药，一副很要命的样子。苏教授的腰恢复得很快，让"杏林斋"的老中医见了都有些吃惊。起初，使苏教授倒下的是腰部的疼痛，现在使他站起来的也是腰部的疼痛。这种明确的、切身的疼痛在不断提醒他：他还活着，尚有知觉。几天后，苏教授就可以直着腰行走了，但他必须走上一小段路再歇上一会儿。

漫无目的地寻找对苏教授来说是一种折磨。苏教授显然明白，一个人不能在有限的时间内走完无限的路。这样走下去只能徒耗精力和时间，不是个办法。他寻找苏武的方法有了改变，打算从苏武的女友仇洁那里下手。他曾听苏武介绍过，仇洁是超市的营业员。那么，他就从这一带的超市开始打听。他带着一瓶矿泉水走访了一家又一家超市，消消停停不知走了多少路，才打听到了仇洁其人。一名店员告诉他，仇洁已经回老家了。苏教授费了不少口舌又从另一名店员口中打听到仇洁老家的住址。让他犯难的是，这个住址也很模糊。

苏教授找到苏武已是两个月以后的事了。

那天清晨，苏教授踏进浙南腹地一个偏僻的山村，地方小，地图上根本没有标注。苏教授在日记上这样写道：那是一个没有名字的村子，人迹罕至，鸟不拉屎，志乘不载……在寻找苏武的旅途中，苏教授居然也像旅行家那样记下了一路上的风土人情。苏教授所说的那个"没有名字的村子"其实就是仇洁的老家，那儿有花有草，还有一条明净的河流。灰白的天空下，风物幽寂，一切都像是刚刚被雨水清洗过的。

苏武叼着烟，站在楼梯的通风处。他看着父亲走近，表情淡漠。

苏教授的脸涨得通红。他忍住愤怒，像憋住一泡尿。他拽住苏武的袖子使劲往外拉，说，你得马上跟我走。苏武说，到哪儿去？苏教授说，你不要明知故问。苏武说，我现在死也不能走开。苏教授说，你非走不可，你不走我就死在这儿给你看。苏武说，你别用死来吓唬我，四个月以后，我一定会回去投案自首。苏教授说，你害惨了哥哥，良心上过得去么？你自己的事有种的就自己扛着，别拖累别人。苏武说，这是我们哥儿俩的事，与你无关。苏教授说，你这狗屎，还有脸面谈论手足之情？我可以不要你这儿子，但我不能没有苏文，我还要靠他养老呢。苏教授说着，又使劲把苏武往外拽。"刺啦"一声，苏武的袖子断了，苏教授的重心后挫，身子往后仰了仰，他想抓住什么，却抓了个空。他顺着楼梯翻滚下来，在中间的平台上顿住，头磕在墙角，发出"砰"的一声巨响，随后就有一绺鲜血从后脑勺流出。苏武跑下来，跪在地上，抱住苏教授的头说，爸，你不要死，求求你不要死。苏教授冷笑着说，你放心，我不会这么轻易就死掉，我要坚持到苏文释放出来那一天，我会撑住，我不会死。

　　这时，仇洁从屋子里跑出来，惊讶地望着眼前出现的情景。苏教授看到仇洁腆着一个大肚子，一下子就明白苏武不肯回去的缘由了。他带着一股平静的愤怒对苏武说，我不走了，我要留下来。苏教授说着脱下那双过紧的旅行鞋，鞋底已磨平，散发出一股刺鼻的热胶味与汗臭味。他附在苏武耳边轻声说，你说好四个月后去自首，我就在这儿待四个月，我不走了。他又对仇洁重复了一遍，我不走了。他这样说着，转身悄悄抹掉了眼角的泪水。一个人活了大半辈子，还没把自己安顿好，说起来难免有些伤感。

苏教授果然就在仇洁家住了下来。一家三口的生活，外人看上去似乎也挺美满。苏教授曾无数次在梦想中描绘过这样的田舍美景：几间朴素的平房，依山傍水，每一个芳邻贤里都与他相隔七八亩地的距离；屋子的前门是一座宁静的庭院，种植着小花小草；后门是一畦菜地，四季常绿。然而，当这番美景真的扑入眼底，他的内心却涌起了一股莫名的忧伤。在这里，他觉得片刻的享受似乎都是一种罪过。苏教授买了两本日历，一本挂在苏武门口，一本挂在自己门口。乡间的日子过起来总是很漫长的。

由于头颅受伤，血块压迫着神经，苏教授有时会在夜间起来梦游；而白天常会犯头痛，好像腰间的疼痛上升到头部了。苏教授后来细细想了想，觉得自己身上其实也隐藏着一些迁延不愈的疾病，只是平时满不在乎，所以就像没生病似的。近段时间，他经常便血，患的应该是肠道方面的疾病；到了秋季，又开始咳嗽，患的应该是慢性哮喘病，这病与久坐带来的前列腺炎几乎是同时出现的，多年来一直折磨着他的身体；至于前一阵子出现的腰椎间盘突出，老中医说，很大程度上是与肾有关，也就是说，他的肾功能早已出现问题而他却不自知。这些疾病，一部分已引爆，一部分还隐伏着，不动声色。但苏教授相信自己不会这么轻易就被疾病撂倒。他每天绝早起来，站在一块高地上，双手叉腰，目空一切，仿佛他就是大地上唯一一个与太阳一同上升的人。除了吸收所谓的"天地之气"，他每天坚持早晚散步两公里，梳头两百次，保持充足的睡眠，吃新鲜的蔬果。通过实践，苏教授还发明了一种"养生三七分法"，所谓"三七分"，就是吃饭要留三分饿，吃七分饱；吃菜要讲究三分咸、七分淡；外出要做到三分坐车，七分行走。诸如此类的"三七分法"后来居然运用到了自己的发型上。此外，他虽然混迹农民的队伍，却从未干过重活，从未提过十公斤以上的重物。他要省下身上仅有的三分力气，支撑到苏武的孩子出生那一天，支撑到苏文出狱那一天。如果可能，他还要支撑更长久一些。

突然尿不出来，苏教授到底撑不住，有些急了。上医院做了检查，出来的结果是前列腺增生。苏教授问，这病可以根除？医生摇了摇头说，只能控制，但效果不明显。以后病情还会有反复，可能会伴随终生，所以你要做好打持久战的准备。这话说得苏教授心都凉了半截。医生问苏教授从事什么工作，苏教授说，我是大学教授，除了教书，就是写书。医生说，你的病归根结底，是坐出来的。医生见后头也没有接诊的病人，就跟苏教授聊起了有关前列腺的知识。医生说，历史上，只有去了势的太监不会患这种病，行过割礼的犹太人也极少患这种病，还有一种人，比如铁匠，打铁时下面的小锤子随着大锤子晃动，血气运行良好，因此也少见患这种病，最常患的，就是那种久坐不起的人。听到这话，苏教授不自觉地站了起来。

医生给苏教授做了疏通尿道的治疗，开了几盒中西药。治疗很快就起作用，苏教授上了一趟厕所，痛快淋漓地撒了一泡尿。但治疗费很贵，几乎花去了口袋里所有的钱。苏教授曾经为别人的一泡尿付出了惨痛的代价，现在还要继续为自己的一泡尿付出代价。这让他心里十分窝火。因此，他没有去窗口交费取药，就径直回家了。一路上，苏教授对自己说，我以后不会再进这座臭狗屎的医院了。

近段时间在苏教授身上冒出来的疾病显然还不止一端，有几种病几乎是齐头并进的。苏教授暗自估摸了一下，有些病是慢慢出来的，有些病是一时间急出来的。急出来的病，在医学上称为"心理症状的躯体化表现"。早些时候，苏教授是很注重身体的细微变化的，他会像一个机关传达室的老伯那样，把那些来历不明的病当作访客，一一询问，查明身份。而现在，他已经不以为意，听之任之，仿佛身体已经不是他自己的了。

苏教授第二次进这座县城小医院，是因为仇洁终于要生孩子了。当产房里飞出婴儿的第一声啼哭，苏教授和苏武都泪流满面。苏武迫不及待地冲进产房，抱着孩子对站在门外的苏教授说，爸，孩子是带把的，咱们苏家有后了。苏教授听得没错，这回，苏武第一次喊他一声爸。苏教授很高兴，从孩子出生第一天，苏武就给他树立了一个好榜样。

没过多久，产房里就变得平静了。苏教授听到仇洁哇的一声哭起来，然后是一片压抑的呜呜声，然后是时断时续的哽咽。那时，苏教授突然觉得自己很累很累，他的腰有些支撑不住了。他扶着墙，在产房门外的椅子上坐了下来。坐定之后，他感到头部像被凿开一样疼痛。正如快乐会让身体舒展，疼痛会让身体慢慢收缩。苏教授双手抱着头，蜷缩在椅子上。他的脚尖顶住水泥地，似乎生怕自己的身体会从椅子上滑下来，两条小腿在坚持中不停地战栗着。

出生不久的婴儿天真未凿，没有多大差异；到了老年，目昏耳聋，也没有多大差异；只有中间那段漫长的年龄，人与人之间的差异是最大的……苏教授在闭上眼睛之前，为这个想法激动了半天。

二〇〇二年秋

在肉上

一

冯国平从军校毕业后，曾经胸怀大志。但一直背运不断，逆多顺少。从此死心了，老实了，也安于过小日子了。父亲退休后，他就继承父业进了肉联厂。苜蓿街上的人都知道，冯国平的父亲当年就是凭借杀猪的精湛技艺获得县级劳模的奖章，但父亲的杀猪刀并没有传给儿子。我不拿刀，冯国平进厂时就说，我下不了这个手。因此，厂里就安排他给猪肉盖印。冯国平再怎么清高，也得每天待在肉联厂里跟猪打交道。自觉落魄江湖，与猪为伍，谈不上有缘，也未始无因。有一阵子，冯国平情绪很低落，他跟好友李固、王强说，林晨夕极力反对他进肉联厂，每隔几天就给他打一个电话，要他立即做出决定：要么选择猪，要么选择她。显然，在猪与林晨夕之间他是不需要做出艰难选择的。冯国平再蠢，也不会站在猪这一边。他之所以迟迟没有做出回复，是试图通过时间的延缓来消除林晨夕对他这份职业的恶感。事实上，冯国平在肉联厂不仅没杀过一头猪，甚至连杀猪刀都没摸过。对他来说，每天给猪肉盖一个印章，是一桩既清爽又轻松的活儿。薪水虽然不算优渥，但闲暇时间颇多。大部分时间，他都用来上网玩游戏。每天下班，冯国平都要在单位的浴室里冲个澡，换上一身清爽的外衣（有时还会系上一条色彩鲜艳的领带）。尽管如此，林晨夕还是感觉他身上有一股猪下水的气味。为了表示对冯国平本人及其职业的鄙视，她整整一个月坚决不吃一口猪肉。

冯国平还没进肉联厂之前就跟林晨夕谈恋爱了。李固和王强常常能从他的床单上闻到餐布的气味。因此，他们就拿床单开起玩笑来。这不奇怪，冯国平说，因为我们经常在床上用餐。那么，李固问，你这张餐桌是用来做什么？冯国平露出一脸坏笑说，餐桌是用来做爱的。可以想象，当他们爬上餐桌，四腿交织，把身体的全部重量交给桌子的四条腿来承受，那会是怎样一桩疯狂之举？所以，冯国平留他们吃饭时，他们都断然拒绝了。

林晨夕知道冯国平进了肉联厂之后，就再也没有让冯国平碰自己的身体了。眼看着林晨夕给出的期限已经到了，冯国平不得不硬着头皮去林家一趟。进了门，林晨夕就故意把他晾在客厅，不让他进房间。林家住的是别墅，内部空间阔大，一个人置身于客厅尤显孤单、冷清。冯国平之前来过林家好几回，但还是感觉不自在。西式风格的装修带有一种冰冷的高贵气质，屋内的陈设有来自法国的、荷兰的、意大利的，就连茶几上那一小块樱桃木饰片据说都是来自美国密歇根州的格林堡小镇。听林晨夕说，父母为了能摆下几件巴洛克风格的名贵家具，特地买了这么一栋与之配套的豪宅，其出手阔气可见一斑。林晨夕的父母都在国外做工艺品批发生意，一年间也难得回来几趟。林晨夕已找到一份称心的工作，不愿意随父母出国打工；再说，弟弟还没念完高中，姐弟俩留在家里互相有个照应也好。但林晨夕跟冯国平说不到一块时，就会横眉竖目说，我要出国，去纽约，你可以继续跟那些蠢猪打一辈子交道。冯国平明知这是气头上的话，但心头还是不由自主地吃紧。比如这一次，林晨夕喊他过来，又冷不丁地奚落他，分明是有意给他难堪。眼看天色渐黑，她也没主动出来吱一声的意思。冯国平仍然雷打不动地坐在客厅里，把玩着手机游戏。林晨夕的弟弟放学回家，见他一副受冷落的样子，就多叫了一份外卖。饭罢，冯国平嘴一抹，依旧坐在那里玩手机游戏。林晨夕的弟弟见他无聊，就跟他下起了围棋。二人手谈至深夜，都不愿意罢手。林晨夕"砰"地一下打开房门，带着命令的口吻嚷道，冯国平，你给我进来。但冯国平捏着一颗棋子，目露凶光说，我还要再杀一盘。林晨夕听到"杀"字，突然感到有点不太愉快，似乎闻到了他那手指上的猪血味，手在门把手上转了一下，面带愠色说，我要关门了。冯国平带着一副恋恋不舍的痴迷模样，撂下棋子，不紧不慢地走进林晨夕的房间。关上门后，冯国平迫不及待地把手伸进林晨夕的睡衣，捏了几把。林晨夕打了一下他的手说，把你的爪子洗干净了再来碰我。冯国平进浴室洗漱之后，就猫着腰爬到床上。他的舌头从林晨夕的肩胛窝一直舔到大腿窝上的那个胎记。忽然抬头，露出讨好的笑容说，这胎记长得真好看，像一只蝴蝶。林晨夕被他舔得浑身酥痒，就喃喃地问，为什么每个人都有胎记？冯国平说，听我妈讲，每个人前世所受的伤在哪里，今生的胎记就会长在哪里。林晨夕半开玩笑半认真说，按照你妈的说法，胎记就是投胎之前阎王所盖的印章，就像你给猪盖印一样。冯国平说，上床之后，我们不谈工作好吗？他想继续深入抚摸她时，林晨夕忽然打开他的手问，你想好了没有？冯国平说，这事我还没有跟我家里人提起。林晨夕说，你像猪一样，只会吃，不会动脑子。冯国平说，如果一头猪既会吃，又会动脑子，也许会像你一样。林晨夕二话没说，就把冯国平从床上一脚踹到了地上。

冯国平从地上爬起来后就变得老实了。他坐到书桌前，打了一份辞职报告。那一晚，林晨夕再次把身体交给了冯国平。冯国平显得像一个三天没进饭的饿汉，而林晨夕却没有完全放开手脚，爱是热的，性是冷的，冷中掺和了密致的热，热中又暗藏着一缕疏淡的冷。冯国平在举手投足间可以感觉到她身上流露的那一股情绪，但他依然表现出一种认真劲，做得很绵实，很到位，让林晨夕觉得无可挑剔。

一个月后，他们就跟赶集似的在十月一日那个所谓的好日子里结了婚。林晨夕的父母和姑妈一家人都从国外赶回来参加他们的婚礼。在婚礼现场，当父亲牵着林晨夕的手穿过红地毯，走到台前，林晨夕看到冯国平的父亲，一个粗壮的老屠夫正坐在前排，嘴角咧开，露出一口被烟熏黑的牙齿。在那一瞬间，她感觉自己像一只被人卖到屠宰场的绵羊。父亲把她交到新郎手中之后，她的另一只手还紧紧地拉着父亲的手不放。父亲似乎也感觉到了女儿心中那缕依依不舍之情，他走到新郎面前，拍着他的肩膀语重心长地说，我现在把女儿交到你手里了。婚礼过后第二天，林晨夕的父母就急匆匆地坐着飞机回到纽约，结婚仪式对他们来说仿佛就是一次交接仪式。

新婚之初，冯国平和林晨夕还没有张罗过柴米油盐，他们躺在床上，吃着方便面，望着窗外的白云，心里是一团翻滚的欲望。

人们都说冯国平交了一个好运，居然攀上了一户有背景的人家。车子、房子都是女方的父母早就预备好了的，他不需要出什么钱。即便连家具也都是现成的。结婚之后，他们的生活有了一点点变化：林晨夕开始吃猪肉，而冯国平开始找新工作。但冯国平去找工作是装模作样的，他心底里还有闲气。工作没了，是林晨夕一手造成的，他要在家待上一年半载，让林晨夕看着心烦。因此，无事一身轻的冯国平每天除了在家烧饭、洗碗、上网，就是开车去接林晨夕下班。单位里的同事问林晨夕，你先生是做什么的？林晨夕不假思索地回答，他是诗人。

又过了一个月。冯国平跟李固和王强谈起自己的婚姻生活时总是面带沮丧。他们之间的第一次争吵是在结婚后第四个礼拜发生的。事情的起因是墙上的那条裂缝。住新居不久就发现墙上有一条裂缝，这多少让人有点不太愉快，林晨夕让冯国平去查找原因。结果，冯国平发现隔壁那堵墙也有相同的裂缝。他们向物业公司反映此事，物业公司派人做了检测，认定责任不在己方，而是楼下的户主新近在楼顶上造了一个蓄水池之后人为造成的。物业公司跟那家户主交涉过两回，但都无疾而终。林晨夕急了，让冯国平亲自找楼下的户主讨个说法，他就硬着头皮过去了。他先是向楼下的住户做了详细的分析：墙壁上方的裂缝开裂的程度要比下方深，这说明压力是由上而下的；何况这堵墙上方没有横梁，根本无法承受蓄水池的重压。他的意思是让楼下的户主把蓄水池搬开。而楼下的户主反驳说，他家的墙壁也有裂缝，并且建议他把楼上的家具统统搬掉。那人说话时把汗衫的袖子卷到肩部，故意露出发达的肱二头肌。冯国平只好忍气吞声地退了回去。林晨夕骂他是软蛋，再壮的猪都见过了，还怕一个肌肉发达的家伙不成？为这事，他们吵开了。可争吵终归是无济于事的，那些裂缝就像皱纹，总是在人们不经意间一点点扩展开来。那条宽度一毫米的裂纹后来变成两毫米，与别的裂缝交织在一起，形成繁复的几何图形；最长的一条裂缝大约有两米多长，由粗到细，呈不规则曲线，一直延伸到地脚线；还有的裂纹暂时隐而不显，但天长日久，它们也将慢慢呈现出来。冯国平与林晨夕之间的裂缝也是这样慢慢呈现出来的。

只有冯国平深知林晨夕的坏脾气。在单位里，林晨夕显露的是另外一副温柔可人的面孔。单位里的同事碰到冯国平总会带着艳羡的口吻，说他真有福气，娶了这么一个温柔漂亮的太太。林晨夕下班回家后，也不知怎的就把笑容收敛起来。从她紧皱的眉头来判断，她最近在单位里似乎碰到了什么不太顺心的事。若是从前，冯国平满可以通过身体的安抚一点点消除她内心的紧张和不安。但现在，这种方法已经不能奏效了。有那么一回，林晨夕一回到家，就气咻咻地躺在沙发上，让冯国平过来给她捶捶小腿。捶着捶着，冯国平的手就滑入她的敏感部位。林晨夕一直觉得冯国平是一个欲望特别强烈的男人。她曾经开玩笑说，他虽然不干那一行了，但他身上依然保留着一头种猪的优良传统。林晨夕不明白冯国平为什么会在这方面特别馋。也许是他身上的力比多比别人多，也许呢，是他要借此补偿心底里那一点自卑感。冯国平急着要去找什么物什时，林晨夕突然坐起来，让他去做晚饭。冯国平也提出了一个交换条件：他去做晚饭，而她得去楼下计生用品店买一盒"小雨帽"。林晨夕仍然懒洋洋地躺在那里，继续看她的电视。冯国平做好了饭，转到客厅，问她是否买了"小雨帽"。林晨夕闷闷不乐地对他说，你想要，自己去买得了。冯国平拿眼睛瞪她，她就把手中的遥控器重重地甩在桌子上。在这方面，她也不再像以前那样以委婉的方式拒绝他的请求，而是开始学会用冰冷的眼神、一些硬邦邦的话来拒绝他。他了解她的性格：倘若有人伤害到她的皮肉，她的皮肉底下就会出现反抗的力量；倘若伤害到她的筋骨，她的骨子里头就会出现反抗的力量；倘若伤害到她内心，她的内心就会出现反抗的力量。这是一个机关公务员在一个小县衙里培养出来的骄悍习气。很长时间，他们之间都不大说话。房事频率也明显减少了。以前他觉得做爱是一件妙不可言的体力活：男人把身上的汗流在女人身上，女人把身上的汗流在男人身上，流完了之后，内心就会像一片雨霁的天空。可现在，他们之间的身体只是微微流汗，尽管如此，林晨夕还是嫌他汗味太重，不允许他事后贴着自己睡。

你应该去找一份工作了。有一天早上，林晨夕醒来后没头没脑地咕哝了一句。当初是林晨夕逼着他辞职，现在又是她催促他去找工作。冯国平在家休息了半年之久，静极思动，早就打算去找一份工作了。但被林晨夕催急了，他反倒摆出一副慵懒的模样说，我不想找工作了。冯国平不是不想找工作，而是不愿意在这方面听命于林晨夕。这样会显得他很没面子。

　　冯国平的父亲从单位里了解到儿子的情况之后，也很为他担忧。林晨夕去上班之后，老冯就找了过来。他像一位饶舌的散文家那样，不厌其烦地跟儿子谈论四十年来的杀猪心得，其间还引用了庖丁解牛、轮扁斫轮之类的典故。老冯在单位里有一个绰号，叫"一刀仙"，传说他的刀法十分了得，一刀下去，猪连怎么死的都不晓得。老冯对儿子说，猪不是我们的仇敌，杀猪时不能带杀气，给猪来一刀痛快的，也是阴功积德。老冯还说，不要以为跟猪在一起就觉着掉身份，在佛祖眼里，人与猪都是平等的。坐在他眼前的老人，有过一段辉煌的屠宰史。但现在，他戴着一副老花镜，不握刀，面目平和。父亲跟他谈了一个下午，兼叙兼议，句句在理，仿佛出自智者之口，让冯国平在那一瞬间突然产生了回到肉联厂的冲动。

　　有一天傍晚，冯国平从外头转了一圈回来，兴冲冲地告诉林晨夕，他已经找到了一份工作，每天只需要上早班，其余时间都是空闲的。林晨夕没好声气地说，什么工作要这么早出来？难道是去菜市场做菜贩子不成？冯国平撇了撇嘴说，你这张嘴就是不饶人。林晨夕意识到自己说话尖刻，就带着讨好的笑容再问了一遍。冯国平做了一个射击的动作说，实话告诉你吧，我已经报名参加机场驱鸟队，下午刚刚收到了录用通知书。事实上，冯国平并没有在机场驱鸟队谋得职位，而是回到了原来的肉联厂。见到了老板，也难免要装出一副低声下气的样子。老板看在老冯的分上，答应他可以回来工作。但老板接着告诉他，原来的岗位已经有人顶替了，现在他只能委曲求全，暂且在屠宰场工作一两个月，以后有合适的职位再做调派。冯国平面带难色说，你的意思是让我做杀猪匠？老板说，在我们这里不叫杀猪匠，而是叫专业技术人员。你要像你父亲那样，干一行爱一行，做一个优秀的专业技术人员。冯国平自觉无路可走，也只好将就了。按照行规，杀猪是要早起的，因为怕林晨夕见疑，他就撒了个谎，称自己在机场驱鸟队工作。谁都知道，这工作有点特殊，他们每天得起个大早，拿着鸟枪驱赶那些随时进入飞行禁区的鸟儿。林晨夕也没有异议，只是淡淡地说了一句：驱鸟队的工作虽然辛苦，总比在肉联厂好。更何况，拿枪的，总比拿杀猪刀好。

冯国平跑了一大圈，还是绕回到原来的地方：面对的，照例是烟灰色的平房，病黄色的黄泥路，绿哀哀的行道树，还有一些从猪舍里飞扑出来的小青虫。这叫什么？他对自己说，这叫宿命。上班第一天，他没有直接操刀。周师傅教他如何使用一种心脑麻电机将猪击晕，他试了几次，都不成。周师傅接过他手中的麻电机，一口气击昏了四五头猪。杀猪放血的时候，冯国平就待在一边看着。周师傅说，我的手艺活当初是你父亲教出来的，现在我们厂里虽然改用现代屠宰流水线了，但一些传统的杀猪方法还能用得上，你父亲常常告诉我们如何做到人道宰猪，其中刺杀放血就是关键，放血放得好，猪就死得痛快，猪死得好，肉色也就更好看一些。周师傅又是一口气放掉好几头猪的血，剩下最后一头，就让冯国平上前试一试刀。冯国平抡刀已见杀气，竟无一点乃父之风。周师傅见了，直摇头说，给猪放血要心平气和，眼睛里不能露出凶光。说话之间，他接过冯国平手中的刀，将一头肉猪的血放干净了。冯国平试了几回，还是不敢下手。周师傅也没有让他再操刀，只是吩咐

210
211

他打些下手。

老冯得知儿子又回到了肉联厂，很是高兴。周末，林晨夕外出的时候，老冯用报纸裹了一把杀猪刀过来，向儿子传授刀法，还深入细致地讲解猪的肌肉组织、脂肪组织以及附着其间的结缔组织、微量神经和血管等等，让冯国平不得不感叹，杀猪原来还是一门大学问。谈话的间歇，老冯总要提起自己当年如何风光的事来。冯国平知道，父亲当年被评为"劳动模范"并非完全因为杀猪技术高超，更多是因为他在一份农业杂志上发表了一篇千余字的杀猪心得。这篇豆腐块文章竟抵得上他数十年杀猪的苦劳。老冯在儿子面前讲得唾沫横飞，冯国平却一点也打不起精神。林晨夕从外面回来后，老冯就收起杀猪刀，一声不吭地走了。林晨夕问冯国平，你爸绷着一张脸找你做什么？是不是又要你回那破单位重操旧业？冯国平轻轻地哼了一声，倒头就睡。

冯国平的工作忙如骤雨，闲如浮云。忙完之后，除了到单位宿舍睡一个回笼觉，他不知道自己该如何打发这一天的漫长时光。每天磨到了下班时间，他就在宿舍里冲个热水澡，以免把林晨夕所说的"猪下水的气味"带回家。有一回，林晨夕在他衣服上发现几根猪毛，就问他，你今天去了哪儿？冯国平说，机场附近有一头猪迷失了方向，竟闯进了机场的禁区，我把它轰了出去。像这样的巧妙解释，自然没有引起林晨夕的猜疑。

林晨夕所在的那个单位出了点事。这事说起来有点复杂。冯国平没有向林晨夕询及此事。他们之间好像有过什么约法三章，凡是单位里的烦心事很少在吃饭时或睡觉前互相告语。出事的消息是冯国平从报纸上看到的。后来上网一看，发现此事已经在国内外各大媒体不胫而走，连美国的《纽约时报》都做了大篇幅报道，可见动静闹得很大。消息的大致内容是说前天上午七点二十分（适值大雾天气），一辆校车经过一面巨幅违章广告牌的拐角时，看到一辆水泥搅拌车侧翻，急忙打转方向，结果与岔道上逆向驶来的一辆殡仪馆专用车相撞，导致校车上的学生（大部分是农民工的孩子）二十七死十九伤。殡仪馆专用车的司机也在送往医院的途中死亡，唯一的一名乘客本身就是死者，故而没有列入死亡名单。这事发生以后，政府官员火速赶赴现场，但没有一个部门愿意出来检讨社会责任。校方把责任推给指定校车分派的交通局，交通局把责任推给没有及时拆迁违章广告牌的城管部门，城管部门又把责任推给殡仪馆，殡仪馆又把责任推给教育局，教育局领导又出来狠批校长。校长被前来闹事的遗属逼急了，扬言要以跳楼谢罪。第二天，市长出来发话了，认为发生这类事故，每个部门都难辞其咎。一件事出来，大有让各部门陪绑的意思。话说回来，每个部门都有责任，也就等于是说每个部门都可以不必承担主体责任。循旧例，像这种事故的处理方式通常是曝光、怒斥、追责、补过。但自从《纽约时报》借中美政要互访之机把校车事故的内幕捅出来之后，这问题在无形之中就放大了。林晨夕的父母在纽约做生意，第一时间看到这条消息，很快就把报纸内容拍成照片发过来。林晨夕把报纸内容翻译成中文交给局长看时，局长说，既然我们这个部门也被搅了进去，就得想法子摆平。美国那边的事，就让林晨夕托人去打理，看是否能变坏事为好事，做个正面的后续报道，最好是让局长也在《纽约时报》上露个脸说几句义正词严的话。

这些天，林晨夕比往常更忙碌了。除了白天配合调查组深入调查校车事故，晚上还要陪同领导吃饭。局长曾向她做过口头承诺：如果这件事完成得出色，下一步就打算提拔她担任副科长一职。显然，这件事打理起来比想象中还要棘手，林晨夕原本只想敷衍了事，经局长一说，干劲就上来了，在饭局上也慢慢地显露出喝酒的底子来。饮过几杯，她的脸上通常会浮荡起一层红润的光晕，在灯光的映照下，益发显得娇俏。再加上她在酒桌上能做到揖深圆、拜恭敬，领导们自然都很欢喜。林晨夕被捧为酒桌上的红人之后，应酬也就多了起来，隔三岔五，她都是带着一身酒气回家。直到有一天，她浴罢出来用毛巾拭擦身体时，冯国平才发现，她比从前胖了许多，坐下后可以看到脂肪在她臀部形成了蝴蝶的形状。冯国平摁了一下臀部的肥肉说，看猪肉好不好，指压凹陷后立即弹回就知道了。你身上的皮肉弹性越来越小，当心把自己真的吃成一头母猪。林晨夕把毛巾一甩，站起来说，冯国平，你在肉联厂工作的时候从来不会提一个"猪"字，现在你不干这活儿了就常常拿猪来做比喻，你这是什么意思？冯国平立刻闭上嘴巴，转头睡去了。

林晨夕的腿比结婚前粗了一圈，冯国平不无忧虑地对李固说。他说父亲在一篇文章中谈猪时曾引用过庄子的理论。庄子说，看猪的肥瘦要看猪腿的下部，愈是往下看，愈能看出肥瘦来，因为猪腿跟其他部位相比最难长膘；若是看到猪腿下部骨丰肉满，此猪必肥。所以，冯国平说，庄子以为，"道"就在卑贱之处。从卑贱的、别人不太经意的地方往往能发现大道来。李固知道，冯国平其实不是在跟他们说"道"，而是借此贬损林晨夕的形象。

这段时间，冯国平早出，林晨夕晚归，夫妻俩虽然睡在同一张床上，但见面时间却不多。林晨夕往往是在冯国平睡觉（晚上九点）之后下班回来；而冯国平往往是在林晨夕睡得最死的时候（凌晨四点）去上早班。也就是说，冯国平睡觉之前往往没有见到林晨夕的面孔，而林晨夕一觉醒来之后也往往没有见到冯国平的面孔。碰到双休日，他们就背对背在床上睡懒觉。醒来后，两人又面对面看了一眼，都仿佛有点久别重逢的感觉。

没过多久，冯国平的工作果然有了变动。那个给猪盖印的检验员在个人生活作风上出了问题。出问题的地点就在冷冻室。那个检验员事后做检讨说，他之所以把那个女工引诱到冷冻室，是因为外面天气太热的缘故。冷冻室没有为他准备床铺，因此他就把那个女工安放在一块还散发着肉温的白条肉上狠狠地干了一把。此事捅出之后，检验员和女工都被即刻开除。因此，那个印章又传到了冯国平手中。从此以后，冯国平的上班时间也做了相应调整，由每天上午五点改为七点半。也就是说，冯国平在上班的途中也能见到早晨的阳光了。他进门后，那些白条肉已在流水线上一排溜摆开，等着他来检验。一缕阳光从窗外投射进来，猪肉尚处生鲜状态，闪烁着一种紫红色的油光。冯国平盖印的时候，不禁想起那个检验员常说的一句话：女人嘛，不过是一堆肉。冯国平也重复了一句：女人嘛，不过是一堆肉。

那段时间，冯国平又跟李固和王强玩到了一块。三腻友号称"铁三角",坐到一起,无话不谈。喝了点酒,就开始无一例外地谈女人。李固和王强还是单身汉,谈起性来却像个老手,似乎比冯国平更有经验。事实上,李固和王强都属于好色而不淫的那一类。二人的共同爱好是收集各类色情图片和视频,紧张的工作结束之后,他们就回到个人的小世界中去,放恣于色相,耽溺于颓废。李固给冯国平推荐了一款新游戏,特地声明:仅供内部交流。下班后,冯国平没有径直回家,而是在单位宿舍里睡一个囫囵觉。醒来后,他还是不愿意回家,而是从包里掏出笔记本电脑,插上网线,戴上耳机,玩一种SM色情游戏。这种游戏由施虐者(S)与受虐者(M)组成。冯国平扮演的是S角色,在游戏中他可以像暴君一样无所不用其极:捆绑、鞭笞、滴蜡、悬吊、穿刺等等。他的手在现实与虚幻之间移动,仿佛手里握的不是鼠标,而是皮鞭。以前他觉得自己把夫妻性生活指南里面的招数都已用尽,不再感到什么新鲜和刺激了,但现在,SM游戏让他大开眼界。欲望大起来,真有点不知道如何安顿了。这时候,手里没有一点实实在在的肉质的东西,心里就觉着空虚。他看了一眼手表,估计已到了林晨夕应酬结束的时辰,便关机起身,点上一支烟,站到窗口,静观,回味,怡然自得。

一个人可以缺少性生活,但不能缺少性幻想。这种性幻想使人有别于猪。这是冯国平从游戏中得出的结论。

夜深人静,林晨夕带着一身浓重的酒气回家。推门进屋,发现门内没有冯国平的鞋子。她知道,这段时间冯国平一直跟她闹情绪，也是非要在外面折腾到深夜才回家。屋内潮热，酒气随着汗珠从皮肤底下沁出，跟衣服粘在一起，让她很不自在。于是直奔浴室，脱掉身上那件沾了酒气的裙子，继而解开内衣扣子，两坨白肉便从镜前跳脱出来。刚要转身，浴缸的布帘唰地一下拉开，猛地露出一个戴面具的裸体男人。好在林晨夕有酒壮胆，没有吓昏过去，但她还是下意识地转过身来，夺门欲出。那个戴面具的男人迅速从身后搂住她的腰，她下意识地做出一个夹紧双腿、护住胸口的动作。但那人没有在她身上动用蛮力，只是用一根手指轻轻地在她肋部挠了几下，她的双手和双腿像安装了开关似的，迅速打开了。从这个习惯性动作来判断，她就知道那人是谁了。她的身体一下子放松了，一改往日的僵硬和淡漠，转过身来，顺应了对方的抚摸。那一刻，身上的酒精轻而易举地打败了内心深处冒出的羞耻感。冯国平，你太坏了。她说着，就把舌头送进了面具上咧嘴狞笑的那个部位。冯国平一下子就含住了她的舌头。她的舌头在他嘴里蠕动的时候，他仿佛听到一个女人在他身体里喊叫。那一晚之后，冯国平与林晨夕之间的关系有了明显改善。

　　林晨夕生日的时候，冯国平送给她一盒巧克力，还有一个神秘的礼盒。这个礼盒里面究竟装着什么东西？林晨夕很好奇，急着要打开礼盒。但冯国平非要她吃过生日蛋糕后再打开。蛋糕吃过了，林晨夕打开礼盒，发现里面竟盘着两根蛇一样的绳子。展开来，一根长约五六米，另一根长约三四米。林晨夕说，送两根绳子给我做生日礼物，你这是什么意思？是不是要让我上吊？冯国平咬着她的耳朵嘀咕了几句，林晨夕的脸上顿时涌上一抹绯红。她拧着冯国平的嘴角，恶狠狠地骂了一句。她觉得，一个男人正事不干，脑子里整天冒出一些花红柳绿的想法，是一件很危险的事。冯国平，你变坏了，林晨夕拧着冯国平的耳朵说。冯国平只是捂着耳朵，笑眯眯地看着她。林晨夕洗完澡，艳退香消，露出一段肌肤的本色来。二人躺在床上，冯国平打开了笔记本电脑，让她看一部日本的色情片。片中的男女主人公都长得十分俊美，场面一点儿都不闹，只有一对男女，一根绳子，一株落英缤纷的樱花树。从头到尾，没有任何戏剧性的情节，男主人公仅仅是在女主人公身上施展一种小小的温和的暴力。看完之后，林晨夕忽然看到冯国平正手执绳子肃立床前，忍不住发出了几声干笑。她明确地告诉他，她不喜欢他以这种对待仇人的方式来表达自己的爱。但冯国平已感觉到身上的热流在汩汩涌动，脑子里浮现出一团白肉在绳子的束缚下屈曲而怒张的姿态。他越是猴急，林晨夕越是不配合。冯国平说，你要是觉得不习惯，就把自己的身体当作是别人的好了。林晨夕不说话，他就知道她已经默许自己的做法。他把手伸到她的两腿之间，渐渐地，就能感受到对方身体深处的动荡。那一刻，林晨夕忽然变得像一个青涩的少女，只是低着头，看着自己新涂的指甲。既然这根绳子如他所说的那样能给人带来奇妙的乐趣，那么，他表现出来的那种令人费解的癖好也就可以接受了。因此，她既没有说愿意，也没有断然拒绝。冯国平把绳子套住她的双手时，她没有挣扎一下。冯国平在整个捆绑过程中显得神色庄重，仿佛一名巫师要把一件精心准备好的祭品献上祭坛。绳子绑好之后，林晨夕带着近乎求饶的声调说，绳子太紧了，我感到呼吸好像要停止了。冯国平平静地告诉她，按照书上的温馨提示，一个人被捆绑后，往往会感到呼吸急促，其实这是一种性快感引发的错觉。冯国平不仅没有松绑，还给她嘴里塞上了一个嘴塞。她的身体开始扭动起来，嘴里发出呜呜声，仿佛要急着把舌头里的欲望吐出来。冯国平没有一点心慈手软的意思，他把绑好的身体从床上拖到地板上，开始变得像游戏中的S那样，带着一种温柔的粗暴扑向自己的猎物。一种被伤害的、无辜的表情，没有让他心生怜意，反倒让他变得更兴奋，动作幅度也变得更大。林晨夕似乎一下子无法适应M的角色，当肆意泛滥的欲望在两人的身体之间涌动时，她的眼中露出了那种溺水者的绝望眼神，而他像一个殉情者那样紧紧地抱住她。这场游戏结束之后，他听到她嘴里依然发出一阵呜呜的哀鸣，意识到她有点不太对劲了，就迅速解开绳子，拔掉嘴塞。林晨夕猛地坐起来，还没来得及揩掉嘴角往外直淌的口水，就给了冯国平一记响亮的耳光。

　　冯国平到底还是没有把林晨夕绑住，林晨夕外出应酬的频率比以前更高了。每晚回家，冯国平都会在她身边绕行一圈，然后抽了抽鼻子，仿佛空气中冒出了什么可疑的气味。林晨夕白了他一眼问，你这是什么意思？冯国平冷笑一声，就跳开了。有时她坐在那里看电视，身边的手机突然振动，他也会情不自禁地伸过头去偷眼一瞥，仿佛要探究视屏上的号码是否存有可疑之处，尽管他明白，自己这一瞥是不会看到什么的。这阵子，冯国平一直怀疑林晨夕跟单位里的某个男人有暧昧关系。当然，这只是怀疑，有事实与臆想相混合的成分。他把这种忧虑透露给好友李固和王强时，他们都十分热心地帮他做了认真分析。李固平日喜欢读侦探小说，分析问题的口吻有点像电视上的福尔摩斯；而王强在大学里学的是法律，习惯于在李固所做的种种推论之后加一个"但是"。也就是说，王强的观点跟李固是截然相反的：他认为林晨夕有外遇的可能性极小。他们先是用普通话进行争辩，随着话题的深入就改用外省人的方言。冯国平说，你们尽说一些让我听不懂的话，只有两种可能：要么是说我很聪明，要么是说我很蠢。李固和王强相对一笑，告诉冯国平，此事尚未被证实之前，他们愿意跟随他做一些跟踪调查。第一晚跟踪毫无结果。林晨夕从酒店出来，跟几位官员握手话别之后，就独自一人径直打的回家。冯国平坐在李固的车上，消消停停地尾随着。行道树在汽车的后视镜中卷曲，在黑暗中缓缓地消逝。他看到林晨夕下车拐进自家那个小区之后，并没有迅速跟进，而是停驻了半晌，才缓缓进入小区的停车场。不远处的树荫间透出一缕淡黄的光晕，林晨夕正手执一把鸡毛掸子打扫自己那辆车上的灰尘。冯国平知道，林晨夕有洁癖，每晚回来，头件事就是清扫车身。这是一癖。冯国平让李固熄灭车头灯，坐在车上静静地观望着。李固递给他一支烟，他叼在嘴上，没有点燃，心中那一缕明明灭灭的东西，在他眼中安静地燃烧着。

这一晚，冯国平对林晨夕说，单位要派他去省城培训一个礼拜，他已经买好了明天上午十点的火车票。临睡前，冯国平又忍不住问林晨夕，是否还要再玩一次SM游戏？林晨夕说，我们玩这种游戏就像是两头不知羞耻的畜生。冯国平说，会玩这种游戏，是人与畜生的根本性区别。你想想，一条公狗会绑住另一条母狗玩这种游戏？猫不会，猪更不会。林晨夕骂了一声"变态"就转身睡去了。但冯国平睡得并不安生，他老是跟猪拱槽似的拱着林晨夕的身体。林晨夕索性打开了身体，让他吃饱了，他也就坦然了，有时还发出满足的鼾声来。第二天醒来，冯国平把手伸了过去，从背后搂住林晨夕，说自己这回出差要熬一个礼拜，非得再来一次，林晨夕勉为其难地配合他做了一次。在闹钟的丁零声中他们完成了一次急就之欢。事后，林晨夕给他一个谈不上深情的亲吻，算是对他的出色表现表示满意。

二

冯国平出差之后，李固和王强仍然没有放弃对林晨夕的跟踪调查。他们对林晨夕的私生活表现出极大的兴趣。李固戴上了墨镜，王强穿上了一身黑衣。跟踪途中，他们动用了高科技设备，譬如望远镜、针孔摄像头、录音笔、卫星导航仪等。李固还带了弹簧刀，说是以防万一。游侠精神固然有之，但也难免偷窥癖之嫌。林晨夕的一举一动尽在他们的监视之内，好像他们要看什么，就一定要把什么看出问题来。但他们连续跟踪一天半时间，并没有发现林晨夕有什么形迹可疑之处。直到第二天晚上十点半，他们发现林晨夕独自一人从茶馆的包厢里出来，就迅速赶在服务员之前走进那个包厢。引发他们注意的，是桌子上的两杯茶和烟灰缸里的三根烟蒂。另一个人去向不明，只留下一股挥之不去的烟味。李固依此推断，冯国平与林晨夕之间已经出现了第三者。他在沙发上坐了片刻，然后站起来，告诉王强，他已经从沙发上嗅到了欲望的温热气息。王强没有说话，他把烟灰缸里的一根烟蒂捡起来，弹掉烟灰，放进了自己的口袋。李固问王强，要不要把我们的调查结果告诉国平？王强说，不急，明天再说。第二天上午，这种流于草率的推断还是被推翻了。王强打电话告诉李固，他已经向一位烟草专家咨询过，从那根烟蒂来看，抽烟者所抽的是一种名叫圣罗兰的女士烟。李固反诘，难道你没有做过这样的假设：抽烟者也有可能是林晨夕？王强说，我已经向冯国平证实过，林晨夕从来不抽烟。因此，我们可以断定，那晚跟林晨夕在一起的人应该是一位女士。

王强的判断是正确的：那晚跟林晨夕待在包厢里喝茶的人是一位《纽约时报》驻亚洲的女记者，她们所聊的话题就是校车事故（偶尔也谈到《纽约时报》的修辞风格）。但林晨夕并不知道，当她为校车事故做跟踪调查的同时，有人正在她背后偷偷下手，做一些神不知鬼不觉的跟踪调查。

这一次，林晨夕配合调查组奔波月余，总算是有了个交代。除了那个校长被免职以外，其余几家单位只是接受不痛不痒的申饬，集体免责是大家所能接受的一个结果。《纽约时报》也算是给面子，刊登了一条后续新闻，大意是说校车事故已得到妥善解决，该追责的也都追了，该补过的也都补了。局长看了虽然颇有微词，但大体上还是比较满意的。局长说，美国佬不知道中国的国情，未免少见多怪。在中国，平均每天都有一批学生死于校车事故，人家美国佬实在不必拿这事大做文章的。局长把《纽约时报》的后续新闻附在调查报告后面，具函缕述，呈送市长。这事总算撂手，林晨夕长长地松了一口气。

回到日常工作上来之后，她又开始忙着清理积欠。这段时间，局里面正在实行裁员，林晨夕工作不久，非但没有作为冗员裁掉，反而有升迁的可能性，心里不免窃喜。此后，她很想找个机会试探一下局长的口风。局长虽然没有跟林晨夕谈起提拔的事，但他看林晨夕的目光与往常有点不一样了。

临近下班时，局长把她喊到自己的办公室。林晨夕问他有什么事情要交代。局长泡了一杯茶，把鼻子探过来，嗅了嗅，做了一下深呼吸，然后笑眯眯地看着林晨夕问，你用的是什么牌子的香水？我想给女儿也买一瓶。林晨夕一时间有些局促不安，因此就随便告诉他一个香水的牌子，心下却琢磨着，局长明明只有一个儿子，从哪里又冒出一个女儿来？莫非是要给那个临时安插到本单位的情妇买的？局长好像有什么话要说，又好像有点不好意思开口。林晨夕一直等着局长向她提起升迁之事，但局长就是不开这个口。自始至终，局长的脸上都带着诡秘的微笑，这让林晨夕隐隐感觉有些不安。随着谈话的深入，局长的手变得不安分起来，有时摸摸她的头发，夸她发质好，有时又摸摸她的手，夸她的钻戒好看。林晨夕把手从局长的手里抽出来，很委婉地告诉他，现在她还有事在身，要急着去办理。局长把她送到门口，一只手握着门把手，另一只手在她那个富于肉感的臀部轻轻地拍了一下。

下午，宋科长兴冲冲地告诉几位同事，他妻子（也在同一个单位）要调往市里面工作，履新之前，宋科长请大家吃个饭。李科长没在邀请之列，但他却跟着杨书记不请自来。宋科长与李科长在局里面都属于二级领导班子成员，而宋科长的妻子跟李科长同处一个科室，是副科长。所以，这顿饭漏请李科长怎么也说不过去。见了面，李科长就开始拿话调侃宋科长夫妇。宋科长还没有让脑子腾出个转圜的余地，显得颇为尴尬，忽然瞥见妻子朝这边走来，灵机一动，立马板起面孔斥责道，我跟你说过多少遍，一定要亲自打电话邀请李科长，你怎么就给忘了？妻子也立马会意，慌忙解释说，我以为你们同处一个单位早就叫上了呢。李科长干笑一声说，没关系，等一会儿酒桌上各罚三杯就是。宋科长连连点头说，罚酒是应该的。这一切，林晨夕都看在眼里，觉得很长见识。依次入座后，服务员呈上了高档的白酒和红酒，宋科长还带来了一坛自酿的黄酒，说是喝了这种酒，能见佛光。大家谈兴浓，酒量也在不知不觉间见长了。

　　在座中，大都是科长和副科长，而林晨夕无论从职位和年龄来说都是最小的，因此只能敬陪末座。老同事要走了，但那个副科长的位置还空缺着。林晨夕想到局长的那一句承诺，心头一热，就来了酒兴。同事们殷勤劝酒，她都不加拒绝。在座的杨书记也是连连拍手称善，说自己今晚总算是见识了小林的真正酒量。悠悠忽忽间，她已喝下七八杯。酒的后劲很大，眼前的世界顿时如梦如幻如泡如影了，只是未见什么佛光。

　　末了，林晨夕已是醉态毕露：她的嘴巴动的时候，身体的其他部位竟纹丝不动；她沉默的时候，身体的其他部位便一刻未停地动着。这是她醉酒后的通常表现。醉意迷离间，她接到了一个电话，身边人声嘈杂，她说上几句就转到洗手间去。接完电话，她脑子里一片空白，怎么也想不起刚才跟自己说话的人是谁。猛抬头，看到镜中的自己犹如水中的倒影，面影模糊，在微微地晃动……

　　她醒来的时候，一缕阳光正打在脸上。她发现自己竟然躺在一辆车上，靠垫向后。她下意识地摸了摸方向盘，又扫视了一眼车内那些熟悉的饰件，才断定这辆车就是自己的。她动了一下麻木的双腿，发现内裤竟褪到了膝盖部位，裙子里面散发出一股臭鸡蛋的气味。她把手伸进裙子，在大腿根处摸到了一摊黏液，再往内伸，触摸到的是耻部的隐痛，以及身体深处的荒凉和空洞。

她知道发生了什么事。一种干呕的感觉突然涌了上来。什么也没有呕出来，心却揪得很紧。她记得自己昨晚灌了许多酒，却怎么也记不得自己后来是怎样回来的。有那么一阵子，她确乎感到有人压在她身上。恍惚间，那人似乎把一个酒瓶之类的东西塞进自己的身体，一股热乎乎的液体一下子就在体内燃烧起来。之前与之后发生的事，她什么也不记得了。

好在今天是礼拜天，她可以让自己的情绪有一个缓冲的过程。她躺在床上，把结婚以后的事梳理了一遍，总觉得这日子过得恍恍惚惚、飘散无着。近些日，她把所有的精力都投入到校车事故的调查和处理工作上，好不容易松口气，却又碰上了这档子事。一时间，内外交困，很想找个朋友实实在在地哭诉一番。她历数了一下身边的朋友，有几位交情固然不浅，但还是不能交心。当然，她也想到了冯国平，但一个男人知道自己的妻子遭人强奸之后，在内心深处会留下难以抹除的阴影。正出神时，母亲打来了越洋电话，还没等她开口，已抢先向她诉苦，说金融危机之后，美国的生意是越来越不好做了，他们寄居在姑妈家中，恐怕也不是长久之计了。父亲爱面子，宁可受洋罪，也不愿意灰溜溜地回到国内。母亲说完生意上的烦心事，又开始抱怨纽约的天气，说那边连日来都在下雨，下得没完没了。每逢阴雨天气，她的关节炎就犯了，好像这雨要下到骨缝里去，把一身老骨头泡烂掉。母亲发完一通牢骚之后，林晨夕就把电话挂了，过了一会儿，她忽然间想要跟母亲说些什么。但她犹豫再三，还是没有重新拿起电话。

有雨。雨是什么时候开始下的？她忽然想起来，入夏之后，这雨就一直没有停过。母亲似乎把厌恶雨天的情绪通过电话传染给她了。听着沙沙的雨声，她感到身上的皮肤很痒。痒是流动的。她在身上抹了点止痒剂，挠了许久，仍旧无法入睡。从小到大，她有过这样一种体验：每回感到恐惧的时候，身上的皮肤就会发痒。因此，她断定，失眠缘于皮肤发痒，而发痒缘于恐惧。

礼拜一，照常上班，但她没有再往身上喷洒香水。走进局里面，竟感觉每个进进出出的男人都长着一副强奸犯的嘴脸。碰到那晚共桌喝酒的男同事，她就拿探究的目光看着他们。他们当中有的十分纳闷地问她，你怎么啦？我是不是在什么地方得罪你啦？有的装作没看见，把脸转向一边，这使她更加疑心他们心中有鬼。她决定从这些可疑者身上开始排查。有些话她原本要说出来，到了唇边，却忘了词，就像一只手试图抓住一个圆球时却又不慎滑脱，所以，她要把这些话说出口时不得不费一点儿劲。她跟李科长单独谈话时，劈头第一句就问，你知道自己昨晚喝酒后犯事了？李科长瞪大了眼睛问，我犯了什么事？是不是顶撞了杨书记？林晨夕摇了摇头说，这事跟我有关，你就别装糊涂了。李科长摸着油光发亮的脑门说，你越说越教我糊涂了。林晨夕说，前晚你碰了我。李科长若有所悟地拍了拍脑门说，你不提醒，我还真的忘了，前晚我跟你碰杯时用力过猛，把你的杯子都碰碎了，实在抱歉。不过，你说话时有些词是不能省掉的，你说我碰了你，会让人往那事儿上面去想。林晨夕觉得，李科长一脸忠厚相，似乎可以从嫌疑人当中排除出去了。她淡淡一笑说，没事，我只是跟你开个玩笑，你也别太认真。李科长拔腿离开时，她又追上几步问，你知道前晚是谁送我回家？李科长想了想说，我喝高了，就提早离席，后来的事就什么也不知道了。前晚是宋科长请客，他应该知道。

回到办公室，她就开始发呆了。把窗户打开，雨声忽然变大；随即关掉，雨声小了。这雨下得不紧不慢，就像长跑运动员那样，保持着固有的节奏和耐性。看样子，雨还没有停下脚步的意思。她望着窗外，脸上有一种望不到边的迷茫。它还要从夏天一直下到秋天？她问身边同事。你说什么？同事忽然从电脑屏幕前抬起头来问。我说的是雨，她说，这雨叫人烦透了。

下班后，她鼓起勇气给宋科长打了个电话，说是找他有点事。宋科长说自己今天下乡调研，晚上还要回来加班，如有急事，到时候就在单位附近的饭馆里见面再聊。好吧，林晨夕说，我晚上也没饭局，我们晚些时候就在那家饭馆见面。

眼前有几个叫得出名字的人是可疑的，背后有几个叫不出名字的人也是可疑的。细细想来，这些天她倒是真的遇见了一个（也许是几个）可疑的陌生人。每回出门，她总是感觉有一束目光在身后若即若离地游动。那时候她没有把这事放在心上，但现在回想起来，越发觉得疑虑重重。那缕可以渗透到她身边每一个角落的目光究竟来自哪里？她很想把那个藏影匿形的家伙从黑暗中找出来。去饭馆的路上，经过一家日用品商店，便走了进去。绕着货架走一圈，她像下了很大的决心似的，从刀架上挑了一把十几厘米长的水果刀，付了钱，放进包里。

　　他们谈话的地点选在单位附近的一家饭馆。那里人稠声杂，反倒更便于说话。在饭馆里落座之后，她的目光越过晃动的人影察看四周有无熟人的面孔，无意间瞥见李固和王强正隔桌坐在斜对面。他们也看到了林晨夕，彼此之间都打了个不冷不热的招呼。林晨夕知道，李固和王强来自外省的同一个县城，因此，她跟宋科长谈话时就用本地方言。事实上，她的担忧是毫无必要的。她说出的某一句话跟李固说出的某一句话就如同饭桌上飘出的一小束雾状热气一样，不会传出很远。在偌大的饭厅内，每个人说话的声音一出口，就会被那一片嘈杂声的洪流疾速卷走。尽管如此，林晨夕还是把声音压得很低。她跟宋科长聊天时，朝李固和王强那边瞟了一眼。她仅仅看到他们一边说话一边比画着什么，但不知道他们在谈论些什么，这情形就像是隔着一块玻璃，只看到一个人的嘴唇一张一翕，却无从探究谈话的内容。就是在这种气氛中，宋科长听完林晨夕的冷静陈述，目光一下子变得幽深起来。他撂下汤匙，深深地吸了一口气，然后用餐巾纸擦了擦嘴唇，沉默了许久。那晚我们夫妻俩也都醉得一塌糊涂，原本是要打的的，后来杨书记的司机开车过来，他跟我们住同一个小区，因此就搭上了他的顺风车，如果你不相信，杨书记可以出面做证。宋科长一边嚼着饭，一边为自己的清白做了一番合理的解释。林晨夕把这件事毫无保留地说出来之后，心底里就已有了隐隐的不安。她觉得自己不应该贸然切入这个话题，谈话间如果稍做一下缓冲，也许还不至于让宋科长的脸上骤然流露出尴尬的神情。说这话，就意味着她事先把宋科长也列入嫌疑对象。因此，她也变得沉默起来，她的目光甚至不敢跟宋科长相碰。饭厅里的客人渐渐稀少了，人们说话的声音变得有些明朗起来。李固和王强还没有起身离开，她的注意力就从他们的谈笑声转移到他们的形态和动作上来，她只能借助外部特征的细微变化来猜想他们之间的谈话内容。尤其是，当他们在谈话的间歇突然不约而同地朝这边投来目光，她内心深处的某个地方就像是被什么东西触动了一下。我不知道自己该说些什么。宋科长目光凝重地看着林晨夕，讷讷地说。那晚是宋科长做东请客，因此他对林晨夕的意外遭遇既抱歉意，也很同情。他扳着手指数过来，眼前忽然一亮，对林晨夕说，我觉得老李这人很可疑，你别看他外貌像个厚道人，其实里面都是花花肚肠。宋科长所说的老李，便是李科长。据宋科长透露，有好几回，他都发现老李在上班时间偷偷下载黄色电影，然后拷进移动硬盘带回家去。说到这里，宋科长忽然打住，目光越过林晨夕的头顶直视着她身后的某物。林晨夕回过头来，看见李固已站在身后，笑眯眯地跟她说，他已经帮她买过单了。林晨夕表达谢意之余，把宋科长做了简单介绍。李固向站在收银台的王强挥了挥手，然后就走过去，低语几声；二人走到门口时，再次向林晨夕投来含有深意的一瞥，然后消失。林晨夕和宋科长静静地坐了一会儿。谁也没有开口说话。饭厅里只剩下五六桌客人。然后是两三桌。宋科长不知道如何结束他们之间的谈话，但他还是站起来，夹起皮包，语重心长地告诉林晨夕，明天他会找李科长探一下口风。

第二天，宋科长没有直接去找李科长谈话，而是把这事透露给那晚在场的杨书记。杨书记觉得宋李二人有隙，有些话并不一定可靠。午饭过后，他把李科长叫到了自己的办公室。

李科长是党员，党员的生活作风出了问题，书记有权过问。杨书记直截了当地把林晨夕的事件说出来，李科长先是惊愕，继而疑惑，然后带着暴怒站起来说，一定是有人在背后诽谤我。杨书记说，这不是诽谤，这叫合理质疑。他让李科长冷静下来，认真分析一下别人质疑他的原因和动机。李科长跟杨书记是党校同学，可以坦诚相对。他说，男人好色不足为怪，但我不会干这种禽兽不如的事。那天，小林坐在我身边，穿着低胸裙子，我顶多只是多瞄几眼。你也知道，我这人就这点小毛病，有贼心没贼胆的。杨书记问，你真的没碰过她？李科长干笑一声说，我弯腰捡筷子的时候曾碰过她的膝盖，除此之外，我哪儿都没碰过。你不相信的话，我可以发毒誓。杨书记问，你有足够的证据证明自己的清白？李科长想了想说，那晚喝酒快结束时，我好像听到小林在跟谁通电话，让对方马上开车过来接她。看她的神情，听她的语气，那人不可能是她先生，而是另有其人，而且很可能是一个跟林晨夕多少有点暧昧关系的男人，我是这么猜想的。杨书记问，你确定自己没听错？李科长点了点头。杨书记舒了一口气说，这么说来事情就点眉目了。但是——杨书记说到这里忽然打住。他说出"但是"这个词的时候就像是在什么地方突然拐了一个弯。

当天下午，杨书记就把他跟李科长的谈话内容如实转告宋科长。杨书记说，以我的经验来判断，施暴者决非老李。宋科长一提到老李就流露出鄙夷之色说，你说施暴，还是太文雅了一点，确切地说，应该是强奸。老李这人，猥琐得很，左看右看就是一副强奸犯的长相。杨书记正色说，我所能做的，只能到此为止。如果你还不相信，就亲自过去盘问。宋科长见杨书记面色微愠，立马改变口气，沿着杨书记的思路分析问题。那晚给林晨夕打电话的那个男人会是谁？宋科长送走杨书记，把门关上后，就给林晨夕打了一个电话。林晨夕在电话那头沉默了许久。

林晨夕依稀记得那晚酒会即将结束之前，她接到两个电话，一个是父亲从纽约打来的，另一个，则是小范打来的。小范是局长的司机，最近老是向她献殷勤，说些甜言蜜语。林晨夕跟冯国平过的是平淡日子，忽然间被一个人叨七念三的，虽然嫌烦，但也足够满足一个已婚女人的虚荣心，有时想起来，胸口也变得有几分暖意了。他们之间的交往是从两个月前开始的。那时候，林晨夕去驾校学开车，见教练态度蛮横，就跟他耍小姐脾气，甩门走了。回到局里，她跟小范说起学车的事，小范就告诉她，这段时间局长跑到美洲考察去了，他正好有空，可以教她练车。此事敲定，林晨夕逮着空闲，就让小范偷偷跑出来练车。小范给她的动作进行纠偏时，总会借机摸她那双湿软的手。尤其是练习上坡起步时，当她的手紧紧握住操纵杆，小范也一直紧紧握住她的手；后来，每次换挡，他都一直紧握不放。及至下了车，小范也情不自禁地握住她的手，仿佛生怕她会走错路。有一回，小范的手滑到了她的腰部，她下意识地把他的手拿开。人家有这份心思，她看在眼里，也不点破。学车结束，林晨夕顺利通过了路考。为了表示庆贺，她请小范吃了一顿西餐。小范喝了点酒，说起话来越发放肆，每一句话似乎都有挑逗的意思，而林晨夕总是选择一些公众场合上的词语，小心翼翼地剔掉对方话里面那些轻薄的肉欲成分。吃完饭，林晨夕开车送小范回家。开到半路，小范突然让她把车停下，然后就向她的身体压过来。林晨夕感到那是一块沉甸甸的欲望的石头，她必须费点力气将它搬开。但小范的手已经游进她的裙子，她一下子不知道如何是好，张口就在他的左肩狠狠地咬了一口。小范疼得弹跳起来，头撞到顶棚，如醉初醒般地看着林晨夕，嘴里发出嘻嘻的笑声，好像刚才真的偷尝了一杯美酒，正暗自得意。林晨夕让他下车滚回家去，小范反倒带着一副涎皮赖脸的样子，把她的手拉过来，要再讨一记舒服的耳光。

果真是小范？她问自己，如果事实查明，接下来应该怎样面对这件事？她权衡利弊之后，还是采取遮掩的方式。事已至此，对一个女人来说，似乎也只有忍辱含垢的份了。毕竟，这事张扬出去，最大的受害者仍然是自己。正如宋科长所说的，她现在就像是站在一座玻璃房内，若是要拿起石头砸外面的人，最终受伤害的还是自己。这一阵难过看来是要花很长的时间才能过去。她已经做好了最坏的打算。但她忽然间不知道往后的日子该怎么过。一个人在家的时候，总感觉有一种比污垢更脏的东西从皮肤里钻出来，这东西，肉眼看不见，就像痒，但挠不着；像伤痛，但揉不平。她说不清这种感觉是亦痛亦痒，还是不痛不痒。它就在那里。就是让人不舒服。她把自己长时间地泡在浴缸里，皮都搓疼了，还是感觉身上黏着的那点东西没有清除干净。睡觉之前，她试着给母亲打了几次电话，都没有人接听。外面传来微弱而有节奏的滴答声，她明明知道这是檐雨打在锌皮上的声音，但她还是拿起自己的手机瞄上一眼。

事情出乎她的意料。傍晚时分，宋科长打来电话，告诉她，小范出事了。也就是那个周六晚上十点左右，小范开车出门刚要进入一条岔道，就被一辆大卡车从后面撞上。大卡车压在小车上，那样子有点像一只大公狗趴在小母狗身上。有人把小范拖出来，火速送往医院。小范驾驶的车辆没有牌照，身上也没带任何证件，他在医院里躺了一天一夜之后，家人才得知他出事了。第二天一大早，林晨夕就去医院看望小范。小范鬅着头发，两眼惺忪，看人时目光里没有内容。邻床的病人家属问林晨夕，你是他女朋友？林晨夕反问，你为什么要突然问这个问题？那人微微一笑就转过身去了。医生进来，林晨夕跟他聊了起来。医生说，小范命大，只是蹭破了皮肉，其他地方目前尚未发现重大伤情。但小范到底还是出了问题。这问题出在脑子里。脑子里的问题不是被大卡车撞出来的，而是吓出来的。照此下去小范很有可能要转移到精神病院。医生的意见是，目前病人如无大碍，可以在家里做保守治疗。小范的母亲也同意医生的观点，让林晨夕开车一起送小范回家。林晨夕把小范送到家后，就回到了自己的车上。没料到，小范竟趿着一双拖鞋追了出来。他十分笃定地站在马路中央，没有一辆车敢动他。

一阵暴雨使来来往往的车辆汇流到十字街头后，陷入了忙乱、无序的状态。有人摁喇叭，有人谩骂，但交错的车辆还是不能松动，车尾排放着热气腾腾的白烟，犹如烧开的茶壶。小范站在大雨中，冲着一辆大卡车咆哮。大卡车司机起初不知道此人脑子出了问题，跟他对骂起来。

林晨夕的车从小范身边缓缓驶过时，眼角微微有点湿润。

她已经把小范的出事时间和地点调查得一清二楚。小范是在十点左右出事，而她是在十一点左右出事，时间对不上。她把小范从嫌疑对象的名单上抹掉之后，心底里反倒有一种失落感。毕竟，小范是为接她回家出了车祸。她倒是希望那天深夜出现的施暴者就是小范。车子向前移动时，她从后视镜中瞥见小范依然对着那辆大卡车一边咋呼，一边挥舞着手臂。她花了十几秒钟的时间甩掉小范的影子之后，脑子里又浮现出那晚跟她共桌喝过酒的几个男同事。真正的嫌疑对象还没有浮出水面，但林晨夕觉得此人就在那几个人中间。雨还在头顶下着，透过车窗，那些在雨中移动的人群，那些幽暗中浮现的雨伞，静谧如云。有一条路段的积水已有好几寸深，她感觉自己是在一条河里开车，水分开，车子通过。她不知道自己该往哪里去，于是听凭轮子自由滚动。车子消消停停，竟开进了一条狭长的巷子，前面已无出路。挂了挡，她伏在方向盘上，很想大哭一场。她觉得，在雨天里哭，就像在雪地上奔跑，应该是一件很痛快的事。但她怎么也哭不出来。泪水被雨水代替了，心里只有一片迟滞的悲伤的乌云。

下午照常上班。同事见了面，表情和语气里无端地添了几分热情。这让她有些诧异。她不喜欢这种没有温度的热情。相反，她还是想要一点冷漠的。因为冷漠，便可以疏远他们，避免一些不必要的流言。经过那条通往局长办公室的走廊，她看见宋科长正站在卫生间门口，跟李科长低声说着话。他们看见林晨夕过来，都意味深长地瞥了一眼。她怀疑他们已经把自己的事情传开去，不然，那些同事看她的目光怎么会有些异样？她接着又告诉自己，事情既然已经发生了，就要平静地接受可能出现的一切。因此，她努力让自己绷紧的面孔放松了一些，若无其事地走过去，跟他们打了一声招呼，就径直走向局长办公室。局长见了她，连说两声"恭喜"。林晨夕不知道喜从何来，便等着局长继续发话。局长说，上午他主持召开了高层领导班子会议，已经通过了提拔她为调研科副科长的决议。林晨夕听了，脸上毫无表情。但她还是很有礼貌地道了一声"谢"。局长道喜之余，还说了一些与工作无关的闲话。说着说着，双手就变得有些不安分起来，时不时地在她面前晃动，似乎要打破一种微妙的领属关系。你抽烟吗？局长点燃了一根烟递过来。我从来不抽烟，林晨夕说，你什么时候见过我抽烟？局长说，你的手指很纤长，抽起烟来一定很好看。这里没有外人，你可以试着抽几口。说着，就再次把烟递过来（手指上的欲望混合着烟味也随之飘过来）。林晨夕把脸别开，有些不悦，局长也不勉强，自己夹起烟来猛抽了几口，仿佛要努力抑制内心的某种冲动。林晨夕往沙发的另一头挪了一下，且做了一个在鼻孔前扇几下的附带动作，表面上像是对烟味反感，事实上是想尽量跟局长保持适当的距离。他们之间的沉默随着烟味扩散开来。林晨夕站起来，问局长，还有什么事？局长迟疑了一下说，没事了。她正待转身出门时，局长照例在她屁股上轻轻地拍了一下。林晨夕猛地转过身来，狠狠地瞪了他一眼，目光里似乎飞出了一把刀。局长吓了一跳，眼睛和手都不知道往哪儿搁了。

　　林晨夕回到家后，抚摸着隐隐作痛的胸口告诉自己，伤害自己的人不管是谁，这事发生了也就发生了，不能再往深一寸的地方想，一想，心里面就乱。她也不再怨恨谁，相反，她觉得自己干了一件不可原谅的蠢事。因为自责，内心里面就有了惩罚自己的冲动。她找到了冯国平作为生日礼物赠给她的绳子，对着镜子，设法把自己捆起来：先是捆双腿，让绳子深深地勒进皮肉里面，就像对待别人的身体那样，毫不手软；接下来，绳子在腰部绕了一圈，又绕了一圈；然后从背部绕过来，穿过两腿之间，向上环绕左臂，再一次狠狠地勒进皮肉，直至血色全无；绳子不够用了，她又接上另一根，继续向上缠绕，像系领带一样在脖子处系了一圈，绳子朝下，从左臂绕过来，捆住右臂，连续绕了几圈，直至捆结实了，就在两手之间打了一个结。这个结当然不是死结。这一下，她觉得身体已经不再属于自己的了。如果换一种比较诗意的说法就是，她把自己推到了身体之外。没过多久，身体就开始出现一阵阵发麻。但这种发麻的感觉让她很过瘾。她蜷缩在床上，睡了一个小觉，突然一惊，醒来，把绳子一圈圈解开。被绳子勒过的地方露出了一道道血痕，还伴随着一种让她感到舒服的疼痛。

生活中阴冷的一部分总是在雨天慢慢地暴露出来。大约是这种阴冷的感觉在作怪吧，她觉得自己的身体越来越脏，无论怎么洗都洗得不够干净。她一次次地走进浴室，坐在抽水马桶上，拧开水龙头，拿起莲蓬对着自己的耻部不停地冲刷着。听着外面的雨声，听着莲蓬里的水声，她有一种被淹没的感觉。通常，快乐是一下子涌出来的，但忧伤是一点点渗出来的，就像家中那堵墙壁的裂缝。她的目光停留在那几条裂缝上，仿佛思绪也跟着陷了进去。说起这裂缝，也是一桩让她烦恼透顶的事。前些日，面对众人的指责，楼下那个肌肉发达的户主到底是扛不住了，就花了点钱请质监局的专业人员过来勘测，结果表明，墙体裂缝与楼顶那座新造的水池无关，而是房屋的工程质量有问题。这问题出来了，应该向开发商问责，但开发商很快就把责任推给了土建方，而土建方又把责任推给了一家设计单位，设计单位索性也避开了大家的追问，把责任推给了涂装承包商。涂装承包商去了哪里？为什么一直没有站出来说话？有人说，涂装承包商带着家人跑到威尼斯度假去了。眼下，墙体裂缝不仅在扩大，而且还开始出现渗漏（雨的声音像是从墙壁的裂缝里透进来的）。这一切究竟是什么原因造成的？她望着墙上那道渗出水渍的裂缝想，是地基下沉的缘故？是砖的缘故？是专业人员所说的"温度变形和材料干缩"的缘故？或者，就像诗人所说的，是风的缘故？

　　这些问题原本是要交给冯国平去想的（她不明白自己为什么会老是纠缠着裂缝的问题不放）。那一刻，她又有点想念出差在外的冯国平。给冯国平打了一个电话，几声"喂喂"之后，就听到电话那头传来连绵不断的哗哗声。你在浴室？她问。不，冯国平说，我这边正下着雨。他没有站在雨里，但他站在雨的声音里。他的声音也在雨的声音里。声音是流动的。他的声音和雨的声音都向这边流过来。对她来说，他说什么并不重要，她只想听听他的声音。静默了许久，她只是轻轻地"嗯"了一声说，你那边也在下雨？然后就挂掉了电话。打开浴室的窗户，"哗哗"的雨声一下子就变大了，仿佛也是从电话那头的黑暗中传过来的。

　　凌晨时分，林晨夕才迷迷糊糊地睡着了。睡眠深处是一片黏稠的黑暗。有雨从裂开的墙缝里溯进来，风一吹，雨势就更大了，淅淅沥沥，在房间里落成了一大片。纤细的雨丝在黑暗中闪烁着银光。她想从床上起来，但身体粘在床上，怎么也动不了。她感觉自己正一点点地沉下去，仿佛就要触摸到水底了。深阔的暖流包围着她。空气变得愈来愈稀薄。她做了一下深呼吸，使劲划动双臂，试图浮出水面。但水面似乎结成了冰，透过冰层，她看到了一张脸，模样有点像单位里的老谢。待她正要瞧个分明，一团黑暗已在水中像墨一样倏地洇开，那张脸溶入黑暗，不复辨认了。醒来后，她极力回想那晚酒会上的情形。那晚没有喝酒的人就是老谢。众人皆醉，唯独老谢一直在喝白开水，保持着一名会计师固有的清醒。也正是因为这一点，酒桌上的人都觉得老谢是一个无趣的人。但人人都说老谢是一个好人。那晚酒后，有人丢了手机，是老谢在厕所里帮他找到；有人出门忘了穿上外套，是老谢帮他带上；林晨夕也忘了带背包，结果在星期一上班后，老谢把她的背包送了过来。林晨夕突然想起一个重要的细节，那就是车钥匙究竟放在哪里。时隔这么久，她已经记不得，那把车钥匙究竟是放在背包里面，还是口袋里面。她的记忆在那一瞬间发生了猛烈的动摇。难道会是老谢？这个疑问重重地压住胸口，变成了一口摸不着但能感觉得到的闷气。

她想约老谢出来谈谈，但一时间找不到一个让人感觉不太突兀的理由。长期以来，她跟老谢之间除了工作上的联系，私下里几乎没有说过话。这口如何开，让她颇费踌躇。当她心烦意乱地翻着报纸时，忽然想起一件事：老谢不仅是一个健美运动爱好者，还喜欢写点豆腐块文章发在报端。想到这一节，她就给老谢打了一个电话，称自己是个文学青年，写了几篇小散文，请老谢指点一二，顺便请他吃顿饭。老谢果然很爽快地答应了。打完电话，林晨夕暗想，花钱请他吃一顿饭倒也没什么，如果发现他就是那名施暴者，是不是一件极度恶心的事？

吃饭的地点就定在离林晨夕家不远的一家咖啡馆。林晨夕化了浓妆，还在身上喷了一点香水。当然，她没忘在粉红色单肩斜挎包里揣一把用于防身的水果刀。六点之前，她就进了包厢。老谢还没赶到，她就点了几样冷菜、一瓶葡萄酒。六点整，老谢推门进来，不多一分，也不少一分，仿佛每一步都是经过精密计算的。老谢看上去很务实，他捋了捋头顶上所剩不多的头发，又用一块布擦拭了一下眼镜，便急着要拜读林晨夕的文章。林晨夕在大学里念的是中文系，的确写过几篇小散文，她花了点时间，把文章改了一遍，各打印一份带了过来。她把文稿递给老谢时特地补充了一句，第一篇写的是一个潜伏在女生宿舍的强奸犯。她说这话时，突然停顿了一下，暗自打量对方的表情。老谢只是轻轻地"哦"了一声，脸上没有什么明显的变化。林晨夕又做了进一步的试探，她打开葡萄酒，给老谢倒了满满一杯。老谢正在读文章时，忽然抬起头来，扶了一下眼镜说，你应该知道，我是滴酒不沾的。林晨夕说，老谢果然是深藏不露，前阵子吃饭时我就听一位老同事说你喝起酒来不动声色，但酒量十分惊人，一个人可以喝翻财务科四个年轻人。老谢说，没这回事，那是他们瞎编的。林晨夕把杯子举起来荡了荡说，我经常从报纸上读到你的文章，心底里一直很仰慕。读你的文章，感觉你并不像同事们所说的那样冷漠、呆板，相反，我觉得你是外冷内热的那种人。老谢听了这话，喉结滚动了一下，把激动的情绪压了下去，随即端起酒杯，一口干了，然后说，在单位里，谁都瞧不起我，只有你真正理解我。林晨夕抓住机会，又给老谢倒了一个满杯，老谢也没拒绝。连喝三杯葡萄酒，老谢的脸上就开始泛起一片酡红了。因为谢了顶，额头益发显得光洁、红润。酒至微醺是最好的，老谢说，那种感觉就像初恋一样。

老谢喝到兴头上，就向林晨夕敞开了心扉。他借着几分酒意说，三年前，他就已经跟老婆离婚了。这件事他一直瞒着单位里的同事。当然，也瞒着在国外留学的女儿。老谢非常疼爱自己的女儿，也非常担心女儿留在国外，不再回来。看起来，老谢是一个好父亲。林晨夕看着他，就想起自己的父亲，心情越发沉重。谈到离婚的原因时，林晨夕问他是否有外遇。老谢苦笑一声说，我如果有外遇就好了。事实上，我什么事也没有。自从离婚之后，我就独自一人过日子。除了每周两次去健身房，我唯一的爱好就是写点豆腐块文章。林晨夕说，我还是不明白你离婚的原因，可以告诉我吗？老谢喝完了杯中剩余的葡萄酒说，别看我一身强壮的肌肉，其实我是一个阳痿的男人。

你竟然会是一个阳痿的男人，林晨夕带着惊讶的口吻说，瞧你这一身肌肉，谁会相信？她说完之后，突然间像是被人挠了胳肢窝，忍不住笑了起来。老谢拉下脸说，你不许笑。但林晨夕反倒笑得更厉害。她感觉这种笑声是从喉咙里滑出来的。老谢愤然地站起来，拂袖而去。

林晨夕笑完了之后，竟然不知道自己为什么会笑那么长时间。她对着一个空盘子，突然间又有了想哭的欲望。但她还是哭不出来。她给自己斟了满满一杯酒，一口气吸干。静静地坐了一会儿，又斟了一个满杯。这一回，她准备十分清醒地醉上一场。约莫十点，她带着粉红色单肩斜挎包走出咖啡馆。从咖啡馆到家，只有七八百米远，但她还是决定开车回去。这条路十分僻静，平时不会有交警在这一带设卡查酒驾。她把车开得很慢，以至有几辆电动三轮车都把她甩在了后面。车窗外下着小雨，她打开了雨刮器，刮了两三遍就关掉了。这段日子，她看到什么晃动的东西心里就会出现一阵慌乱。雨刮器左右晃动，她也感到心里有什么东西在晃动。进入小区之后，她找到了一个固定的泊车位。把车停好，打开门，她偷偷朝四周瞥上一眼，然后扶着车门，蹲在地上干呕，显出一副难受的样子。忽焉的一瞥之间，她感觉到有个影子在身后若即若离地晃动。她把手伸进包里，捏了捏那把水果刀的刀柄。那个影子在她身后一闪就不见了。她扶着车门，跟跟跄跄地站起来，坐进了驾驶室。身体尚未坐稳，一个黑色尼龙袋猛然套住了她的脑袋。她下意识地张开嘴，想呼喊，一个嘴塞已迅速塞进了她的嘴。那人十分麻利地放平椅子的靠背，把林晨夕压在身体下面。出于一种迫切的需要，他让自己的身体在林晨夕的大腿上来回摩擦着。

　　林晨夕虽然什么也看不见，但她的脑子在那一瞬间却变得格外清醒，她让自己的记忆飞快地掠过那晚相同的场景。如果从肾上腺分泌的角度来看，快感与恐惧同属一个感官。所以，当她感到身体抽动的时候，她分不清这是快感还是恐惧。那人使了点蛮劲，分开她的双腿，她感觉自己对这只手很熟悉，又很陌生。她的手颤抖了一下，试图找到那把水果刀，伸进打开的皮包，胡乱摸索了几下，但她什么也没抓到，感觉就像是在黑暗中寻找墙壁上的开关。当那个男人把身子贴近她的腹部时，她摸出了水果刀，毫不费力地插了进去，没一点声息，就像是把什么东西放进他的口袋里。

那人似乎感到肚子猛地抽动一下，整个身体滚到了另一侧。她十分镇定地摘掉了罩在头上的尼龙袋，打开车厢内的照明灯，一缕不容置疑的光束打在对方的脸上。那人下意识地眯着眼睛，面部表情微微有些扭曲。尽管如此，林晨夕还是看清了他的面目。天哪，怎么会是你？她突然尖叫起来，你这该死的冯国平，你知不知道，你已经把玩笑开大了。冯国平露出苍白的笑容说，你这一刀也真够专业的，是不是想要把我身上的血放干净？林晨夕的目光落在那把刀上，随即发出了一阵凄惨的笑声。冯国平听到笑声，也跟着笑起来，笑着笑着，就感到肚子疼起来。迎着灯光，他举起双手，只见手掌上满是鲜血。目光朝下移动，他看见自己身上的物什竟依然十分优雅地挺立着，也不免大吃一惊。

这一刻，在这辆车子以外几米远的地方，在一棵树后面，在无比明亮的黑暗中，有两个人目睹了这一切，但他们什么也没说。

二〇一二年夏

在肉上

飘然思不群

—— 东君　张鸿

（访谈）

张鸿，中国作家协会会员，文学创作一级，副编审。现居广州。

张鸿："飘然思不群"，我记得你曾在一篇文章中引用了这一句诗，这是否意味着，一个人的感官沉溺在某个"群"里面，而他的"思"正等待着"飘出"？

东君：中国有句老话：物以类聚，人以群分。我感觉，在这个数字化生存的时代，我们很容易被"类聚"、被"群分"。各种各样的"群"包围着我们，QQ群、微信群、诗歌群、摄影群、书画群、太极拳群等等。尤其是"诗歌群"，从来都是喧哗与骚动的。我有一班诗友，整天泡在诗歌群里面，除了互相吹捧，有时也以挖苦为乐，以无聊当有趣。诗可以怨，当然也可以群。自古以来就是这样的呀。钱钟书先生谈到我们温州古代"永嘉四灵"的诗歌现象时，引用了杜甫的一句诗"白小群分命，天然二寸鱼"。

这种叫作白小的鱼极微小，只有抱团才能求得生存，钱先生用这种白小来比喻四位诗人，的确很形象。抱团，自然而然就形成了一个"群"。没有"永嘉四灵"这个"群"，恐怕就没人知道赵师秀（灵秀）、翁卷（灵舒）他们了。山水诗鼻祖谢灵运当年在温州写下了"索居易永久，离群难处心"的诗句，离群，在古代作为一种遁世方式是并不困难的，那个年代交通闭塞、信息不灵，你往山里头一躲，谁也找不到你。而现在，我们生活在一个互联网世界，你即便离"群"，也无法脱离那个"网"。那个"网"里面，有你的一部分生活。生活，就是"网"。"网"就是生活。生活在别处的人，不管是置身在世界的哪一个角落，说到底还是生活在"网"里。

　　一个在布宜诺斯艾利斯某个咖啡馆写作的人所写的一段话或一个故事，如果与一个身在浙江某个小镇的写作者在同一时刻所写的文字发生暗合，这是一点也不奇怪的事。可以想象，处于互联网时代，我们阅读的文学作品几乎是大同小异的，由此而出现同质化写作也就成了一种不足为奇的现象。前阵子我读到阿根廷女作家萨曼塔·施维伯林的短篇小说集《吃鸟的女人》，我就有一种似曾相识的感觉。收录在这本集子里的小说，有几篇的确让人眼前一亮，但大部分小说跟我们这一代作家所写的差不多。如果我是在二十多年前读到这样的小说，我肯定会大吃一惊，但现在不会了。施维伯林也是一位七〇后作家，我读了她的小说，可以猜想得到她可能跟我们一样，读过卡夫卡、博尔赫斯、海明威、卡佛、奥康纳等，并且在这些前辈作家的作品里沉浸过一阵子。也就是说，我们奉为经典的那些作品，也同样被她所阅读和仿效。而她写下的文字，就像我们当中的某个人所写的。

一个东方作家的面孔和西方作家的面孔已经变得越来越相似，这是全球化浪潮裹挟之下形成的一股不可违抗的大趋势。事实上，我们依旧在西方那些文学大师的阴影下写作。我曾经跟一些文学圈内的朋友开玩笑说，如果人以群分，那么，马尔克斯和鲁尔福可以是一个"群"，卡夫卡和舒尔茨可以是一个"群"，而废名、沈从文和汪曾祺也可以是一个"群"。全世界的脑残粉们可以联合起来，通过每一个自己属意的"群"发现自我，或者是，消解自我。

生活的平庸与思想的慵懒正在慢慢销蚀我们的创造力，对抗同质化趋势的个人才能也在我们这一代人中日渐稀缺。因此，"飘然思不群"在我只是一种暗暗向往的精神状态。"思"寓于"群"，而又能飘然而出，这不是一条向外的路，而是向内的路。我也可以很饶舌地说，向内的路就是向外的路。"飘然思不群"，就是从"思"开始，一种对应于日常生活经验的存在之"思"。不过，没有人格独立作为前提，"思"之"飘然"注定要变成枉然。

问：我一直感觉你的文字中有一种冲淡之气韵，似乎是随性而为，从容而行，即使是写到矛盾纠结之时，仍然能压得住文字的节奏，这是否与你日习中国古典文学有直接关系？

答：我常常带着问题意识写作，因此，我在写作过程中有时会情不自禁地对自己发问：中国现代小说与西方现代小说究竟有什么区别？它给世界文学究竟贡献了什么？这个话题有点大，但有时候常常会从我脑子里跳出来，逼迫我做出回应。

有人说，章回体小说与笔记体小说是中国小说中最有体式特征的一种文类，为别国所无，不妨引入现代小说，"发明"出一个新种类。这说法固然没错，但我认为，这还只是在本体论意义上谈论一种叙事技巧，还有一个更内在的问题需要我们去解决，那就是如何接续中国小说的气脉。

你看汪曾祺，他写的笔记体小说就有中国小说的气脉。他师法的两位前辈作家废名和沈从文，也有这股纯正的气脉。汪曾祺谈废名，有一句话很重要，他说，废名写的不是故事，而是意境。意境这个词，原本是用来谈论中国古典诗词的。汪曾祺拈出这个词来谈小说，也可以见出，废名的小说在来路上，不同于西方现代小说，也不同于那些"中国人用汉字写成的西方小说"。也就是说，废名化用了西方现代小说的技法，但精神气脉仍然是中国的。

以所谓的章回体与笔记体为中国传统小说招魂当然是没有必要，文学有其自身发展规律与脉络。但我们有必要通过一种有效的融合方式，在西方语境之下确立自身的文学发声主体。中国一度出现"中国的马尔克斯""中国的福克纳""中国的博尔赫斯""中国的卡夫卡"。那么，在西方，是否出现过"法国的莫言""美国的汪曾祺""意大利的沈从文"？好像没听说过。西方现代小说至今还是以压倒性的优势占据世界文学的高地，这一点我们不得不承认。在中国，你不向西方的大师们讨教点写作技巧，还真不好意思称自己是作家了。我在学徒期也曾写过一些翻译体气味很浓的小说，写的时候自己浑然不觉，写完了，也没有觉得有什么异样，多年后，问题就出来了。我知道了自己的症结所在，就有意识地在创作上小心翼翼地往后退，退到自己脚下这片土地，向自己扎根的地方掘进。也就是从那以后，我的小说风格开始有了变化，有了恒定的发展方向。十年间，我写出了《拳师之死》《黑白业》《风月谈》《听洪素手弹琴》等短篇，渐渐地，也就有人发现我的小说有那么一点老庄的味道、笔记小说的味道。我的中篇小说《阿拙仙传》是写一个大巧若拙、大隐隐于市的民间艺人，在这篇小说中我故意不在故事情节上下力，却在文字间彰显了一种守柔、守拙的道家思想。尽管我们常说，诗人关注的是彼岸性，小说家关注的是此岸性，但我的小说常常会在二者之间游离。我知道自己应该在哪里写得明晰一点，哪里应该写得更模糊一点。出于这种叙述习惯，我一直不太喜欢紧贴着"现实"层面写。比如我的《子虚先生在乌有乡》《范老师，你能带我去看火车吗》《如果下雨天你骑马去拜客》，就是把现实推远了写。我特别热衷于在小说中建构一个乌托邦，类似于庄子写的那种小国寡民，这一点从我早期的长篇小说《树巢》中已然察其端倪，此后又在《子虚先生在乌有乡》中得到了集中体现。《子虚先生在乌有乡》这部小说的主人公是一个房地产商，他有了钱之后认为自己对这个物的世界可以任意驱使、分配，并且能够重新赋予一个新秩序。然而，就在他把城市里该有的东西都搬到一个小山村里时，他事实上已经把这个山村毁掉了，人与自然（天）的关系也开始发生了割裂。他最终发现自己并没有找到心目中的那个乌托邦。因此，从结局来看，这篇小说是反乌托邦的。我这一路小说越写越有劲，从中感觉到的是一种"中国味道"。

我一向追求一种独特的小说语言。我的语言资源很大程度上来自文言和方言。我汲取了中国文言小说省净、简练的特点，同时还以自己的方式使用了一些不隔的方言。相对北方语系（普通话）写作，我的小说创作就是典型的南方写作。我曾在某处谈论过这样一种观点：语言会影响我们的记忆，有些在我们蒙童时期发生的事，我们事后只能用方言把它尽可能准确地表述出来。当我们把它转换成一种雅驯的书面语时，其实已经遗漏了很多东西。因此我在创作中深深地感受到，我们引以为傲的现代汉语写作本身，其实已变成了一种在艰难的转换过程中遗漏的那一部分（这种想法源自某位外国诗人对诗歌翻译的看法）。我无意于强调方言（南方话语）写作。而是说，很多方言其实就是汉语言的重要组成部分，它们只是从某个历史时期的某种主流话语中疏离出来，年代湮远，让我们见了反倒感到几分陌生。而陌生带来的是隔膜和唾弃。现在重拾回来，同样需要几分勇气和胆气。因此我在那篇文章中深入阐述了自己的观点："许多年前，我们或许还可以指责北方话语霸权的统治与我们的政治气候有关，而现在我们似乎毫无必要担心来自这一方面的诸多禁忌，因为我们所面对的，已经是各种话语的大汇合：北方话语、西方话语以及放逐太久的南方话语。"这一点我深有体味：那些浸透在我血液间的方言，一旦带进写作，就会让另一些与之相匹配的词语不断地涌现，向它聚合过来。我喜欢在语言内部创造一种诗的韵律，一股宁静、淡远而又神秘的气韵。因此我的写作更像是创作一幅蕴含中国风的水墨画。我所追求的一种理想的小说境界应该是这样的：在北方语系（普通话）写作之外，不失南方叙事的特色，其内在精神是东方的，外在的表现手法则兼有西方现代派的元素。

问：你在写作长篇小说之前似乎经历过一个为时不短的练笔阶段，但之后，你又转入中短篇小说创作了。相比于长篇小说，你是否更偏爱短篇小说？

答：我的小说创作没有受过科班训练。我当年读了卡夫卡和加缪，就写了《荒诞的人》《群蝇乱舞》；读了贝克特和图森（他们之间的确有很多相似之处），就写了《骰子掷下了》《谁能蔑视杨小凡》；然后，我读了大量西方古典小说之后又劲头十足地写了一部长篇小说。可以说，我无论写中短篇小说，还是长篇小说，都是凭借一股盲目的勇气。

我在写小说之初，没有人教我这门手艺。一切都是靠自己暗中摸索，我也为此走了不少弯路。美国作家卡佛认为，写作是可以教的。卡佛在大学里曾教过小说创作，这从他的学生所写的一篇《良师卡佛》的文章里可以看到。一位好的老师，你会感到，他们不是老师，而是朋友。他们之间的影响应该是双向的。卡佛早期模仿过海明威，后来他另辟蹊径，写出了美国文学中最漂亮的短篇小说，以至在卡佛去世后，有不少后辈模仿卡佛的调子写小说。这些小说，被称为"卡佛式"的小说。卡佛的小说之所以有独创性，主要是得益于两类人：一是他碰上了一位可以倾心相授的创意写作老师，一是碰到了让他不断删改冗杂文字的编辑。我一直认为，小说在某种意义上也是个技术活，从技巧层面上去着手，只有越改越好。卡佛就是如此。我们后来读到卡佛的小说，感觉像刀刻一般清晰、准确、有力。不过，卡佛对我的影响不在文字功夫上（我一点也不觉得他的文字功夫如何了得），而是他的"方法论"。

事实上，短篇小说的训练对我的长篇小说创作几乎没有太大的帮助。从文字来看，我可能更适合写短篇小说。写作短篇的时候，我感觉自己就像是手执一把雕刀，正顺着木头的纹理缓慢、有力地向前推进，语言的刨花飘散开来，一些精雕细刻的图案也就慢慢呈现出来。我以为，从短篇小说可以看到一个手艺人所必备的精准与耐性。通常情况下，我的小说前半部分的叙述节奏是偏于迂缓、散漫的，仿佛是在有意或无意地调遣故事展开时所需要的各种元素：一些与情节推进有关的微妙变化在小说的内部一点一滴地制造出一种动荡不安的氛围。散乱中不乏内在的联系，平静的表面下波澜暗藏。叙述的顺序有时候可能会稍稍岔开一下，但很快又会交错在一起，这时候，你会时不时地感觉有什么东西在安静的叙述中突然动荡了一下，让人产生一种"有什么事就要发生"的期待。我所理解的好的短篇小说就应该这样：雕琢语言而不刻意，制造悬念而不卖弄，对世态从来不乏清晰的刻绘。

至于长篇小说？我现在有点怕谈这个话题了。我一直不敢动笔再写长篇小说的一个主要原因还是跟身体有关，我从颈椎到腰椎都有问题，兼以其他一些小病小痛，长时间伏案写作对我来说简直就是一种折磨。手头有一个素材，很想写成长篇，但我一想到写长篇也是一件伤筋动骨的体力活时，就会对自己说：死了这颗心吧。写长篇小说，就像打一场十二回合的拳击赛，自始至终，要控制好节奏，要憋得住气。海明威曾告诉他的出版商查尔斯·斯克里布纳说："我和莫泊桑交过手，打败他用了我四篇最好的小说。"海明威这里说的"四篇最好的小说"大概是指他的短篇小说吧，跟前辈作家较劲，他自信满满的，真好。但他提到世界上另外两位巨匠时，总是一副自愧不如的口吻，这两位就是莎士比亚和列夫·托尔斯泰。海明威曾以拳击为喻，把自己和托尔斯泰的创作做了比较。他说："我不会跟托尔斯泰先生来二十个回合，因为我知道他会把我耳朵打掉。这位先生气可是十足得可怕，可以老打下去，接得上气。但我愿意跟他干六个回合，他甭想打着我，我会揍得他够呛，说不定击倒他。他容易被击中。可是老兄，他能打着呢。"可以看得出，海明威一直渴望写出一部足以与托尔斯泰的《战争与和平》打个平手的长篇小说，可是我们再来看看马尔克斯对这位老前辈的看法，他说："对技巧的自觉无疑是海明威无法以长篇小说著称，而以精美的短篇小说扬名立万的理由。"海明威要是听到这话，准是不服气吧。

问：其实几乎所有的文体你都涉及，诗歌、散文也顺手得很，没有一些知名小说家的文体意识，随性，挺好的。你给我的就是一种"自由自然自在"的印象，这是一种个人的修为吧？

答：一九八八年春天，我读到了三本诗选：《世界抒情诗选》、《台湾诗人十二家》（纪弦等）和《五人诗选》（北岛等），突然有了一股让内心为之激荡的写诗的冲动。我悄悄写了很多分行的文字，放在抽屉里。有一天，我哥哥从大学里带回一张铅印的诗歌报，我翻了翻，感觉他们写得跟我差不多，于是就把自己那些存货找出来，抄录在笔记本上，请文学社的一位语文老师过目，他看了之后，照例是夸赞一番。一九九〇年冬，我休学在家，心里十分苦闷。看了很多闲书，就连哥哥的大学教科书，我也能读得津津有味。过早地打开自己的阅读视野，反倒使我之后对学校里的课业毫无兴趣，以致怠学情绪一天比一天强烈。也就是那一阵子，诗歌填补了我内心的空白。写诗几乎成了我的日课。父亲知道我暗地里写诗，很是恼火，在他看来，我已经走火入魔了。然而，从那以后，我一直没有中断过诗歌创作。

我后来写点散文，倒不是因为觉得自己没有写诗天分，而是一种顺其自然的转换。有关诗与散文的区别，有不少人已撰文谈论过。有认为诗是情感的语言，散文是理智的语言呀；诗是用来宣泄某种隐蔽的情感，而散文是用来思考呀；诗是舞蹈，散文是进行曲呀等等。诗与散文之间有某种相通之处，所以很多写诗的人打通了这条暗道之后，都纷纷转而写散文。曾经有一位桐城派的散文大家，闲来无事也爱写点诗，而且颇为自许。但有位名气颇大的诗人见了之后，却这样对他说："你的诗再写下去不仅很难有大的进展，反而还会夺了你写散文的才能，不如一门心思写散文。"于是，他就转移全部精力继续写自己的散文，其成就后来不在那位诗人之下。换言之，那位桐城派散文大家早年若是没有写过诗，其散文成就也许会大大逊色。现在，我读一个作家的散文或小说，大致能知道他有没有写过诗。

对我来说，写诗是为了愉悦自我，写散文是为了愉悦一小部分人，而写小说，就是为了愉悦更多的人。从诗到小说，不是一个字数的递进过程，而是出于一种内心的需要。我辞掉了记者的工作之后才真正开始小说创作。一九九九年初冬的某个清晨，我醒得很早，无事可干，突然想趴在餐桌前写点什么。我拿了纸笔，一坐下来，就写了一千多字。当慢吞吞的阳光来到餐桌前，我感觉这些被阳光照亮的文字就是一个小说的开头。于是我决定继续写下去。那一阵子，我每天写完一段文字，就像是从餐桌旁站了起来，心中充溢着一种温实的感觉。就这样，我花了一个月的时间写了一部五万多字的中篇。对我来说，这是一个好的开端。诗歌写作很大程度上依赖于才华和激情，因此一个经验积累与知识储备尚不充分的写作者可以在短时期内写出好诗。小说就不一样，你得在写作过程中慢慢掌握一些技术活。我的意思不是说，这两种文体的艺术难度有什么高低之分，而是说，小说创作的训练周期相对来说比诗歌更长。一般来说，一个小说家写出真正成熟的作品至少要熬个十年时间。

事实上，保持诗歌写作和阅读这个习惯一直在无形中影响着我的小说创作。我写作《夜宴杂谈》时，固然是把它视作非韵文叙事，但写着写着，一种古典诗歌的韵律感就从我心底滋生出来。因此，我的一位同道读完我的小说就回复说，她在阅读过程中脑子里会浮现出李商隐的诗句。我说，是的，我写到夜宴的场景时脑子里的确萦回着李商隐的一句诗：隔座送钩春酒暖，分曹射覆蜡灯红。这就对了，那位朋友点头说，就是这种感觉了。当然，相对于中国古典诗词，我更倾向于现代诗，后者对我小说创作的影响来得更大，与现代小说一样，它体现了一种很强的现代主体性。

从前在乡下听过这样一句谚语：少年裁缝，中年木匠，晚年郎中。少年人做裁缝，款式趋新，人家多喜欢；木匠到了中年，手艺纯熟，经验丰富，虽然不求花哨，但往往能把各式物什做得坚固耐用，也讨人喜欢；至于郎中，很多人都信老郎中，尤其是那些长白胡子的、能写一手漂亮毛笔字的郎中。尽管我们说，裁缝未必是少的好，郎中未必是老的好，但这种看法好像也都在民间约定俗成了。在文学门类中，也有类似的看法：青年诗歌，中年小说，晚年散文。有时想想，也不无道理。

　　问：我还感觉到你作品中的一个现象，你真正写现实生活的作品不多，有的话也只是散淡轻描，但用心的读者从你的讲述、对比中读出一种潜藏于文字之后的批判意识，一种暗力，或者说读出作者内心的"隐喻"。这不是我的过度解读吧？

　　答：从比例来看，我写当下生活的作品应该更多一些，但具有讽刺意义的是，我那些让人记住的作品大都是写年代久远的事，所以读者往往形成了这样一种先入为主的错觉。我写当代题材的小说中最受热议的是收录在这部书中的一个小中篇《在肉上》。当初我写下"在肉上"三个字时，我就知道，会有一种肉欲的气息从文字间散发出来。这个题目容易让人想入非非，以为我要借此惹人眼目。哦，我没有这种讨巧的想法。写这个小说时，我曾在一座乡村公厕的墙壁上发现了一行被人涂抹过的字，其间仅露三个笔画完整的字：在肉上。回来后觉着挺有意思，就将它移作小说的题目。顺便说一下，我的小说中的某些细节，也往往是我在写作过程中伴随着外界事象的触发而偶然形成的。譬如那年春天的天气，很大程度上就对这篇小说构成了或这或那的影响。雨落在窗外，也落进了我的文字。小说写到后半部分，你可以听到一大片雨声。我从来没有这样不惜笔墨地在一篇小说中描述雨景，以及雨天里生发的种种隐微的感触。我不仅把雨声包括进来，也把外面世界发生的一些新闻事件包括进来：校车事故、墙体裂缝带来的纠纷、上司的性骚扰、酒后被奸等等。这些事件进入小说之后，经由叙述再创造，就变成另外一种样子，变成男女主人公生活中那些阴冷的一部分在雨天里缓慢地呈现出来。小说中那些交错发生的事件大都是在沉默中进行的，仿佛是被雨的声音覆盖了。雨的声音就是欲望的声音。其实我要写的就是"欲望"这个东西。小说中的男主人公辞职之后不知道自己要做什么，生活错乱，意念颠倒，及至后来不得不重操旧业自信心一落千丈，于是耽玩世事，试图以一种"山寨版"的SM游戏来纾解或宣泄内心的屈辱、苦闷和失落。当他意识到二人世界出现危机时，也只能"以对待仇人的方式来表达自己的爱"。而女主人公作为一名公务员，清醒地知道自己要的是什么，她一直被一种权力的欲望所牵引、支配。她在酒醉后被人强奸，却不知道施暴者是谁，于是就像之前调查校车事故那样十分冷静地展开了排查。由一些细节堆叠起来的荒谬场景，随着叙述的缓慢推进，出现了重合、交错、呼应。小说中的人物被一种诡异的力量推动着，他们每走一步，都会更深地陷入荒诞境遇的泥潭。我写着写着，就从讲述一个故事突然变成了思考一个故事。是的，我写的不仅仅是"肉"（这里包括猪肉和人的丰美而又荒凉的肉身）。"肉"是欲望的别称。老子说，我们之所以有忧患，是因为我们有身体。我们有身体，就必然有欲望。身体是欲望的跳板。当心与身反目成仇，欲望就大起来，吞灭身体。因此，人总是困于自身的欲望和欲望带来的麻烦。类似于这样的小说，是直面现实的，也是直指灵魂的。

也有些小说，诚如你所说，是以隐喻的叙述方式写出来。

我一直觉得，一个作家写什么，是心性决定的。换句话说，写什么并不重要，重要的是，一个作家必须对这个世界持有一种批判与质疑的精神。

问：浙江出了不少著名的作家，他们的个人风格突出，辨识度高。比如你早中期作品"跨文体"，怪诞与写实兼具，东西方特点糅合，这其实是挑战不少编辑、读者的阅读习惯的。但近年来，你的写作手法有不少变化？

答：我喜欢在思考中写作、写作中思考，喜欢写那种富于探索性的作品。一九九九年至二〇〇三是我小说创作的探索阶段。有一部分小说明显带有法国新小说（尤其是极简主义小说）的影子。还有一部分小说，杂糅了别种文体，故而被归类为"跨文体"。我那时刚出道，有点不知天高地厚，总是觉得当代小说写得太像小说，因此就冒着可能被人加以指责的风险进行了跨文体写作的试验，《人·狗·猫》《鼻子考》《昆虫记》就是那个时期的探索之作。写于二〇〇三年的长篇小说《树巢》则是把跨文体写作推向了极致。我算不上是一个出色的写作者，但我认为自己是一个有想法的写作者。或者说，我总想写出一点跟别人不一样的东西。这种想法在《树巢》中得到了最集中、典型的表现。《树巢》有两个重要的源头：一脉来源于中国的《庄子》《搜神记》《红楼梦》等有佛道气息的古典作品；另一脉来源于《圣经》《十日谈》《堂吉诃德》《巨人传》之类的西方古典作品。当然，我的意思不是说要把自己的小说拉来跟大师的作品做比较，而是说，我的小说语言、叙述结构乃至隐形结构等，多多少少受到了他们的影响。

比如，小说第一卷从一开头我就板着脸谈吃喝拉撒、裹脚对歌之类的，看似雄辩滔滔，其实压根儿不是拿真学问唬人，而是拿学问开玩笑；最后一卷对四福音书的戏仿，也是拿经典开涮。在有些人看来这样做近乎炫技，而我自己却认为是纯然出于一种"好玩"的心态。我跟一些经典小说对着干，其实也是另一种模仿。这种模仿有时可能隐在小说的深层结构中，读者不易察觉。这部长篇小说写到三分之二处，我就失控了。以后再版的话，我想删掉三分之一，它也许会变得更纯粹一些。

我写作另一部长篇《浮世三记》时，笔法一改往日，由丰而俭，也知道怎么控制叙述节奏了。《浮世三记》写的是家族中三个有关仇恨的故事，而事实上它要阐述的是一种宽容的人生态度。我的语言尽量做到不事张扬，而情感的强度也一直被冰冷的文字抑制着，就像河床底部的流水，舒缓而平静。下一部长篇的风格会是怎样的？我也不得而知。有一点可以肯定，因为创作时间相隔较长，在写法上会有所变化。我的中短篇小说也是如此，每隔五六年，我总想玩出点不一样的花头。

问：我的朋友写过一联"半窗梅月 一个闲人"，东君，你给我的印象就是温州城里的一个悠闲文人，但你对温州的文化了握在手，还要做一个"东西南北人"。我很喜欢这种"隐于市"的状态，可你有没有在写作中产生某种焦虑感？

答：我现在回想起来，自己大概写了十六年的小说（中间有两年半时间处于停滞状态），真正让我焦虑的，有来自现实生活的，也有来自写作中存在的瓶颈问题：一是我还能写多久；一是我是否还能写得更好。前者让我感觉到自身的局限性；后者让我看到写作这条路子的一种可能性。有这样一种说法，认为一个作家一辈子能写多少是早已注定的，你想再多写一点，好像可能性也不大。比如说汪曾祺先生，他早期写过小说，一九四九年之后就没怎么写了，到了"文革"时期小说创作处于停滞状态，八十年代后，他的小说就源源不断地出来了，好像恨不得要把之前的一段空白时期都填补了。我设想，他的写作进程当年如果没有中断，一直写下去，可能会穷尽资源，晚年就再也写不出来。这种说法也许带有一种宿命论色彩。再说阿城，他早年写了"三王"系列中篇和收入《遍地风流》的短篇小说，可后来在完全可以继续发力的黄金时期不知怎么就自行中断了。当然，他后来也写了不少非虚构的文字，但没写小说始终是一种遗憾。一个作家能写多少文字如果用一辈子来衡量的话可能有点过于玄乎，但是用一年时间来观察写作量的话，就能大致得出一个结论了。我以自己为例，小说方面，平均每年也就写十来万字，平常即便有很多空闲时间，还是只能写十来万字，为什么？写多了，自己感觉会对文字有一种厌烦感。由此延伸出第二个问题：我还能写得更好？一个作家写到一定程度很可能会越写越少。但少而精远胜于多而平庸。我有一次在《十月》杂志举办的笔会上与作家吕新私下聊起过这话题。他说，到了他这个年龄越写越少是一种必然趋势，不是说写不动了，或者才气不够了，而是对自己的要求可能更高了，想写的东西，如果属于可写可不写的，他宁可不写。有一天，我的写作如果突然中断了，也许就是为了等待写出更好的作品吧。

明知道自己的写作有朝一日可能会归于湮灭，但我还是要写。《百喻经·渴见水喻》讲了这么一个故事：过去有个痴汉，赶路时正逢天热口渴，有人指着远处热雾蒸腾的地方说，那里是一条河。他到了河边，反倒不喝了。人问原因，他说："这么多的水，我若能喝得完，自然应当喝了；既然喝不完，我为甚还要撑破肚皮喝？"有人进了图书馆，看到那么多书，突然不想读了，他的想法大概跟那个痴汉是一样的：既然我读不完那么多书，为甚还要去读？还有一些人不写作的理由据说也差不多：既然有那么多人在写作，我为甚还要多添几个字？我说过，在写作方面我已经意识到自己的局限性，但我还是试图在小小的局限里面寻找一种可能性。一个人，年过四十，仍在写作，这就足以证明他是多么热爱写作这门手艺活。此刻，此地，我仍然要怀着写第一篇小说的平和心情写我下一部小说，而它应该是这样的：句式简约，语言干净，气息温暖。